中公文庫

美味礼讃 (下)

中央公論新社

PHYSIOLOGIE DU GOÛT,

ou

MÉDITATIONS DE GASTRONOMIE TRANSCENDANTE ;

OUVRAGE THÉORIQUE, HISTORIQUE ET A L'ORDRE DU JOUR,

Dédié aux Gastronomes parisiens,

PAR UN PROFESSEUR,

MEMBRE DE PLUSIERES SOCIÉTÉS LITTÉRAIRES ET SAVANTES.

Dis-moi ce que tu mange, je te dirai qui tu es.

APHOR. DU PROF.

PARIS,

CHEZ A. SAUTELET ET Cie LIBRAIRES,

PLACE DE LA BOURSE PRÈS LA RUE FEYDEAU.

1826.

美味礼讃　下巻

目次

味覚の生理学　第一部（承前）

味覚の生理学　第一部（承前）

第21章　肥満について

もし私が正式な免許をもった医者であったとしたら、なによりも先に肥満に関する立派な論文を書いたことだろう。そして私はこの科学の一分野においてみずからの帝国を築き、どこも悪くない元気な人びとを患者とし、また、人類の半分を占める美しき存在に毎日囲まれて過ごすという、二重の幸福を謳歌したことだろう。なぜなら、太り過ぎでもない痩せ過ぎでもない、ちょうどよい程度にふっくらとしたプロポーションを保つことは、女性にとって一生の研究課題なのだから。

私ができなかったことは、いつか、誰かほかの医者がやることになるだろう。もしもその医者が学識をもち、口が堅く、美男子であったら、大成功して人気者になることは間違いない。

誰であれ我が遺灰より後継の生まれ出んことを！

Exoriare aliquis nostris ex ossibus haeres！

それまでのあいだ、私が道筋だけはつけておこうと思う。いやしくも物を食らう存在としての人間を研究しようという著作なら、肥満に関する記述は欠かすことができないはずである。

私がここで肥満というのは、とくに病気でもないのに体軀がしだいにその容積を増していき、本来の形態やもともと釣り合っていた均衡を失う、脂肪過多の状態のことである。

腹部だけに限られる肥満症、というのもある。これは男性だけの症状のようで、女性に発現するのを私は見たことがない。女性たちは一般的に男性より柔らかい皮膚をもっているので、肥満が進行すると、どこもかしこも、いたるところが分け隔てなく膨らむからである。この腹部肥満症のことを「ガストロフォリー」と呼び、この症状を呈する人を「ガストロフォール」と呼ぶことにする。なにを隠そう私もそのひとりで、相当に突き出た腹をもっているにもかかわらず、膝から下は細く痩せていて、アラブ種の馬のように筋張っている。

私はつねに、自分の腹を恐るべき敵と見なしてきた。そしてなんとか私はその難敵に打ち勝ち、押し出しのよい立派な体格、という程度にわが腹を押しとどめてきた。

しかしながら、勝利を得るためには厳しい闘いが必要だった。本書の記述になにかしらの真実があるとすれば、それは実に三十年間の長きにわたる私の悪戦苦闘のおかげである。

「ガストロフォール gastrophore」のガストロ"gastro-"は「胃袋（おなか）」、フォール"-phore"はギリシャ語由来の接尾辞で「～を支える（もの）、～を持つ（もの）」の意。直訳すれば「大きなおなかを抱えている者」となるだろうか。「フォリー -phorie」はその名詞形。

女性には腹だけ突出している者はいない、という指摘は、あたりまえのようだが意外に新鮮である。少なくとも私はあまり考えたことがなかった。それが皮膚の柔らかさによるものかどうかは別にして……（女性ホルモンの働きで腰から尻の全体が丸くなるから、だそうです）。

西洋人は、上体が大きい割に脚が細い。これは女性の場合も基本的に変わらないと思うのだが、とくに腹が出た男性の場合はそれが顕著にあらわれ、しかも歳を取れば取るほど脚が細くなるので、まさしくブリア＝サヴァランが嘆いているような体型に近づくのだ。

肖像画によれば、ブリア＝サヴァランはなかなかの美男子である。口が堅いかどうかは怪しいが、十分な学識はもっているのだから、肥満外来専門の医者になっていれば大成功して人気者になっていたに違いない。が、そんな想像をするより、自分の腹の現実のほうが気になるようだ。

誰であれ我が遺灰より後継の生まれ出んことを！

古代ローマの詩人ウェルギリウスの長編叙事詩『アエネイス』の中の一節をもじったもの。英雄アエネイスに裏切られたカルタゴの女王ディドーがみずから火葬台に上って自死するときに叫んだ言葉（第四巻六二五行）だが、原文で"ultor"（復讐者）となっているところをサヴァランは"haeres"（後継者）と変えた。彼の好きな古典を題材にした言葉遊びと受け取ればよいが、案外、医者にも教授にもなりたくてなれなかったブリア＝サヴァランは、自分がもう一度生まれ変わって人生に復讐したい……と仄（ほの）めかしているのかもしれない。

まずは、私がこれまでに、肥満症になることを怖れながら、あるいはすでに肥満症でありながら、なお食卓に向かおうとするわが会食者たちと交わしてきた、五〇〇を超える会話の一端を実例としてお目にかけよう。

太った男A「おお、これはまた、なんとおいしいパンでしょう！」

私「リシュリュー通りにある、ムッシュウ・リメの店のパンですよ。はじめはただ近くにある店だから買っていたのですが、あんまりおいしいので私が世界一のパン屋だと折り紙をつけたら、いまでは宮中御用達、オルレアン公やコンデ公もお得意だとか」

太った男A「さっそく覚えておきましょう。私もたくさんパンを食べますが、こんなにおいしいフリュート（細いバゲット）があれば、他のパンはなくてもいいくらいだ」

太った男B「おや、どうなさいました。あなたはさっきからポタージュの汁ばっかり啜って、おいしいカロライナ米を残しているじゃありませんか」

私「いや、これは、私のダイエットの方法でしてね」

太った男B「そんなくだらないダイエットなんか、おやめなさい。私はコメもパスタも粉ものも、およそ澱粉のたぐいは大好物でして。こんなに栄養になって、安上がりで、消化がよくていくらでも食べられるものはありませんよ」
太った男C（もっと太っている）「すみません、あなたの前にあるジャガイモを取っていただけますか。この調子で行くと、私が食べないうちになくなってしまいそうだから」
私「さあ、どうぞどうぞ」
太った男C「でも、あなたも召し上がるでしょう？　たっぷり二人分はありますよ。あとの人のことなんか知ったこっちゃない」
私「いや、私は食べませんよ。私は、ジャガイモは飢饉のときの非常食くらいにしか考えていませんのでね。そうでなくても、あんなに味のない、つまらない食べものはありませんから」
太った男C「それはまた、美味学上の異端説ですな。まったくジャガイモほどうまいものはありませんよ。どんなふうに料理したものでも結構、このあとメインディッシュの付け合せにまたジャガイモが出てくるなら、リヨン風でもスフレでも、私はいまからおおいに権利を主張しておきますぞ」
太った女性D「よろしければ、あのテーブルの端のほうに見えるソワッソンのインゲン豆を、私のほうに回してくださいませんこと？」

私（マダムの御下命を果たしながら、私は声を落としてみんなが知っている小唄を口ずさんだ……）

　ソワッソンの人たちはお幸せ
　インゲン豆は土地のもの……

太った女性D「ふざけるのはいけませんわ。あの地方では、インゲン豆は宝もの。パリの人たちが大枚をはたいて買うんですから。それから、豆といえばあの、イギリス豆とか呼ばれる小さなソラマメにも幸あれかしですわ。まだ青いうちに召し上がってご覧なさい、まったく、神様の御饌（みけ）とはこのことかと思われるに違いなくてよ」
私「インゲン豆よ、呪われよ！　イギリス豆も、破門するぞ！」
太った女性D（憤然として）「いくら呪っても私は気にしないわ。あなた一人で宗門会議を開いて、勝手に破門すればいいじゃない？」
私（もうひとりの太った女性に向かって）「いつも本当に、健康そのものでいらっしゃる。ご同慶の至りですな。でも、こう言ってはなんですが、この前お目にかかったときより、少しお太りになったのではありませんか」

太った女性E「それはきっと、私の新しい美容食のせいですわ」
私「というと、どんな？」
太った女性E「しばらく前から、朝食には、こってりしたスープをいただくことにしておりますの。二人分はたっぷり入るほどの、大きなボウルに一杯。またそのスープの濃さといったら、スプーンがまっすぐ立つくらいで、とってもおいしいんですのよ」
私（また別の太った女性に向かって）「マダム、貴女が目をつけていらっしゃるのは……察するところ、あのおいしそうなシャルロットですね。少しお取りしましょうか？」
太った女性F「あら、お目当て違いでしたわ。ここに、私の大好きなものが、ふたつ、ありますの。あの、キャラメルが金色に輝いているおいしそうなガトー・ド・リと、巨大なビスキュイ・ド・サヴォワですわ。お察しの通り、私は甘いお菓子には目がないもので」
私（さらに別の太った女性に）「あちらではさかんに政治論をやっているようですから、いかがですか、マダム、われわれはこの、フランジパン入りのパイについておおいに語ろうじゃないですか」

太った女性G「よろこんでご相伴しますわ。お菓子ほど私の性に合うものはありませんから。私どもの借家人はパティシエなので、私と娘ときたら、毎月の家賃をみんなお菓子代に使ってしまうんですよ。きっと、足が出るくらいですわ」

私（娘さんのほうに目をやってから）「なるほど。それでお嬢さんはこんなに美しくていらっしゃるのですね。どこもかしこも、発達がよろしくて」

太った女性G「ええ、まあ。でも、ときどきお友達からは、太り過ぎだなんていわれますのよ」

私「それは……やっかみじゃないですか？」

太った女性G「そうかもしれませんわね。どちらにしても、結婚して、子供がひとり生まれれば、それですっきりしますから」

コメは中国大陸南部からインド亜大陸が原産とされ、アジア各国を経てペルシャ経由で中央アジアへと伝わった。古代ギリシャには、アレキサンダー大王がインドに遠征した（紀元前三二六～三二三年）ときに持ち帰ったといわれている。ヨーロッパの各国がコメという穀物を知るようになったのは、十字軍による遠征と、

東方交易を独占していたアラブ商人によるもので、『ラルース料理大事典』によればフランスに伝わったのは十一世紀頃だという。

フランスでは、コメは野菜のひとつとして、茹でてからさまざまに調理してメインの肉や魚に添える。またお菓子の材料になることもあり、茹でたコメを牛乳で煮て砂糖を加えバニラで香りをつけた「リ・オ・レ」や、それをベースに卵黄などを加えてオーブンで焼いた「ガトー・ド・リ」は、フランスの家庭の味ともいえるポピュラーなスイーツである。ガトー・ド・リはキャラメルを敷いて焼くのでプリンのような仕上がりになり、その「金色に輝いているキャラメル」のところがいちばんおいしいのだ。

ブリア＝サヴァランは、「太った男B」に、「コメもパスタも粉ものも、およそ澱粉のたぐい（は大好物）」と言わせているが、ここの原文は、"fécule et pâte" となっている。fécule（フェキュール）は澱粉類、pâte（パート）はフランス語では「練り物、パンなどの生地、パスタ、麺類など」を指すが、イタリア語ではパスタであり、英語のペースト（練ったもの）と同じ意味になる。

フランスではこの頃（十九世紀中頃）、ナポレオンのイタリア遠征の影響でパスタが広く知られるようになり、マカロニなどが大流行したという。が、その後のフランス料理では、ヌイユ（うどんのような太い麺）の類が肉料理のつけあわせに使われることはあっても、イタリア式のパスタがそのまま料理に取り入れられることはなかったといっていい。ラビオリがフランス料理のアイテムとしてふつうに使われるようになるなど、イタリア料理とフランス料理の国境がなくなってきたのは、せいぜいこの二、三十年の出来事である。

以上のような会話の例から、ただ人間界のみに適用されるものではない、肥満に関するひとつの普遍的な真理が、明らかになってきた。すなわち、脂肪太りの主たる原因は澱粉質の食品を摂り過ぎることにあり、そのような食生活を続ければかならず同じような結果が生じるということに、私は確信を持つようになった。

実際、肉食動物は決して肥満することがない（オオカミ、ジャッカル、猛禽類、カラスなどを見よ）。

草食動物さえ、めったに太ることはない。少なくとも、年老いて動けなくなるまでは。が、彼らにジャガイモや穀類や、あらゆる種類の澱粉質の食品を与えてみたまえ、たちまちのうちに例外なく太りだす。

肥満症は、野蛮人の世界には見られないし、食べるためだけに働き、生きるためのみに食らう下層階級の人びとにも、決して見られない。

肥満症の原因

以上のような観察は、それが正確であることは誰にもすぐ分かると思うが、これによって肥満の主たる原因を特定することはいかにも容易である。

ただし、その前に、人にはそれぞれ持って生まれた素質というものがあることも、忘れてはならない。ほとんどすべての人びとはあらかじめなんらかの性向を持って生まれてくるので、その顔つきを見ればだいたいの見当がつく。肺病を病んで死ぬ人の一〇〇人に九〇人は褐色の髪をして、顔が長く、鼻が尖っている。肥満症になる人の一〇〇人のうち九〇人は寸詰まりの顔で、丸い目をして、団子鼻である。

つまり、そのように生まれながらにして肥満症になるべく運命づけられた人がいることは事実であり、そういう人たちは、他の条件が同じであっても、生来の消化能力が大きいため、ふつうの人より大量の脂肪を体内に吸収してしまうのである。

このような肉体的真実について、私は揺るぎない自信を持っているのだが、ときには私の物の見方によからぬ影響を及ぼすこともないではない。

たとえば社交の場で、生気あふれるバラ色の肌を輝かせ、お茶目な丸っこい鼻をして、手も足も、どこもかしこもぽっちゃりとして愛くるしい、みんなが思わずその可愛いらしさにうっとりと見惚れてしまうようなお嬢さんに出会ったとき、私はといえば、つい経験が邪魔をして、十年経ったらどうなるだろう、などと余計なことを考えてしまう。いまのこのぴちぴちとした瑞々しい魅力に、肥満がもたらすであろう災厄を目の当たりに想像して、いまだ存在してもいない悲惨に嘆き悲しむのだ。

こんなふうに、先回りをして心を塞ぐのは辛いものである。人間は未来を予見できるようになるとそれだけ不幸になる、ということの、ひとつの証左でもあろうか。

先天的な要素を別にすれば、肥満症の主たる原因が、人間が毎日の食生活のベースとしている澱粉類にあることは、すでに指摘した通りである。およそ澱粉類を常食とする動物は、望むと望まざるとにかかわらず肥満するのであって、人間もこの法則から逃れることはできない。

澱粉類は、砂糖と結びついたとき、その効果をより迅速かつ強力に発揮する。

澱粉と砂糖は共通の成分として水素を含んでおり、燃えやすい性質をもっている。両者が合体するといっそう味覚を悦ばせるため、肥満作用はさらに活発に働く。しかも、甘いデザートの類は、自然の食欲がすでに満たされた後、いわば贅沢を求める別の食欲しか残っていないときに供されるものだから、あらゆる技巧を凝らし、手を変え品を変え、いやが上にもその食欲を奮い立たせようとするのである。

澱粉類は、ビールやそれに類する飲料のかたちで摂取されたときも、肥満の効果に変わりはない。ビールを習慣的に飲む国には見事に膨らんだ腹を抱えた人が多いし、パリでもワインの値段が馬鹿高かった一八一七年には、節約のためビールに宗旨替えした家庭では、お返しにビヤ樽のような太鼓腹をもらって往生したそうだ。

一八一五年にナポレオンが最終的に敗れ、フランスは敗戦国として連合国側から多額の賠償金を請求され窮地に陥っていた。また一八一五年にはインドネシア・タンボラ火山の大噴火があり、ヨーロッパでも一八一五年と一八一六年は「夏のない年」と呼ばれる異常低温で、農作物は壊滅的な被害を受けたという。一八一七年のワイン価格の高騰は、これらの出来事となんらかの関係があるのだろうか。

イギリスの老舗ホテルのドアマンは、客を身なりではなく体格で判断するという。服装はごまかせても体格はごまかせない。貴族や裕福な上層階級の人間はぼろぼろのジーンズを穿いていても骨格がしっかりしているが、貧乏人はたとえ着飾っていてもからだが貧弱だからすぐわかる、というのである。いまでは多少事情が違うかもしれないが、代々しっかりと栄養のよいものを食べてきた人たちは、みなそれなりの体格をもっている。

痩せていることは、食べものが十分に食べられないことを示している、というのが、ごく最近までの理解だった。金持ちがダイエットをしてジムに通う、というのは近年の話である。だから人間は「押し出しがよい」ことが必要で、とくに女性は少しむっちりと肉がついているほうが魅力的だ、と、つい最近まではみんな思っていたのだ。からだを細くすることに夢中になっている現代の日本女性は、ブリア＝サヴァランの時代ならみんな痩せ過ぎだと言われるに違いない。

もちろん、肥満は程度による。サヴァランが肥満を気にするのもわかるし、炭水化物（澱粉類）が諸悪の根源であるというのも間違っていない。彼の肥満とその対策についてはおおむね正しく、今日でも通用するものばかりである。が、コメやパスタやジャガイモや豆についてこれほど警鐘を鳴らしているのに、サヴァラン式のダイエットでは油脂類についてまったく触れていない。

私たちがダイエットをするときは、摂取するカロリーの総量を減らすために、砂糖や甘いお菓子をできるだけ避けるとともに、同じ重さでカロリーが炭水化物の二倍以上もある脂肪も、できるだけ摂らないように気をつけるのだが……。

フランス人がフランス料理で使うバターの量は、私たちの想像を大きく超えている。そのくらいたっぷりとバターを使わないと伝統的なフランス料理はできないから、脂肪の摂取は論を俟(ま)たない前提条件であり、端から考慮に入らないのだろうか。

続き

睡眠の延長と運動の不足は相俟って肥満を助長する。人間のからだは睡眠の最中に相当修復され、しかもその間は筋肉の活動が休止するので、消耗はきわめて少ない。したがってその間に得られた余剰のエネルギーは運動によって消費されなければならないのだが、睡眠の時間が長いということは、その分だけ運動する時間が減ってしまうことでもある。

それだけでなく、そもそもよく眠る人は、少しでも疲れそうなことはなにひとつやろうとしないもので、余分に吸収したものはそのまま血液の流れに呑み込まれる。すると、どうしてそうなるのかはいまだ不明なのだが、そこにわずかな量の水素が発生し、そのため脂肪が形成されて、同じ作用によってその脂肪は細胞の中の嚢胞に蓄積される。

肥満の最後の原因は、食べ過ぎと飲み過ぎにほかならない。人間の特性は、腹が減らなくてもものを食べることができ、のどが渇いていなくても飲むことができることである、と言われるが、たしかに動物はこの属性を持っていない。というのも、これらの属性は食卓の悦びという概念と、それを少しでも長く楽しもうとする願望から生まれるものだからである。

このふたつの性向は、人間が存在するいたるところで見ることができる。どんな野蛮人でさえ、そのような機会があるたびに、腹が裂けそうになるまでたらふく食い、へべれけになるまで酔っぱらうものである。

われわれ新旧両世界に生きる市民は、あたかも文明の頂点にいるような顔をしているが、われわれもまた食べ過ぎていることはたしかである。

私は、吝嗇や無力のために人と交わることを避けて暮らしている少数の人たちのことを言っているのではない。守銭奴は腹が減ることよりも金が貯まることをよろこんでいるのだし、無力な人たちはどうやっても飯を食うことができずに苦しんでいるのである。そうではなくて、私たちの周囲でよく見かける、おたがいに主人役としてまた招待客として立場を入れ替えながら、丁重なもてなしをしたり逆に接待を受けたり、もうそんなに食べる必要がないのに興味に惹かれて口にしたり、珍しいワインだからといって飲んでみたり、そういう人たちに対して強く言っているのである。

毎日のようにサロンに入り浸っている、あるいは毎日ではなくせいぜい日曜日ときどき月曜日くらいかもしれないが、いずれにせよそういった大勢のわれわれの仲間たちは、みんな食べ過ぎ飲み過ぎだと言っているのである。そうして夥しい量の食物が、毎日必要もないのに蕩尽されている。

食べ過ぎ飲み過ぎは誰にもあることだが、その結果はそれぞれの人の体質によって異なってくる。たとえば胃が弱い人は、肥満ではなく消化不良というかたちでその結果があらわれる。

逸　話

ここに、パリ住民の半分以上が知っている、ひとつのよい実例がある。

ラング氏はパリでも指折りの豪邸に住んでおり、とりわけそのもてなしの豪華さは評判だった。が、料理がとびきりおいしいのと同じくらい、彼の胃袋はとびきり弱かった。しかし彼はつねに申し分なく客人を歓待し、みずからに与えられた食通の主人としての役割を果たすために、勇気をふるってフルコースに挑戦するのだった。

その日も、デザートが終わってコーヒーが出るまでは無事だった。しかし、押しつけられた過重な労働に胃袋が抵抗して、ほどなく苦痛がはじまった。哀れな美食家はやむなく長椅子の上に身を投げ出し、翌日の朝が来るまで、束の間の美食の悦びをあがなうために長い苦悩の時間を過ごさなければならなかった。

ところが特筆すべきは、彼はその習慣をいっこうに改めようとしなかったことである。そうして死ぬまで、繰り返しやってくる美食と苦痛の不思議な交替に耐え、前の晩にひどく苦しんだことなどすっかり忘れたかのように、翌日になるとまたいそいそと食卓に向かうのだった。

活発な胃袋を持っている人は、余分な栄養は前章で述べたように処理されるので、食べたものは残らず消化吸収され、身体の修復に必要でないものは脂肪にかたちを変えて体内に蓄積される。

ところが胃袋の弱い人は、絶え間なく消化不良に悩まされる。食べたものは何の役にも立たずに体内を通り過ぎ、その原因を知らない人たちは、こんなにご馳走を食べているのにどうしてもっとよい結果が生じないのかと驚くのだ。

読者は、この議論において、私がまだ意を尽くしていないことにお気づきかもしれない。というのも、すでに指摘した主たる原因以外にも、私たちの地位や身分、習慣、習癖、快楽などから生じる二次的な原因がたくさんあり、それらが症状を助長したり促進したりするからだ。

私は、これらの問題の探索は、本章の冒頭で述べたように、後進の諸氏に譲ろうと思う。私はただ、とにかく最初にこの問題を提起したという権利だけを認めてもらえばそれでよいのである。

久しく以前から、不摂生に関しては厳しい目を光らせる人たちがいた。哲学者たちは節制の徳をしきりに説き、君主たちはしばしば奢侈取締令を出し、宗教家はグルマンディーズを戒めている。だが、なんたることか、だからといってそのために食べるものを一口だって減らした者はいないし、それどころか、食べ過ぎるための手練手管は日に日に栄えるばかりではないか。

私は、もっと別の道を取ったほうが、うまくいくのではないかと考えている。つまり、肥満によって生じる肉体的な不都合を強調しようと思うのだ。自己保存の（自分がよりよい状態でありたいと願う）本能は、おそらく道徳の教えより有効で、説教よりも説得力があり、法律よりも強力だろう。私は、女性たちが、いまこそ目を見開いて、現実を直視することを期待している。

肥満症がもたらす不都合

肥満症は、男女両性にとってよからぬ影響をもたらす。それは、力と美をともに損なうからである。

肥満症が力を損なうというのは、動かすべき総重量だけを増やして、それを駆動する力を増やさないからである。肥満はまた呼吸を苦しくするため、長時間にわたって筋肉を使う必要のある仕事ができなくなる。

肥満症が美を損なうというのは、からだのすべての部分が均等に太るわけではないので、太ることによって本来持っていたバランスが失われるからである。

肥満症はまた、自然がそこに陰をつくろうとしていた窪みを埋めてしまうために、美を損なう。昔はキリっとしていた顔立ちが、太ったために平板なつまらない顔になってしまった人に出会うことは珍しくない。

前政府の首班ナポレオンも、この理から逃れることはできなかった。最後の戦争の頃にはすっかり太ってしまい、もともと色白だった顔色はさらに蒼白となり、その眼光からは鋭さが失われた。

肥満するにつれて、ダンスや散歩や乗馬が嫌いになり、仕事であれ遊びであれ、多少なりとも敏捷な動きやテクニックを必要とする行為ができなくなる。

それから、肥満すると、脳卒中、水腫、脚部の潰瘍などいろいろな病気にかかりやすくなるし、どんな病気もかかると治りにくくなる。

第22章　肥満症の予防と治療

肥満症を予防するにも治療するにも、まずなによりも勇気が必要である、という実例を、最初にお話ししておきたい。

後に陛下から伯爵に叙せられたルイ・グレッフュール氏が、ある朝、私を訪ねてきた。私が肥満についての研究をしていると聞いて、実はそのことで心底困っているので、相談に乗ってほしいというのである。

「わかりました。私は医者の免許を持っているわけではないので、お断りすることもできるのですが、せっかくのお申し出ですからお引き受けいたしましょう」

私はそう言ってから、「でも、そのためにはひとつの条件があります。それは、これから一ヵ月のあいだ、私が申し上げる生活法を厳格に実行していただくことを、名誉にかけてお約束していただきたいということです」とつけくわえた。

グレッフュール氏は、私の手をしっかりと握って約束した。そこで私は、早速、その翌日から守るべき条項を記した誓約書を手渡した。その第一条は、結果を正確に判定する数学的根拠として、治療期間の最初と最後に体重を測る、というものだった。

一ヵ月後、再びやってきたグレッフュール氏は、次のように言った。

「私は……まるで自分の命が懸かっているかのようにきっちりと言いつけを守りました。そして一ヵ月後には体重が三ポンドかそれよりもう少し余計に減ったことをたしかめました。しかし、この結果に到達するまでに私は、私のすべての趣味、すべての習慣を、暴力的なまでに苛み、痛めつけなければならず、その苦しみは筆舌に尽くし難いものでした。ですから、先生のご助言には感謝いたしますが、今日この日限りで、その処方がもたらすであろう好結果をあきらめ、後は野となれ山となれ、これからの運命は神様におまかせしようと思います」

この悲壮な決心には、私も胸を痛めないわけにはいかなかったが、その結果は、とうとうなるようになってしまったのである。グレッフュール氏はその日以来再び太りはじめ、どんどん太って、最後には極端な肥満から来るさまざまな障害に見舞われ、まだ四十歳になるかならないかの若さで、のどを詰まらせる病気で亡くなった。

総説

肥満症の予防と治療は、いかなる場合でも三つの行動が基本となる。すなわち、食事を控えること、睡眠を取りすぎないこと、徒歩または乗馬で運動をすること。

これこそが絶対的な理論から導き出される科学的な結論だが、私はあまり信じない。人や物事は思うように行かないもので、そもそも文字通り実行されないような規則はいくら決めても意味がないのである。

（1）まだ食欲があるうちに食卓を離れるのは、よほどの覚悟がいる。食欲がある限り、一口食べればもう一口と、どうしようもなく後を引いて際限がない。一般に、人は空腹である限り食べ続け、医者がなんと言おうと食べるし、そういうお医者さんだって食べるのだから、といってまた食べる。

（2）太った人に早起きを奨めるのは殺生である。彼らはそんなことをしたら身が持たないというだろうし、無理に起こせば一日中調子が悪いと言ってこぼすだろう。女性たちは、早起きをすると目の下に隈ができるといって嘆く。宵っぱりには賛成するが、朝寝のほうも諦めない。だからこの方法はダメ。

（3）乗馬は高価な薬である。収入や地位によって、誰にでもできるわけではない。太ったかわいい女性に乗馬を奨めてごらんなさい。おおよろこびでOKするが、三つ条件があるという。

まず最初に、元気でおとなしいきれいな馬がいればという。次に、新しい、最新流行のスタイルの乗馬服があればという。それから、お供の馬丁がイケメンで優しければという。これらの条件を満たすのは至難の業だから、乗馬もダメ。

徒歩で歩けと言っても、これまた抗議の渦である。死ぬほど疲れるとか、汗をかくとか、肋膜炎みたいに胸が痛くなるとか、埃で靴下が汚れるとか、小石で靴に穴があくとか、ありとあらゆる文句を並べ立てて長続きしない。そうこうしているうちにちょっとでも頭痛がしようものなら、あるいは針の頭ほどの大きさの吹き出物が出ようものなら、それもこれも療法のせいにして、さっさと運動をやめてしまい、医者を怒らせることになる。

だから、少しでも痩せたいと思うなら、食事を控え、睡眠を減らし、できるだけ運動をしなければならない、というのはもっとも至極ではあるけれども、同じ目的を達するために、別の道を探したほうがよいこともあるものだ。肥満が過多になることを防ぐ、またはそうなってしまった場合にこれを減らす、失敗のない方法というものが存在する。

この方法は、物理学と化学のもっとも確実な基礎に基づくもので、所期の結果を得るためにもっとも適当な食餌療法の一種である。

あらゆる医療の効果のうち、食餌療法こそが筆頭に位する。その効果は、昼も夜も、起きているときも眠っているときも、絶え間なく働き続ける。そして食事をするたびにその効果は更新され、ついには個体のすべての部分に効果が及ぶのである。さて、この肥満を防ぐための食餌療法は、肥満という現象のもっとも一般的かつ有力な原因から着想を得たものである。つまり、人間でも動物でも脂肪の蓄積が澱粉類によるものであることは証明済みであり、ことに動物においてはその結果が目の当たりに示されて、わざわざ太らせた鳥獣の肉が市場で取り引きされているくらいなのだから、そこから引き出せる当然の帰結として、澱粉類の摂取を多少なりとも軽減すれば肥満を抑制することができる、という事実が導かれる。

「おや、まあ、なんてことを！」

私がこんなことを言うと、紳士も淑女も読者はみな大騒ぎをなさるに決まっている。

「まるで先生は野蛮人ですよ。たった一言で、私たちの大好きなものをみんな禁止しようというのですから。ムッシュウ・リメのおいしいパンも、アシャールのビスキュイも、どこそこのガレットも、粉とバターでできたおいしいもの、粉と砂糖でできたおいしいもの、粉と砂糖と卵でできたあらゆるおいしいものを、いっさい食べてはダメだなんて……ジャガイモやマカロニまでいけないんですって。あんなに人の好さそうな先生が、まさかそんなことをおっしゃるなんて」

と、私はここで、一年に一回しかしないような気難しい顔をして、こう言うのだ。

「よろしいでしょう。それなら好きなだけお食べなさい。食べて食べて、太りなさい。太って醜くなり、でぶでぶになって、ぜいぜい言って、脂肪がどろどろに溶けてお死になさい。そうしたら、私はそれを記録にとどめて、あなたの名前を私の本の第二版に載せてあげましょう。……おや、どうしました？　たった一言で降参ですか。怖くなって、もう止めてくれと？　わかりました。ご安心なさい。私があなたの食餌療法の処方箋を書きましょう。そうすれば、それでもこの世の中にはまだまだおいしいものが残っていることがわかるでしょう。だって、私たちは食べるために生きているのですから。

あなたはパンがお好きなのですね。それなら黒パンを召し上がりなさい。かの有名なキャデ・ド・ヴォー教授も、かねてから黒パンの効能を説いておられますぞ。黒パンは栄養価が低くて、あまりおいしくないのでね、その分だけ戒めが守りやすい。迷わずにいたいなら、誘惑を避けることが肝心です。ね、覚えておいたほうがいいですよ。この言葉は金言ですから。

あなたはポタージュがお好きですか。ポタージュを食べるときは、野菜のジュリエンヌ（細切り）か、緑の葉野菜かキャベツ、お好みで根菜類を入れてもいいですよ。ただし、パンやパスタやマッシュポテトなんかは入れないように。

第一サービスでは、たいがいのものは食べてもよろしい。わずかな例外といえば、鶏のライス添えとか、熱々のパテのパイ包み焼きとか。

第二サービスが出る段になったら、そろそろ覚悟がいりますよ。粉ものは、どんなかたちをしていても食べてはいけません。それでも焼き肉だとか、サラダだとか、香りのある野菜とか、食べるものはいくらでもあるじゃないですか。それから、甘いものはまったくナシというわけにもいかないので、ショコラの入ったクリームとか、パンチやオレンジなどの風味をつけたゼリーならよさそうですね。

で、最後にデザート。これはまた新たな危険との遭遇ですな。でも、ここまでうまくやってきたのなら、あなたはますます慎重になっているはずです。テーブルの端に置いてある器には注意してください。あの場所にはいつもおいしそうなブリオッシュなんかが出ますからね。ビスキュイにもマカロンにも目をくれてはいけません。でもいろいろな種類の果物やジャムは食べてよいのだし、私の処方箋を守っても、食べられるものはまだまだ見つかるはずです。

食後は、コーヒーを飲みましょう。リキュールを飲むのも構いません。また、ときにはティーやパンチを飲むこともお奨めします。

朝の食事はかならず黒パンにしてください。どちらかというと、コーヒーよりショコラのほうがよろしい。ただ、少し濃い目のカフェオレは構いません。卵はダメ。それだけ守れば、あとは好きなだけ召し上がって結構です。朝食はどんなに早い時間に食べてもよいのです。朝食を遅く食べると、まだ消化が進まないうちに昼食の時間がきてしまう。でも人間は時間がくればとにかく食べますからね。この、食欲がないのに食べるというのが、肥満症にとってもっともいけないことなのです」

私はここまで、優しくてちょっと甘い父親のように、迫りくる肥満の危険を押しやるための食餌療法についてその輪郭を示してきたが、ここでは、すでに肥満になってしまった人たちのために、さらにいくつかの方法を伝授しようと思う。

毎年、夏になったら、ゼルツ（ゼルツは独仏国境地帯の鉱泉で有名な町）炭酸水の大瓶を三〇本飲むこと。朝起きたとき、朝食の二時間前に、まず大きなコップになみなみと一杯。それから寝る前に同じく一杯。毎日飲むワインは白ワイン。アンジューのような、軽くて酸味のあるものがよい。ビールは蛇蝎のごとく忌み嫌うべし。ラディッシュやアーティチョーク、ピーマン、アスパラガス、セロリ、カルドンなど繊維のある野菜をよく食べ、肉類は仔牛と飼鳥類を好むとよい。パンは皮しか食べないこと。なにかわからないことがあったら、私流の食養生に詳しいお医者さんに相談しなさい。それはいつからはじめてもほどなくして効果があらわれ、あなたは以前より生き生きとして、きれいで、元気で、軽快で、どこから見ても素敵になるでしょう。

さて、もうこれまでの説明で諸君はすっかり納得したはずだから心配はないと思うが、あまりにも熱心にのめり込んで行き過ぎるといけないから、いくつかの危険な暗礁のありかを教えておこう。

とくに私が注意を喚起したいのは、酸を常用することの危険である。これは無知な人びとがよく奨めることがあるのだが、いかなる場合でもよくない結果をもたらすことは経験が示している。

🍴

「第一サービスでは、たいがいのものは食べてもよろしい。（中略）第二サービスが出る段になったら、そろそろ覚悟がいりますよ」……と書かれているが、当時の宴席におけるフルコースというのは、食事の全体を第一サービスから第三サービスまでの三つの回に分け、それぞれの回に異なった料理を大量に並べる方式だった。

この方式を「フランス式サービス」といい、中世から十九世紀まで、フォーマルなディナーはすべてフランス式でサービスされた。

大きなテーブルには、会食者が座る前からたくさんの料理の皿が並べられている。皿と皿のあいだは、花や銀器やロウソクや、その他ありとあらゆる飾りもので、ほとんど隙き間なく埋められていた。これが、第一サービスのフルセットである。食べかたは時代と事情によって異なるが、会食者がみずから立ってテーブルのあちこちに置いてある料理を取りに行くか、お付きの家来に取りに行かせるか、専門の給仕がいればそれに命じて持ってこさせるが、いない場合は、席に座ったまま近くの会食者に頼んで取ってもらうかした。ただ、すべての料理を取り回すわけにはいかないので、手の届く範囲のものだけで満足しなければならないこともあったようだ。会食者が食べ散らかした料理は新しい皿に飾り直されて再登場し、食卓の上はつねに料理で満たされていた。

第一サービスが終わると、卓上にある料理の皿はいったん全部下げられる。そして、第二サービスの料理群が新たに並べられる。これを二回繰り返し、第三サービスが終わるまでが宴会の時間である。それぞれのサービスで出される料理は、第一サービスがスープ（ポタージュ）と魚料理、第二サービスのメインは焼肉（ロースト）料理、第三サービスはおもにデザート（チーズを含む）という構成が基本とされたが、実際には、第一サービスがかならずポタージュではじまる以外は、さまざまなジャンルの料理がサービスの枠を超えて供されることも少なくなかった。一八二九年に刊行された料理教本（Code Gourmand）には、「第一のサービスは、無垢で凶暴な食欲を満たすために、しっかりと重量感のある料理を揃えることが肝要」であり、また、第一サービスで出された前菜類は第二サービスのときも出しておいて、「途中で鈍った食欲の剣を再び鋭く尖らすための砥石の役割を果たさせなければならない」と書いてある。

各サービスごとに、すべての料理がいっぺんに運ばれてきて最初から卓上に並べられるので、温かい料理は冷めてしまい、冷たい料理はぬるくなって、味わいの点では配慮に欠けていた。それよりも、あるものはなんでも並べて、贅沢さを誇示することのほうが大事だったのだ。

酸の危険

女性たちのあいだに、忌まわしい俗説が流布している。それは、酸、とくに酢が肥満の予防に効くという説で、そのために命を落とす若い娘が一年に何人もいるほどだ。たしかに酢を毎日飲めば痩せるかもしれないが、そんなことをしていると若さが失われ、健康を害し、命さえ危険にさらすおそれがある。レモネードなどは酸っぱいといってもたいしたことはないが、それでも長いあいだ続けているとたいてい胃がやられる。

この事実はいくら声を大にして言っても言い過ぎることはないし、読者諸賢の中にもこれを裏づける例をご存じの方は少なくないと思うが、その中から、ほとんど私の個人的体験といってもよい例をひとつ紹介したいと思う。

一七七六年、私はディジョンに住んでいた。そのころ私はディジョン大学で法学を専攻する一方、当時次席検事だったギトン・ド・モルヴォー氏からは化学を、また、アカデミーの終身秘書官でありバッサーノ侯爵の父君であるマレ氏からは家庭医学を学んでいた。

私はその頃、私が記憶する中でもっとも美しいひとりの女性に、愛に満ちた友情を抱いていた。女性に対して「愛に満ちた友情」とは、私にとってはまさしくその通りだったのだが、考えてみればおかしなことである。当時の私は、その気になればいくらでも恋を仕掛けることもできる、血気盛んな若者だったのだから。

この友情は、そうであったことをそのまま受け入れていただきたい。もしそうでなかったら、などと想像せずに。実際、それは会った最初の日からごく自然に打ち解けた、家族同様の信頼に満ちた関係だった。おしゃべりをすればいつまでも止まらず笑いあっていたが、まるで子供たちが遊んでいるような無邪気なものだったから、彼女の母親もまったく気にしなかった。しかしルイーズは本当にきれいで、均整のとれたふくよかで古典的な美しいからだは、見る人を魅了し、芸術家の創作意欲をいやがうえにもかきたてるものだった。

私は単なる友人に過ぎなかったが、彼女が見せている魅力、というか、彼女がちらつかせている色っぽさに、気がつかないどころではなかった。いまにして思えば、その頃の私は気づきさえしなかったが、そのあまりにも無邪気な色香こそが、私の彼女に寄せる純潔の想いをいっそう募らせたのかもしれなかった。

ある晩、私は彼女のようすがちょっと気になったので、こんなふうに声をかけた。

「ルイーズさん、どこか悪いのではありませんか？　少し痩せたように見えますが」

「いいえ」と彼女はどこか物憂げな微笑を浮かべながら答えた。「とても元気ですわ。それに、少しくらい痩せても、それで貧相になるわけでもないし」

「痩せるだなんて、とんでもない！」と私は思わず色をなして声を上げ、「あなたは痩せる必要もなければ、太る必要もない。どうかこのままでいてください。その、飛びつきたくなるほど魅力的なままで」などと、二十歳の男子なら誰にでも思いつきそうな口説き文句を並べ立てたのだった。

　この会話があってから、私は彼女のことを不安混じりに注意深く眺めていた。するとほどなくして、彼女の顔色が悪くなり、頬がこけて、容色が衰えていったのである。ああ、美しさとはなんと儚く脆いものであろうか。

　彼女とは、舞踏会でいっしょになる機会があった。彼女はまだそういう集まりには以前のように顔を出していたのだが、二曲続くカドリーユ（群舞）のあいだに少し休みを取ると聞いたので、その時間を利用して話を聞くことができた。

　彼女の言うことには、女友達が彼女のことを、「二年もしないうちに聖クリストフ様のようなデブになるわよ」としきりにからかうので嫌になり、ほかの友達のお節介な奨めにしたがって、痩せることにしたのだそうだ。そして、そのために一ヵ月のあいだ、毎朝一杯のお酢を飲むことにしたという。まだこのことは誰にも打ち明けていないのよ、と言ってはくれたのだが……。

私はそれを聞いて慄然とした。すぐにあらゆる悪い結果が頭に浮かんだからである。だから私は翌日すぐルイーズの母親に連絡したが、彼女はまた私にも増して吃驚したようだった。母親もルイーズを心から愛していたのである。一刻の猶予もならぬと、みんな集まって相談し、医者にも見せ、薬も飲ませたが、ときすでに遅かった。命の泉はもはや取り返しのつかないほど涸れ果てていたのだった。もしや危ないのではと心配をはじめたときには、もう希望はほとんど残されていないのである。

このようにして、思慮のない入れ知恵に従ったばっかりに、愛すべきルイーズは見る影もなく衰弱し、十八になるかならぬかの若さで永遠の眠りについた。

決して見ることのない未来に向けて苦痛に満ちた眼差しを投げかけながら、ルイーズは逝ってしまった。いかに望まぬことであったとは言え、自ら命を絶つに至ったという事実が、彼女の早過ぎる死をいっそう悼ましいものにしたのだった。

私が人の死ぬのを見たのは彼女が最初だった。外を見たいというので私が彼女のからだを抱き起こしたとき、ルイーズは私の腕の中で息を引き取ったのである。

聖クリストフ（クリストフォロス）は、キリスト教世界では伝説的な聖人とされている。出身については異説が多いが、彼は「王の中の王」に仕えたいと決心し、そのためには人の役に立つことをしなければならないと教えられて、人や荷を担いで流れの急な川を渡る奉仕を長いあいだ続けていた。するとある日、小さな男の子がやってきたので、軽い気持ちで背負って歩きはじめると、川の中ほどまで来たとき、急に異様な重さを背に感じて倒れそうになった。ただ者ではないと悟った彼がその名を問うと、男の子は、自分はイエス・キリストであると答えた。イエスは世界中の人びとの罪を背負っているから重たい、という寓意である。川を渡り終えるとイエスは彼を祝福し、これからはクリストフォロスと名乗るように、と言った。クリストフォロスは、キリストを背負いし者、の意。伝説にはさまざまなバリエーションがあるが、そうした故事から聖クリストフは大きくて太った人間として描かれることが多いようだ。だから「クリストフ様のようになる」というのはデブを揶揄（やゆ）する言葉になり、今日の筆法でいけば、彼女は友だちから「いじめ」に遭って「拒食症」になったのである。

それにしても、ルイーズの思い出を語るとき、ブリア゠サヴァランの筆はあきらかにいつもの冷静さを失い、哀調に満ちた美文をつらねてその死を慨嘆している。

彼が生涯独身を貫いたことは知られているが、誰でもこの一文を読めば、ルイーズという女性の存在がその理由になったのでは、と想像したくなる。青春の時代に受けたあまりにも大きな心の傷が癒えずに残り、ほかの誰とも結婚をしないことをみずからに誓ったのではないだろうか。独身主義の理由はわからないが、そう主張する学者もいるようだ。

肥満予防ベルト

肥満予防のための食餌療法について述べるとき、どんな場合もかならず触れなくてはいけないことをひとつ忘れていた。本当は最初に言うべきだったのだが、四六時中、腹部を支えてほどよく締めつける、肥満予防ベルトを着用するのがよいということだ。

その必要性を理解するためには、まず、人の脊柱は腹腔にとっては一方の隔壁となるもので、硬くて変形することがない、ということを認識しなければならない。そのため、腹の溜め込んだ脂肪が垂直線に沿って逃れようとすると、どうしても腹の皮を構成する嚢胞にその重さがのしかかる。ところが、腹の皮というのはほとんど際限なく伸びるものだから、膨らむときはいくらでも膨らむが、逆のその力が減じるときには、脊柱そのものに支点をもつ、その作用に対抗して均衡を保とうとするなんらかの機械的な力の助けを借りなければ、膨らんだ腹の皮を引っ込めることができない。*

すなわちこのベルトは、脂肪の重みで腹が突き出すのを防ぐと同時に、その重さが減じて腹を収縮しようとするときにそれを助けるという、二重の役目を果たすのである。

このベルトは、一刻も外してはならない。さもないと、昼間のあいだせっかく身についた効果が、夜のうちに失われてしまうからである。とはいってもこのベルトはそれほど気になるものではなく、慣れてしまえばどうということはない。

このベルトは日頃きちんと食養生をしているかどうかの目安になるものだから、あまり締めつけない程度に、かつ、つねに一定の強さを保つように注意深くつくる必要がある。つまり、肥満が減じるにつれて締めつけの強さが少しずつ変えられるようにつくらなければならない。かといって、死ぬまでこのベルトをし続けなければならないわけではない。肥満が望む程度にまで減じたら、あるいは、数週間も体重に変化がないようなら、いつでも外して構わないのである。もちろん、その間もしかるべき食養生を続けることが条件ではあるけれども。私は、ベルトを外してからもう六年以上は経っていると思う。

＊（原註）ミラボーは、極度に太ったある男について、彼は人間の皮がどこまで破けずに膨らむものかを示すために神がお造りになった、と言ったことがある。

キナ皮

肥満症に対してははっきり効くと私が考えている物質がある。いくつかの観察の結果から、そのような結論に達したのだが、まだいささか疑わしいところもあるので、ぜひとも医師諸君には実験を重ねていただきたい。

その物質というのは、キナの木の樹皮のことである。両手に余るほどの数の私の知り合いが、間歇熱を長く患った後、ある人たちは民間薬や煎じ薬で治り、別の人たちはキナ皮を服み続けて治った。キナ皮の場合は、百発百中だった。

ところが、民間薬などを服んで治ったグループの中の太っていた人たちは、熱が下がるとまた太りだし、すぐに体重がもとに戻った。が、キナ皮を服んだ人たちは減った脂肪がその後も戻ることがなかったのである。両方のグループとも治りかたにはまったく違いがなかったので、両者の差はキナ皮の効能によるものと考えてよいと思う。理論的な検証も、この結果とまったく矛盾しない。なぜなら、キナ皮はあらゆる面で生命力を高めることにより血行を盛んにして脂肪の元となるガスを消散させる一方、キナ皮の中に含まれるある種のタンニンが、ふつうなら脂肪の蓄積を受け入れるはずの嚢胞の口を閉める作用をもつことが知られている。おそらく、このふたつの働きが、たがいに相俟ってその効果を高めているものと思われる。

どなたにもその正しさがお分かりになる以上のような根拠によって、肥満が高じてお困りのみなさまには、その悩みを解消するために、キナ皮の常用をおすすめしてもよいと思う。かくして「医療におけるすべての部門で学識豊かな医学部の先生方のご賛同をいただけるなら」脂肪を減らしたいと願っている紳士淑女のみなさま方は、まず最初の一ヵ月はしかるべき食餌療法にしたがった後、次の一ヵ月間、一日置きに、朝の七時、朝食の二時間前に、グラス一杯の辛口の白ワインに小さじ一杯ほどの上質な赤キナの樹皮を溶かしたものを服用すれば、きっと好結果が得られるものと思う。

以上が、肥満症というありふれてはいるが厄介な相手と闘うために、私が提案する方法である。人間は弱いものであるから、われわれが生きている現実の社会のありように合わせて、これでもかなり手加減をして差し上げたつもりである。療法があまりにも厳格だと、実行できる人が少なかったり、最初からあきらめてやらない人がいたりするから、かえって効果が上がらないものだ。私は、そのような経験的な真実に拠って立つことにしたのである。偉大な努力をする人は稀である。だからもし自説にしたがってほしいと願うなら、やる人にとって易しい方法しかすすめてはならない。それも、もしできることなら、やって楽しい方法をすすめるのがいちばんである。

南米大陸アンデス地方に自生するキナという樹木の皮に解熱作用があることは、古くから先住民のあいだでは知られていた。

その後、キナの樹皮にマラリアを治療する効果があることが偶然発見されたことから、キナ皮は一六四〇年頃からヨーロッパに医薬品として輸入されるようになった。一八二〇年にはキナ皮からキニーネの結晶を単独で分離することに成功しているが、キナ皮そのものも民間薬として、今日までヨーロッパでは広く使われてきた。

アメリカではキニーネは食品添加物として認可され、トニックウォーターに苦味を加えるために添加される。日本ではキニーネは劇薬に指定されているが、樹皮からの抽出物は食品添加物として使われているという。なお、いまでも専門の漢方薬局の中には、粉末のキナ皮(まさしくブリア゠サヴァランが処方している「赤キナの樹皮の粉末」)を、解熱、健胃、強壮などに効能のある生薬として扱っているところがあるようだ。探して試してみる価値があるかもしれない。

第23章　痩せすぎについて

痩せているというのは、その人の筋肉が脂肪によって膨らまずに、角張った骨格の形状が外から見てもわかるような状態をいう。

痩せかたの種類

痩せかたにはふたつの種類がある。ひとつは、持って生まれた先天的な素質によるもので、健康にも身体各器官の機能にもまったく異常がない場合。もうひとつは、どこかの器官が弱かったり、うまく働かなかったりするために、その人に貧弱なみすぼらしい外観を与えている場合である。私は、身長はふつうの人と変わらないのに体重が三〇キロしかない若い女性を知っている。

痩せすぎがもたらすもの

痩せすぎは、男性にとってはそれほどの不利ではない。痩せているからといって活力がないわけでもないし、元気潑剌としていないわけでもない。いま話した痩せた娘さんの父親は、彼女と同じくらい痩せていたにもかかわらず、重い椅子を口にくわえて頭越しに後ろへ放り投げるほどの力があった。

しかし、女性にとって痩せすぎは大いなる不幸である。世の女性にとって美は命よりも大切なことであり、女性の美は、ふくよかなからだの優美な曲線にこそあるからだ。どんなに化粧に凝っても、どんなにデザインのよい服を着ても、ある種の欠落を覆い隠すことはできず、骨張ったところがどこかにあらわれてしまう。痩せた女性は、よく言われるように、どんなに美人でも「留め針をひとつ外すごとに少しずつその魅力を失っていく」……のである。

病的に痩せている女性には、つける薬がない。医者の手にかかったほうがよいが、痩せすぎを治すための食養生には長い時間がかかり、なかなかよい結果が出ないだろう。

その点、生まれつき痩せていても胃が丈夫な女性なら、彼女を太らせるのにめんどりを太らせる以上の苦労があるとは思われない。めんどりより多少時間が余計にかかるとすれば、女性の胃袋は比較的小さく、また、めんどりのように決まった時間に決まった量の食餌を機械的に詰め込むわけにいかないからである。

女性をめんどりと比較するなどまことに失礼きわまりないが、ほかによい術もなく、また私としてはできるだけ筆を抑えたつもりでもあり、どうか本章の善き意図に免じて大目に見てくださいますよう。

自然の命ずるところ

自然はその創造物に応じて異なった鋳型をもっており、肥満型と同じように痩せ型の用意もある。

痩せることを運命づけられた人は、細長い鋳型に合うようにつくられている。手も足も細く、脛は華奢で、尾骶骨のまわりに肉がつかず、肋骨があらわで、鼻はワシ鼻、目は切れ長、口は大きく、顎が尖っていて、髪の毛は茶色である。

これが一般的な痩せ型の特徴であり、ときにからだの一部がそれに当てはまらない場合もないではないが、稀である。

痩せた人の中には、ときどき大食いの人がいる。そういう人たちに訊いてみたことがあるが、みんな口を揃えて、消化が悪いもので……と答えた。だから、いくら食べてもからだが細いままなのである。

病的に痩せた人の場合は、髪の毛の色やからだつきはいろいろだが、表情にも動作にもキリッとしたところがなく、目はどんよりとして、唇は蒼白く、全体に精気がなく弱々しい感じで、どこか辛そうに見える。こういってよければ、人間としては未完成品で、生命の火がまだ十分にともされていない、といった趣である。

美しくなるためのダイエット

痩せている女性はみな太りたいと願っている。数え切れないほどの女性たちからこの言葉を聞かされてきたので、われらが敬う全能の女性たちへの最後のご奉公として、どこの人気ブティックにも嫌ほど並んでいる絹や木綿の胸当ての代わりに、本物のふくよかな胸をもつ魅力的なからだを手に入れる指南をして進ぜよう。

まったく、謹厳実直な人士にとってそれらの妖しい紛いものは恥ずべき存在で、店頭で胸当てを目にするたびに憤然として通り過ぎようとするのだが、つい本物を前にしたときのようにじっと見てしまいドギマギする。

ふっくらとしたからだつきになるには、適当な食餌療法をすればよい。食べるべきものを選んで、食べればよいのである。

この食餌療法では、休息と睡眠に関する処方は守っても守らなくてもほとんど関係ない。運動をしなければそれだけ太るわけだし、運動をすればしたで、おなかが空いてよけいに食べるからまた太る。つまり、食欲が正しく満たされていれば、人は消耗を修復するだけでなく、太るべきときには必要なだけ太ることができるのである。

睡眠も、よく眠ればそれだけ太るし、あまり眠らなければ早く消化作用が進むから、その分だけよけいに食べてまた太る。

したがって、からだをふっくらとさせたい人には、なにをどんなふうに食べればよいかを指示するだけで事足りる。そしてこのことは、すでにさまざまな原則が明らかになっている以上、とりたてて難しいことではない。

問題を解決するには、胃が疲れない程度に十分な量の、同化作用によって脂肪に変わる物質を与えればよい、ということになる。

それでは、空気の精のようにか細い男女のからだに望ましい実体を詰め込むための、一日の食事の処方箋をお目にかけよう。

一般的規則

その日に焼いた新鮮なパンをたくさん食べること。パンは皮だけでなく中身まで全部食べるようにする。

朝は八時までに、ベッドの上でもよいから、パンかパスタを入れたポタージュを摂ること。早く消化するように、あまり濃くないほうがよい。それに、好みで上質なショコラをカップ一杯。

午前十一時に、新鮮な卵を使った食事を摂る。卵はスクランブルドエッグでも目玉焼きでもよい。それに、ちょっとしたパテか、焼いた肉など、好きなものを食べる。かならず卵を食べることが肝要である。コーヒーは飲んでもよい。

夕食の時間が来るまでに、昼に食べたものが全部こなれているように調節しなければならない。前の食事が消化されないうちに次の食事を詰め込むとろくなことがない、と昔から言われている通りである。

そのため、昼間は少し運動をするのがよい。男性の場合は仕事第一だから時間の都合をつけるのが難しいかもしれないが、女性ならブローニュの森かチュイルリー公園に行って散歩をするのがよい。仕立屋さんや洋装店、流行のファッションブティックへ行ってヒマ潰しをするのもよいし、友だちの家を訪ねてあれこれおしゃべりするのもよい。とてもよい気晴らしになるこの手のおしゃべりには、あきらかな医療効果があると私は信じている。

夕食は、ポタージュに、肉でも魚でも好きなだけ召し上がれ。ただし、そこにコメやパスタを使った一品や、砂糖の入ったお菓子の類、甘いクリームやシャルロットなどを加えることを忘れてはいけない。デザートには、ババとかビスキュイ・ド・サヴォワとか、卵と砂糖と澱粉類を合わせたものを摂るように。

このような食事は、限られているように見えるが、いくらでも変化をつけることは可能である。動物の肉類はなにを食べてもよいのだし、澱粉類の場合は、あらゆる手段を用いてその種類、調理のしかた、味つけなどを変えることでバラエティーを増やすことができる。またそうしないと飽きてしまい、そうなるとなにをやっても効果が上がらなくなってしまう。

飲むものはビールがいちばんよい。そうでなければ、ボルドーか南仏のワイン。酸は避けるのがよい。ただし、心が浮き立つサラダは別にして。酸っぱそうな果物には砂糖をふりかける。冷たい風呂には入らない。ときどき田舎のきれいな空気を吸う。季節にはブドウをたくさん食べる。舞踏会はよいが踊り過ぎて疲れてはいけない。ふつうの日は夜十一時には寝ること。特別のことがあった日でも、午前一時より遅くなってはいけない。

この食餌療法を勇気をもってきっちりと続ければ、持って生まれた体質は改善され、健康とともに美しさを取り戻し、それらと相俟って恋の気持ちも生まれるだろう。そうなれば、感謝の声が教授の耳にも心地よく届くはずである。

羊でも仔牛でも牛でも鳥類でも、鯉でも牡蠣でもザリガニでも、人はなんでも太らせる。だから私は左記のごとき金言を編み出した。

食べる者は誰でも太ることができる。その食べものを正しく選びさえすれば。

第24章　断食について

断食の起源

断食とは、道徳的ないしは宗教的な目的により、故意に食物を断つことをいう。

断食は、人間のもつ欲求のひとつに反する、というより、むしろ私たちがあたりまえのように求める基本的な欲求に反するものだが、にもかかわらず太古の昔からおこなわれてきた。

断食がどうしておこなわれるようになったか、識者は次のように説明している。

個人的に特別な悲しい出来事があるとき、たとえば父や母が、あるいは愛する子供が死んだとき、一家は家族全員で喪に服す。嘆き悲しみ、亡骸（なきがら）を清め、香を焚き、しきたりにしたがって葬儀をとりおこなう。このようなとき、人は食べることなど考えない。つまりそれと気づかぬうちに、自然に断食をしているのである。

同じように、おおぜいの人が悲嘆にくれるような社会的な出来事があった場合、たとえばひどい旱魃だとか、大きな洪水だとか、残酷な戦争だとか、疫病の流行だとか、人間の力や技術ではどうすることもできない大きな災厄がふりかかったとき、人はひたすら泣き暮れて、すべては神のお怒りのせいだと諦める。そこで人びとは神の前にひざまずき、禁欲の苦行をもって赦しを乞う。それで不幸が止めば、涙と断食のお陰だと思い、それからも同じようなことが起きたときは断食をするようになるのである。

このように、公私を問わず不幸な出来事に遭った人びとは、悲しみのあまり食物を摂ることを忘れてしまう。そんなことが重なるうちに、自発的に禁欲することが宗教的な行為とみなされるようになった。

彼らは、魂が悲嘆に苦しんでいるときに肉体を苛めば、神の心を動かして慈悲を得られると考えた。このような考えが民族の全体に行き渡り、服喪、誓願、祈禱、供犠、苦行、断食などを思いつかせたのである。そして最後にイエス・キリストが地上にあらわれて、断食を聖なる行為とし、キリスト教の各派は程度の差こそあれ、どこもこれを採用するようになった。

断食はどんなふうになされたか

この断食の習慣が、近年めっきり廃れてしまったことを、ここではっきりと言っておかなければならない。不信心な輩を教化するためにも、あるいは回心を促すためにも、いまから百年前の十八世紀中頃にはどんなふうに断食がおこなわれていたか、話しておきたいと思う。

断食をやらないふつうの日は、朝の九時前に、パンとチーズ、果物、ときにはパテや冷肉などで「朝食（デジュネ déjeuner）」を摂る。

正午から午後一時の間に、ポタージュにお決まりのポトフーで「昼餐（ディネ dîner）」を摂る。財力やそのときの事情により、なにかほかの食べものが加わることもある。

午後四時に、「おやつ（グーテ goûter）」を食べる。これはごく軽い食事で、とくに子供たちや昔のしきたりを自慢したがる人たちのためのものである。

このほかに、「サパー風のグーテ」というのがある。これは午後五時ごろからはじまって、えんえんと続く会食で、とても陽気で賑やかなものだった。ご婦人方はことのほかお気に入りで、ときには女性たちだけで集まってやることもあり、男どもは蚊帳の外に置かれたものだった。私の秘密の手帖には、「陰口とゴシップばかり」と書いてある。

八時頃に、「夜食（スーペ souper）」として、アントレ各種、ロースト肉、アントルメ、サラダとデザートなどを食べ、それからおしゃべりをして、ゲームでもやって遊んでから、ベッドに就くことになっていた。

パリでは、それよりもっと派手な夜食の習慣があった。それは芝居がはねた後にはじまるもので、美しく着飾ったマダムや当代人気の女優たち、清純ではないが妖艶な女性たちに、貴族や、金持ち、芸術家のたぐいや遊び人の群れが、ときに応じて集まり饗宴を繰り広げた。そこではその日に起きた出来事が語られ、新しい流行の歌が歌われ、政治や文学や演劇が論じられ、とりわけ……秘めた情事が繰り広げられたのである。

さて、それでは、そろそろ精進日のようすを申し上げよう。

その日は肉を断つ。朝食は摂らない。だからもうそれだけで、ふつうの日より食欲が増してしまっている。

昼餐の時間が来れば（肉類以外は）なにを食べてもよい。が、魚と野菜だけでは腹持ちが悪く、五時になる前から腹が減って死にそうになる。時計を出して見ては、まだかまだかと思いつつ、神のご加護を祈りながらいらいらと当たり散らす。

八時頃になると、たっぷりのおいしい夜食……ではないが、「コラシオン collation」という軽い夜食が出る。この呼び名は、僧院を意味する「クロワートル cloître」という語に由来するもので、その名の通り、僧院では一日の終わりに修道士が集まって教父たちについての講話をおこなう習慣があり、それが終わると一杯のワインを飲むことが許されたという故事による。

コラシオンでは、バターや卵など、生命をもっている一切のものを口にすることができなかった。だから、サラダやジャム、果物など、哀しいかな腹にたまるようなものはほとんどない、この時間に抱えている空腹を満たすにはほど遠いもので我慢しなければならなかった。が、神への愛のために我慢して、おとなしく床に就いたのである。こうして四旬節のあいだじゅう、同じような毎日を繰り返した。

この時代には、「小さな夜食（プチスーペ petit souper）」と称して、ごく親しい人だけを招いて内輪の夜食会をおこなうことが一部で流行したが、そういう人たちは断食なんかしなかった。ただの一度だってしたことがないよ、と私に断言した人もいるくらいだ。

この頃の料理術の傑作といえば、正しく教会の規則に則ったコラシオンでありながら、どことなくお洒落なスーペ風の工夫を凝らした一連のメニューだった。さっと茹でた新鮮な魚、根菜のスープ、油で揚げた菓子など、許される範囲の中で巧みな技術を発揮することにより、美味学はこの問題を解決するに至ったのである。四旬節のあいだ厳しい戒律を几帳面に守った人びとには、私たちの知らない快楽が待っていた。復活祭の最初の食事で、断食明けの食卓を囲むよろこびは格別のものであったという。

考えてみれば、困難に出遭い、欠乏に苦しみ、願望を抱いて、それが満たされるときに感じる歓びほど、大きいものはない。断食という戒律を破る行為には、これらのすべてが含まれているのだ。私の大叔父にあたるふたりの謹厳実直な人士が、復活祭の日、いよいよ大きなハムの塊にナイフが入れられ、パテの蓋が開けられるのを見て、うれしさのあまり気が遠くなったようすを私は覚えている。それに引き換え、われわれはなんと堕落したことか！　いまでは、とてもそんな強烈な感覚を味わうことはできない。

ブリア＝サヴァランが百年前の例として挙げている、朝九時前の朝食、正午から午後一時の昼餐（昼食）、夜八時の夜食（夕食）……という一日の食事の時間割は、二百五十年後の現代でもほぼ変わりがない。変わったのはその呼びかたで、現代では朝食を「プチ・デジュネ petit déjeuner」、昼食を「デジュネ déjeuner」、夕食を「ディネ dîner」と呼ぶ。これが毎日の三食で、このほかに観劇のあとに食べるような遅い夕食（夜食）を「スーペ souper」と呼ぶ習慣は残っているし、午後四時頃の「グーテ goûter」は、いまも子供のおやつの時間を示す言葉として日常的に使われる。また「コラシオン collation」も、時間を問わない「軽食・間食」を指す言葉として生き残っている。

時間は同じなのに呼びかたが変わったのは、一日のうちの正餐（一家全員が揃って温かい料理を囲むメインの食事＝ディネ dîner）が昼食から夕食へと移行したためである。

この傾向があらわれはじめたのは、フランス革命がひとつのきっかけとなっている。フランス革命とそれに続く混乱の時代、軍人や革命家は昼のあいだじゅう会議や作戦に熱中して、昔ながらのゆっくりした昼餐（ディネ）を取る時間がなくなり、主餐は一日の終わりに摂ることが多くなった。革命の時代にレストランが増えたことも、こうした風潮を後押しした。パリを除く田舎ではそんな変化は起きなかったが、パリの、とりわけ社交界に出入りする人びとのあいだでは、一日の食事の時間がしだいに従来とは違ったものになっていった。それにつれて、朝食を意味したデジュネが昼食になり、夕食の時間から押し出されたスーペは夜遅い食事の名（英語ではサパー supper）となり、空白になった朝食のあとに「プチ・デジュネ（小さなデジュネ）」という新しい言葉が考え出されたのである。

こうした動きをさらに幅広く、確定的なものにしたのは産業革命である。産業革命で労働の形態が変わって会社や工場で朝から夕方まで働く人が増え、一家の主人とともに食卓を囲む一日の正餐（ディネ）を昼に摂れなくなった。英語では、ディネが夕方へ移行したあと空白になった昼の食事に「ランチ lunch」という語を当てた。これはもともと、働く必要のない貴族が朝寝坊をして、昼近くになって覚える空腹を癒すために食べる軽い食事を意味する語で、そのお洒落なイメージを借りてサラリーマン（これも産業革命によって生まれた新しい種族である）の昼食を形容したのである。十九世紀の後半からは多くの国がこうした傾向に追随した。ただし、一日の食事の時間は、都会と田舎の違い、社会階層の違いなどによって微妙に異なり、いまでもヨーロッパの田舎では昼にゆっくり休みを取って主餐（ディネ）を摂る人が少なくない。

英語で朝食をあらわす「ブレックファースト breakfast」が「断食 fast」を「破る break」という意味であるように、フランス語の「デジュネ déjeuner」もまったく同じで、「断食 jeûne」と「破る dé-」というふたつの語から形成されている。夕食の後から朝に至る、何も食べないで過ごす時間を「断食」と捉えれば、朝一番の食事は「断食を破る」ものにほかならない。

こういう言葉の考えかた自体が、ヨーロッパのキリスト教社会にとって、断食という行為がいかに重大な意味を持っていたかを想像させる。実際、中世では毎週、金曜日だけでなく水曜日も土曜日も断食をしたし、祭日の前日、四季斎日（各季節の最初の三日間）、四旬節（カーニバルから復活祭までの四十日間）など、食べられるときにいくらたくさん食べても太らないでいられるくらい、断食の機会がつねにあった。

なお、ブリア＝サヴァランは朝食のときに食べるものとしてパンとチーズ、果物、ときにはパテや冷肉……を挙げているが、これは貴族や一部の富裕階級の朝食だろう。「ジャンヌ・ダルクの朝食はワインに浸した堅いパンであった」といわれるが、古代ローマの時代からフランス革命に至るまで、「パンをワインまたはスープに浸したもの」がフランス人の朝食だった。

現代ではパンを食べながらカフェオレ（ミルクコーヒー）を飲むのがもっとも一般的なフランス人の朝食だが、見ているといまでも多くの人がパンをカフェオレに浸して食べている。

十九世紀半ば頃には、少なくとも都市部では「パン＋カフェオレ」の形態がほぼ普及していたと考えられているが、野菜の入ったスープにパンを浸して食べる朝食のスタイルは、二十世紀に入っても（とくに農村部では）根強く残った。カフェオレ用のボウルがあんなに大きいのは、もともとスープのための碗だったからである。

弛みはじめた断食の習慣

この習慣も、しだいに弛緩するときがやってきた。それも、いつの間にか、それと気づかぬかたちで。

ある年齢に達しない若者は断食をしなくてもよかったし、妊娠している女性、あるいは妊娠していると自分で思っている女性も、その理由で断食を免れた。そういう人たちは肉食も夜食もふつうに食べていたので、断食をする人びとにとっては耐え難い誘惑となっていた。

そのうちにいい大人たちまでが、断食をするといらいらするとか、頭痛になるとか、不眠になるとか言い募るようになり、春先におこるちょっとした不都合、たとえば吹き出物だとか、めまいだとか、鼻血その他、自然の営みが新しく生まれ変わるときのさまざまなざわめきの徴候を、みんな断食のせいにした。そしてとうとう、自分は病気のようだから断食をしない、いままで病気だったから断食をしない、これから病気になるといけないから断食をしない、などと勝手なことを言いはじめ、精進やコラシオンをやる人は日に日に減っていったのである。

それだけではない、ある年は冬の寒さがことのほか厳しく、大根やカブなど根菜の収穫が危ぶまれたので、教皇庁のほうから公式にお触れが出て厳格な規則が弛められた。

するとこんどは一家の主人たちが、精進料理をつくるのによけいな出費がかさむのは迷惑だと文句を言い、ある者は、神様はわれわれの健康の害になるようなことを望むわけがないと言い出し、信仰の薄い者たちは、飢饉に苦しんだからといって極楽に行けるわけではないと毒づいた。

それでも断食の義務はいちおう残っており、精進を破るときは神父に許可を申し出るのがつねだった。その申し出が拒否されることはめったになかったが、その代わりになにがしかの寄進をするように求められることはあった。

そしてとうとう革命がやってきた。それは人の心をまったく別の性質の気遣いや怖れや関心によって捉えたので、なにかと聖職者に相談をするような機会もヒマもなくなった。彼らの中には革命政府の敵として訴追される身になった者もいたし、彼らは彼らで相手を離教者と罵り返したものだった。

さいわいこのようなことはもうなくなったが、それに劣らず影響力の強い出来事がもうひとつあった。

それは、食事の時間が革命の前と後ではまったく違ってしまったことである。私たちは昔ほど頻繁に食事をしなくなったし、先祖たちと同じ時間には食事をしなくなった。そうなれば、断食もまた別のやりかたをする必要があるだろう。

このことは疑いのない真実である。私が付き合ってきた人たちは、規則正しく賢くて十分信心深い者ばかりだったが、それでもこの二十五年間というもの、私の自宅

（で私が振舞ったとき）以外には、精進の食事をしたことは一〇回もなかっただろうし、正式のコラシオンに至っては、おそらく一度も経験したことがないと思う。
このようなことを明らかにすると当惑される方が多いと思うが、私はといえば、聖パウロ様のお言葉に守られて、心置きなくご馳走をいただこうと思う。

信仰に弱い者を受け容れよ、しかし彼らの意見について争うな。
ある人はなんでも食べてよいと思うが、弱い人は野菜を食べる。
食べる者は、食べない者を軽蔑するな。食べない者は食べる人を裁くな。
神は彼を受け容れたからである。

（新約聖書・聖パウロの書簡『ローマ人への手紙』）

それに、革命による新秩序が不摂生を生んだと考えるのも大きな間違いである。一日の食事の回数は半分近くに減った。酔っ払いは姿を消し、自己逃避のために、特定の祭りなどの日に、もっとも下層の階級の人たちがそうするくらいである。乱痴気騒ぎは影を潜め、下品な飲んだくれは顰蹙を買うようになった。パリに住む人の三分の一以上が、朝は軽いコラシオンで済ませるようになったのである。しかし、こんなど時世ではあるけれども、もしその中に洗練されたグルマンディーズの甘美な誘惑に身をまかせる者がいたとしても、どうしてそれを非難することができようか。すでに見てきたように、グルマンディーズを追求することは、誰もが得をして、誰も損をしないことなのだから。

最後に、新しい体制が人びとの嗜好にもたらしたいくつかの傾向について見ておこう。

毎日数千という人びとが芝居見物をしたりカフェで夜を過ごしたりするようになったが、四十年前であれば、彼らはいかがわしい居酒屋にたむろして一晩中飲んでいたものだった。

こうした変革は、経済的にはとくに得るところはないかもしれないが、モラルという面から見るときわめて大きな進歩がある。劇場で芝居を見れば人心は穏やかになるし、カフェで新聞を読めば勉強になる。そうすれば、酔っ払って喧嘩をする、飲み過ぎてからだを壊す、馬鹿になる……といった、居酒屋通いにつきものの悪弊から免れることができるのである。

第25章　消耗について

消耗とは、それに先立つなんらかの状況によって引き起こされた衰弱、憔悴、困憊などにより、活力を要する行為を遂行することが難しい状態をいう。消耗には、食物を断つことによるものを除くと、以下の三種がある。それは、筋肉の疲労によって引き起こされる消耗、精神の活動によって引き起こされる消耗、性行為の過剰によって引き起こされる消耗の三種である。

これら三種の消耗に共通する特効薬は、なによりもその状態をもたらす原因となった行為を直ちに止めることである。消耗は病気そのものとはいえないが、きわめて病気に近いものだからである。

美味学的治療法

とりあえず初期に必要な対処をほどこした後は、ガストロノミーの出番である。美味学はそのための方法をいくつも用意している。

長時間にわたる労働により筋肉の疲労が溜まった人には、おいしいポタージュ、濃厚なワイン、熟成した肉、それに十分な睡眠を。

主題の面白さに魅かれて研究に熱が入りすぎた学者には、脳細胞をリフレッシュさせる野外の運動と、高ぶった神経の緊張をゆっくりとほぐす入浴、それに、飼鳥（家禽）類と葉野菜と十分な休息を。

最後に、官能には限度があることや悦楽には危険が潜むことを忘れた輩に対して美味学がなし得ることについては、次に挙げる例でご説明しよう。

教授が友人に施した手当ての実例

ある日、私のいちばんの親友のひとりであるリュバ氏を訪ねたときのことである。からだの具合が悪いとは聞いていたが、たしかに部屋着を着て暖炉の火の傍に座っているありさまは、いかにも弱々しいようすだった。

その顔つきと来たらひどいものだった。色は蒼白く、目は異様に輝き、下唇がだらりと垂れ下がって下顎の歯が剝き出しになり、見るもおぞましいありさまだ。

どうしてこんなひどい状態になったのか、興味にかられて私はあれこれと質問した。彼ははじめ言い渋っていたが、言えと責めたてるとようやく重い口を開いて、しぶしぶ釈明をはじめたのだった。

「いや、実はね……」と、顔を赤らめながら彼は白状した。「知っての通り女房はやきもち焼きで、これまでも他人には言えない修羅場を繰り返してきたのだけれど、とくにここ数日と来たらひどい大爆発で、困り果てた末、私の彼女に対する愛情はちっとも変わっていないこと、夫としての妻への貢ぎ物を他に漏らすようなことはいっさいしていないことを、分からせてやろうと思ったもので……そうしたらこんなことになってしまい、面目ない」

「もう四十五歳にもなるというのに、いい年をして、嫉妬につける薬はないってことを君は忘れたのか？　昔から、狂女の妄執いかなるものか、というではないか」などと、私としたことがはしたない言葉を並べ立てた。というのも、私は本当に頭に来たからだった。

「見ろ、その上、君の脈は弱々しくて、せわしなく、とぎれとぎれではないか。いったいどうするつもりなんだ」と私はたたみかけた。

「いま医者が帰ったばかりなんだ。医者の言うことには、これは神経性の発熱だと思うから、瀉血をしなさいといって、いま外科医をよこすそうだ」

「瀉血だって？」思わず私は叫んでしまった。「おいおい、まずいぞ、そんなことをしたら死んでしまう。人殺しの外科医がやってきたら追い返して、この俺が身も心も預かったと言ってやれ。だいたい、おまえの医者はこうなった訳を知っているのか？」

「それがサ、恥ずかしくて一部始終は話せなかったんだよ……」

「わかった。それならもう一度来てもらうんだな。俺が容態に合った薬を調合してやるから、とりあえずこれを一杯飲め」といって、砂糖を目一杯溶かした水を渡してやった。すると彼は自信に満ちたアレキサンダー大王のような決断と純朴な炭焼き男のような信心をもって、一気にそれを飲み干した。

それを見て私は急いで家に走って戻り、後に紹介するようなレシピの特製秘薬の調合をはじめ、なんとか工夫して短い時間で完成させた。というのも、こういう場合はちょっとした遅れが命取りになるものだから。

できあがった薬をもって引き返してみると、さっきよりはだいぶよくなっているようだった。頬に明るみが戻っていたし、目つきからも険しさが消えていた。が、唇だけは相変わらず不気味に垂れ下がったままだった。

医者もほどなく姿をあらわした。私は自分がしたことを医者に告げ、病人も本当の事情を白状した。それを聞いて最初は医者らしい謹厳さで眉をひそめたが、すぐに少々皮肉を込めた表情で私たちを見てから、病人に向かってこう言った。

「私があなたの年齢や身分に不釣合いな病気を正しく診立てることができなかったことも、またお宅が恥ずかしがって本当の訳を話すことをためらったことも、驚くにはあたりますまい。でも、それであなたの面目は保たれたかもしれないが、私は取り返しのつかない過ちを犯すところだったのですよ。そのことについては、一言申し上げておかなければなりませんな。さいわい、同業の御方が（といいながら私のほうに会釈をしたので、私はそれ以上丁寧にお辞儀をし返した）よい方向に導いてくれました。なんという名前か知りませんが、とにかくそのポタージュをお飲みなさい。そして、熱がおさまったら、明日の朝、ショコラの中に新鮮な卵の黄身を二個落としたものを飲むとよいと思いますよ」

そう言って医者は、杖を取り、帽子を被って、帰っていった。そのようすを見て、私たちは思わず吹き出しそうになったものだ。

しばらくして、私は彼に特製の元気回復薬をカップ一杯飲ませてやった。彼はそれを貪るように飲み、もう一杯、といってお代わりを欲しがったが、私は二時間あいだを置かなくてはダメだといい、帰り際に二杯目を飲ませてやった。

翌日になると熱は下がり、ほとんど元気を回復しているように見えた。彼は医者に言われた通りの朝食を摂り、処方された私の薬をその日も飲み、翌々日からは日常の職務に復帰することができるようになった。が、垂れ下がった唇だけは三日目になるまで元に戻らなかった。

この椿事（ちんじ）はほどなく露見し、ご婦人方は寄るとさわるとひそひそ噂話をした。中には友人のことを立派な夫だと誉める人もいたが、大半は彼を哀れんだ。そしてひとり美味学の教授だけが、おおいに面目を施したのだった。

瀉血とは、血液を体外に排出させることで体内にたまった不要物や有害物を外部に排出して健康を回復できるという考えによるもので、欧米ではさかんに行われた療法である。瀉血の歴史はギリシャにはじまり、中世ヨーロッパでは修道士が実践していた。中世ばかりでなく、近代になっても欧米では強くその効果が信じられ、さかんに行われてきた。

ヨーロッパでは床屋が外科医を兼ねていたので、瀉血の処置も床屋がおこなった。現代の理髪店の看板（サインポール）のもとである「赤・青・白の縞模様」は、もともと「赤と白の縞模様」であり、赤は血、白は止血帯を表し、ポール自体の形は瀉血の際に用いた血の流れを良くするために患者に握らせた棒を表しているという。

日本でなら、リュバ氏の症状はすぐに「腎虚」と診断されたことだろう。漢方医学では、「腎」は男性の精気を溜め込むところとされているので、精力の減退は腎の機能が落ちることであると考える。漢方でいう腎は、腎臓を中心に泌尿器など多様な器官と機能をまとめて考える概念で、広く生殖能力を司る生命の源と考えられてきた。だから、腎虚（腎の機能低下）は全身の衰弱を招く症状として一般的には生来の虚弱体質や加齢による老衰の状態を指すのだが、俗語としての用い方では、性的な機能が過剰な消耗によって急激に低下することを腎虚という。人間（男性）が一生のうちに射精できる精液の量は決まっており、すべてを出し終わる（腎がカラになる＝腎虚）と最後に赤い玉がコロリと出てそれがオシマイの合図、という俗説があることはご存じだろう。

腎虚の患者に瀉血をしたら命取りだから、ここは教授の元気回復薬のほうが正解に違いない。

が、この時代まで西欧では「赤い玉の出た男」に対処する医学的な処方が考えられていなかったというのは、そこまで精力を使い切る例がなかったのか、それとも彼らはもともとのポテンシャル（埋蔵量）が多いのか……。

元気回復特効薬A――リュバ氏のための処方

大ぶりのタマネギ六個、ニンジン三本、パセリ一束をみじん切りにして鍋に入れ、上質で新鮮なバターの塊を加えて色づくまで炒める。

全体によく火が通ったら、氷砂糖六オンス（約一八〇グラム）と竜涎香二〇グレイン（約一グラム）、それにパンの皮を焼いたものをひとかけら加え、ボトル三本分の水を注いで四十五分間加熱する。沸騰して減った分の水を絶えず補充して、つねにボトル三本分の量を維持すること。

鍋を加熱している間に、年老いた雄鶏を絞め、羽根を毟り、内臓を取ってから、すり鉢に入れて、肉も骨もいっしょに鉄の杵でよく搗いて潰す。同様の方法で、二リーブル（約一キロ）の精選された牛肉を挽肉にする。

雄鶏と牛肉の挽いたものを混ぜ、塩と胡椒をたっぷりと振りかける。

挽肉を別の大きな鍋に入れ、よく火が通るまで強火で加熱する。ときどき新鮮なバターを少しずつ加えて、焦げつかないように注意しながらよく炒める。全体がよく色づいてきたら、すなわちオスマゾームが固まってきたら、最初の鍋のブイヨンを濾しながら、挽肉の鍋の中に注ぐ。最初は少しずつ混ぜ入れ、すべて入ったら強火にして、四十五分間沸騰させる。このときも、液体の量を一定に保つために、減った分だけ熱湯を足すことを忘れないように。

ここまで来れば、作業は完了である。先に述べた理由のうちの、いかなる原因でどれほど衰弱していたとしても、病人の胃の働きが残っている限り、確実に効く飲み薬ができあがる。

これを服用する場合は、最初の日は夜寝るまで三時間おきにカップ一杯、二日目からは朝夕にそれぞれカップにたっぷり一杯、三本のボトルがなくなるまで飲み続ける。そのあいだ病人には、鶏もも肉、魚、甘い果物やジャムなど、軽くても滋養のあるダイエットメニューを摂らせる。そうすれば、再び同じ薬を調製する必要はおそらくないと思う。四日目頃からは、ふつうの仕事に戻ってよい。

ただし、以後は、できることなら……身を慎んでもらいたい。

元気回復特効薬B——竜涎香

竜涎香は、香料として使うと神経の過敏な人には不快感を与えるかもしれないが、内服すると、気分を快活にする素晴らしい強壮剤となることは覚えておいてよい。私も、ここのところ、歳のせいか、思考力が衰え、なんとなく力が入らないような感じがするとき、豆粒ほどの竜涎香を粉末にして砂糖と混ぜたものを濃いめのショコラに入れて一杯飲むと、たちまち元気を回復してよい気分になった。この強壮剤のおかげで、からだの動きがよくなって、考えもよくまとまり、同じ効果を得ようとしてコーヒーを飲んだときのように不眠に悩まされることもなくなった。

元気回復特効薬C——新処方

特効薬Aは、強健で果断な性質をもつ人たち、どちらかというと行動の過多によって衰弱を招く人たちに向いている。

私はその後、たまたまの巡りあわせから、もっと飲みやすい味の、よりマイルドな効き目をもった、もうひとつの処方を考えついた。これは虚弱な体質で優柔不断な、一言でいえばちょっとしたことで参ってしまうような人たちに奨めたい。

少なくとも二リーブル（約一キロ）はある仔牛の脛肉を、骨ごと縦に四つ割りにし、タマネギの輪切り四個分とクレソン一束とともに、色づくまで炒める。ほとんど火が通りそうになったときに、ボトル三本分の水を注ぎ、例によって蒸発する分を注意深く補いながら、二時間のあいだ沸騰させる。これで上質な仔牛のブイヨンのできあがり。塩と胡椒でやや控え目に調味する。

一方で、三羽の年老いたハトと二五匹の活きたザリガニを別々に潰してから、合わせて鍋に入れてAと同様に加熱し、中まで火が通って表面が焦げはじめたら、先ほどつくった仔牛のブイヨンを注ぎ、強火でさらに一時間煮立たせる。

こうしてできあがった濃厚なブイヨンを、濾してからボトルに詰め、朝と夕方に一回ずつか、もしくは朝一回だけ、朝食の二時間前に飲むようにする。これも本当においしいポタージュである。

私がこの処方を考え出したのは、ある文学者の老夫妻が、私が老いてますます盛んなのを見てすっかり信用し、知恵を借りたいと言って来たのがきっかけである。

ふたりとも、私の指示に従って後悔しなかった。ひたすら悲しい詩ばかりを書いていた詩人の夫はロマンチックな明るい作品を書くようになり、不幸な結末で終わるパッとしない小説を書いていた小説家の妻のほうは、もっとずっと上出来の、めでたい結婚で終わるハッピーエンドの新作を書き上げた。このことからも、ふたりにとって私の妙薬が精力増進の効果を発揮したことは間違いない。

教授特製の特効薬は、いずれも「ボトル三本」が定量とされている。原文では、単に「ボトル bouteille」としか書かれていないので容量を特定できないのだが、これはワインボトルと考えてよいのだろうか？

ワインを入れるガラス容器は古代からあったが、現在のような一定の形状をもったボトルができたのは、近代的なガラス工業の技術が確立した十九世紀末以降のことである。それまでのガラス瓶は、樽から食卓へとワインを持ち運びそこからグラスに注ぐための容器（ピッチャー／キャラフ）として使われており、形状もいびつだったから、コルクで栓をすることはできても横に並べて積み重ねることはできなかった。

したがって、ワインが瓶の中でも熟成を続けることがわかったのは、長期保存を可能にした工場生産によるワインボトルが登場してからのことであり、七五〇ミリリットルという定量が決まったのも当然それ以降のことだろう。ここで書かれている「ボトル」が仮にワインを入れるための瓶を指しているのだとしても、十九世紀前半のこの時代に、どんな容量が標準だったかは不明である。

第26章　死について

万物は死滅する。死は法であって罰ではない。（セネカ）

神は人間に六つの避けられない大事を課した。誕生、活動、飲食、睡眠、生殖および死がそれである。

死は周囲との感覚的なつながりの絶対的断絶であり、生命の力の最終的な消滅であって、人間の肉体を分解の法則に委ねるものである。

これらの大事にはつねになにかしらの快楽が伴っていて、それが苦痛をやわらげる働きをする。死でさえ、それが自然死である限り、つまり、肉体が成長、充実、老化、衰弱という人間に運命づけられた過程を経た上で到達したものであれば、そこになんらかの魅惑があっても不思議ではない。

もし私が、このきわめて短い一章をもって満足する決心をしなかったら、人間の生きた肉体が、感じ取れないほどの微かな変化を無数に重ねながら生命のない物質へと変化していったありさまを観察してきた、多くの医者の証言を引き合いに出しただろう。また、永遠との境目に立ちながら、苦痛の虜になることなく、むしろ愉快な思いを抱き、楽しい詩を残して最後を飾った詩人や、王や、哲学者の言葉をいくらでも挙げることができるだろう。たとえばフォントネルは、死に臨む床でいまなにを思うかと聞かれたとき、「生きることの難しさ以外にいま思うことはない」と答えたそうだ。が、ここでは他人の言葉に頼るのではなく、類推だけではないたしかな観察に基づいた、自分で本当に確信できることだけを述べようと思う。私がそのような死を実際に観察した最近の例は、次のようなものである。

私の九十三歳になる大叔母が、いよいよ死にかけていたときのことである。かなり前から寝たきりになっていたのだが、すべての能力はしっかりと保たれていて、わずかに食欲が衰え、声に張りがなくなった程度だった。

彼女は私に対してつねに大きな愛情を注いでくれ、私もベッドの傍に付き添って優しく面倒を見ていた。が、そういう場合でも私の哲学的観察者という生来の質は、彼女のちょっとした変化を見逃すことはなかった。

「私の甥っ子は、そこにいるのかい?」と、彼女はほとんど聞き取れないようなか細い声で言った。「はい、ここにいますよ、叔母様。なにかして差し上げましょうか。

……そうですね、上等な古いワインをお召し上がりになったらいかがですか」「ああ、もらおうかね。水ものならまだ喉を通るから」

私は急いで用意をし、彼女をそっと抱き起こして、私が所蔵するもっともよいワインをグラスに半分ほど飲ませた。すると彼女はすぐに元気が出て、私のほうを向いてとてもきれいな目の輝きを見せながら、こう言った。「ありがとうよ。こんなふうにしてもらって本当にうれしいわ。あなたも私の歳になったらわかると思うけど、死ぬときは、そろそろ眠りたいと思うように、自然にそうなりたいと思うものよ」

これが最後の言葉だった。その三十分後、彼女は永遠の眠りに就いた。

リシュラン博士は、人間のからだが壊れていく最後の瞬間を、真実と哲学をもって描き切った。以下にその言葉を引用しよう。

「人間の知的な能力は、次のような順序で停止し、崩壊する。まず、人間だけが持つといわれている理性が、人間を見捨てる。最初にもろもろの判断を組み合わせる能力が、次いでさまざまな観念を比較し、収集し、結びつけて、その関係性をあらわす能力が、失われる。このような状態になると、病人は頭がヘンになったとか、辻褄の合わないことをいうとか、妄想している、とかいわれるようになる。妄想は、ふつうその人にもっとも親しいイメージを中心に展開するので、人知れず心の奥底に秘めていたものが思わず顔を出すことがある。守銭奴が隠し金のありかをぺらぺらしゃべったかと思えば、信心深い人が心にも思わなかった宗教的な恐怖に囚われて死んでいくこともある。いまは遠く離れた祖国で過ごした甘美な思い出が、魅惑に満ちた風景とともにまざまざと脳裡によみがえることもあるだろう。

推理や判断の次に、観念を組み合わせる能力がひとつひとつ破壊されていく。それは、いわゆる「気を失っている」という状態でも現出することで、私自身も経験したことがある。私は友人と話をしていたのだが、途中から、ふたつの類似した観念を結びつけてひとつの判断を下そうとしながら、どうしてもそこから先に進まないもどかしさを感じはじめた。そのときどうやら私は失神したようなのだが、まだ完全な気絶状態ではなかったらしく、記憶や感覚の働きは残っていた。だから私はそこに居合わせた人たちが「彼は気絶した」といっている声がはっきりと聞こえ、なんとか目を覚まさせようとして慌てているようすがわかったのだが、その状態に、私はなにかしら甘美な快楽を感じていた……。

次に消えるのは記憶である。病人は気を失ってもなお周囲の人びとのようすを感じ取るというのに、しだいに周囲の近しい人たち、最後にはもっとも親密に暮らしをともにした人たちのことまでが、わからなくなっていく。そして、とうとうすべての感覚が閉じるのである。ただし感覚は、次々とはっきり順を追って消えていく。まず味覚と嗅覚が機能を停止し、次に目が雲に覆われたようにぼんやりとし、死の様相を帯びてくる。だが、耳はまだ外界の声や雑音を感知している。おそらくそのせいで、昔の人は本当に死んだかどうかを確かめるために、死んだ人の耳もとで大きな声で叫ぶことを慣わしとしたのである。

死んでいく人は、嗅覚を失い、味覚を失い、視覚を失い、ついに聴覚を失う。が、それでもなお、ものに触れたときの感覚は残っているので、床の中でもぞもぞとからだを動かし、腕を外に出してみたり、絶えず体位を変えたりするのである。それは、母の胎内でうごめく胎児の動きに似ている。死は、死にゆく人にいささかの恐怖も与えない。もはや彼にはなんの感情もないのだから、なにも意識しないまま、人間は、生きはじめたときと同じようにその生を終えていくのである」（リシュラン『生理学新論』第九版第二巻より）。

「消耗」について語った後に「死」が来るのは自然な流れであるとはいえ、ここだけが著者の言う通り「きわめて短い一章」である。サヴァランの大叔母が亡くなったのは、一七七一年、サヴァラン十六歳のときである。それが死に臨んで「苦痛の虜になることなく」微笑んで旅立つ人間を実際に観察した「最近の例」だというのだから、革命を巡る争いの中で多くの死を目撃したであろうに、そのような幸福な死は稀であることを逆に証明するような一章になっている。

サヴァラン自身は『味覚の生理学』が匿名で出版されてから約二ヵ月後、ルイ十六世の命日（一月十八日）に体調が悪い中をその追悼ミサに出席したあと、風邪をこじらせて肺炎を起こし、二週間後に亡くなった。その死は急ではあったが、故郷で友人に囲まれて、静謐の中で旅立つ穏やかな最期であったという。本書の執筆は、一八二一年ごろからの数年間とされるから、サヴァランは六十代後半から七十歳にかけての年齢である。死についての断章を書きながら、彼は自分の死期がそう遠くないことを想像していただろうか……。

第27章　料理の哲学史

料理はもっとも古くからある技術のひとつである。アダムは空腹を抱えて生まれてきたし、泣きながらこの世に生を享ける赤ん坊は、母親の乳房を与えるまで泣きやまない。

料理はまた、あらゆる技術の中でわれわれの社会生活にもっとも貢献したものである。なぜなら、料理をするために人間は火を使うことを覚え、その火によって人間は自然を征服したのだから。

大きく見れば、料理には三つの種類があると考えられる。

第一は食物を調理加工する技術であり、これがもともと料理と呼ばれてきたものである。

第二は食物を分析しその成分を検証する技術であり、これは化学と呼ぶのが妥当だろう。

そして第三は、修復のための料理、と呼んでもよいものだと私は思うが、一般には薬学と呼ばれている。

この三種類の料理は、それぞれ目的は異なっていても、火を使うこと、かまどを利用すること、同じような容器を用いること、といった共通点から、同列に論じることができる。

たとえばここに一片の肉塊があるとして、料理人ならこれをポタージュとブイに変えるところを、化学者はそれをいくつの物質に分解できるか調べるために持ち出そうとするし、薬剤師は、もしそれが腹痛をおこす原因にでもなったとしたら、力ずくで体外に取り出そうとするだろう。結果がそれぞれに異なるのは、「料理」の目的が異なるからである。

生で食べる

人間は雑食性の動物である。果実をかじるための切歯と、穀物をすり潰すための臼歯と、肉を切り裂くための犬歯とを持ち、野生状態に近い人間ほど犬歯が鋭く目立っている。

人間が長いあいだ果食動物であったことは容易に想像できる。人間は旧世界ではもっとも鈍重な動物であり、武器がなければ他を攻撃する能力はきわめて限られていたため、その状態に止まらざるを得なかったのである。しかし人間には不断の改善と向上を求める本能が備わっており、自分が弱い存在であるというまさしくその自覚から、ほどなく武器を身につけるようになった。そしていったん武装すると、その鋭い犬歯によって象徴される肉食の本能を発揮して、周囲の動物たちをことごとく餌食にし栄養の糧としたのだった。

この破壊の本能はいまも残っている。子供に小さな動物をあてがっておくと、たいがいはいじくりまわして殺してしまう。お腹が空いていたら食べてしまうかもしれない。

人間が肉を食べたいと思うようになったことは驚くにあたらない。人間の胃はあまりにも小さく、果物だけでは、消耗を回復するために必要な動物化できる物質を、十分に摂取することができないのである。野菜が食べられればまだよかったのだが、野菜の栽培調理には技術が必要で、その技術を身につけるにはまだ何世紀かを待たなければならなかった。

人間が帯びた最初の武器は、おそらく木の枝であったに違いない。その後しばらくして、弓と矢があらわれた。

およそ人間がいるところ、いかなる気候風土の土地であれ、いたるところに弓と矢が存在することは注目に値する。この均一性を説明するのは難しい。これほど多様で異なった条件に置かれた人間が、どうして一連の同じようなアイデアを考えつくに至ったのか。はるかなる時の帳に、その理由は覆い隠されたままである。

生肉は決して食べにくいものではない。ただ、粘り気があるため歯にくっつきやすいだけで、それさえなければ味は悪くない。塩を少し振りかければ消化もきわめてよく、どんな食べものよりも栄養に富んでいる。

一八一五年に、あるクロアチア軍の大尉を食事に招いたとき、彼は食卓のご馳走を見てこんなふうに言ったものだ。

「おやおや、うまいものを食べるのにこんな手の込んだ料理は要りませんぞ。わしらは外に出て腹が減ったら最初に見つけた獣を射ち殺し、その肉のいちばん分厚いところを切り取って、いつも背嚢に入れて持ち歩いている塩をまぶしてから、鞍の下の、馬の背とのあいだに挟んでおくのです。それからちょっと馬を走らせた後、こうやって(と、丈夫な歯で肉を嚙み切る仕草をしながら)、ガブリ、ガブリとやるんですわ。まったく王様のご馳走とはこのことで」

ドーフィネ地方の猟師たちも、九月になって猟に出るときは塩と胡椒を持っていく。

脂の乗ったイチジククイを仕止めたら、羽根をむしってから塩胡椒で調味し、しばらくのあいだ帽子の上に置いて歩き、味をなじませてから食べるのである。イチジククイはこうやって食べるのが、焼いて食べるより断然うまいと彼らは断言する。

それに、私たちの先祖が長いこと生でものを食べていたとして、いまもその習慣をまったく失ってしまったわけではない。ものの味がわかる人は、アルルのソーセージとか、モルタデッラとか、ハンブルクの燻製牛肉、アンチョビ、塩漬けニシンその他、多くの火を通していない食べ物を珍重するし、実際それらはおおいに私たちの食欲を刺戟するものである。


アルルのソーセージは、南仏アルル名産の牛肉と豚脂でつくる白っぽい大型のソーセージ。モルタデッラはイタリア・ボローニャ名産の、仔牛肉のピンク色の肌に白い豚脂が散りばめられた大型のソーセージ。ともに製造過程で茹でたり燻製したりするが、ソーセージになったものはそのまま（加熱せずに）食べるので、ブリア＝サヴァランは「生で食べる」範疇に入れたのだろう。

塩漬けはともかく燻製は微妙だが、いちばんわかりやすい生食の例といえば牡蠣だろう。牡蠣をナマで食べる話はあちこちに出てくるのだから真っ先に挙げればよいものを、あたりまえ過ぎて頭に浮かばなかったのだろうか。

最近は、健康や環境にこだわる人の中から、加熱したものは不自然だからなんでも生で食べるほうがよい、という考えかたが出てきた。アメリカではベジタリアンの一派に「ローフード RAW FOOD＝生食」派というのがあって全米で活動している。たしかにチーズもワインもつくるときに加熱しないし、豆や穀類は水に漬けてふやかせばよいのだから、火を使わなくても案外バラエティーに富んだ料理を楽しむことができる。

火の発見

長いあいだクロアチア人のような食生活を続けた後、ようやく人間は火を発見した。それも偶然の結果によるものである。火は地球上にはじめから自然に存在しているものではないからで、マリアナ諸島の住民など、つい最近まで知らなかった。

焼いて食べる

ひとたび火を知ると、人は本能的な直感から、肉を火に近づけた。はじめは乾かそうとしたのだが、次いで、炭の上にそれを載せて焼こうとした。

そうして焼けた肉を食べてみると、生よりもずっとおいしかった。肉は適当に硬くなってネバネバしなくなり、簡単に嚙み切れるようになった。そして焼くことによってオスマゾームが香り立ち、あのなんともいえない、いまも私たちを魅惑してやまない匂いが漂うのである。

しかしながら、炭の上に載せて焼いた肉には汚れがつく。どうしても炭のまわりの灰がついてしまい、これがなかなか取れないのだ。そこで人間はこの不便を解消するために、肉を串に刺して燃えさかる火の上に掲げ、両側に石を適当な高さに積んでその串を支えることを思いついた。こうして、とうとうグリル焼きにたどり着いた。この方法はシンプルだがおいしい調理法で、どんな肉でもグリル焼きにすると、一部に薫製の香りがつくためきわめて風味がよい。

ホメロスの時代の調理法は、この段階からさほど進化していなかった。それではここで、アキレウスが、ギリシャでもっとも名高い、王を含む三人の人物を自分のテントに招いたときに、どんなもてなしをしたかを紹介しよう。

ブリア＝サヴァランによる紹介は、ホメロスの叙事詩『イリアス』の第九歌から、名将オデュッセウスがポイニクスとアイアースを伴ってアキレウスの陣屋を訪れる場面を取り上げる。

アカイア軍の総大将アガメムノンは、アキレウスの愛妾ブリセイスを力ずくで奪ったが、アキレウスの怒りが収まらないので、豪壮な贈答品の数々を与えることで解決しようとした。オデュッセウスは、選ばれてアキレウスを説得するために向かったのである。

一行がアキレウスの陣屋に着くと、アキレウスは竪琴を弾いて心を慰めていた。オデュッセウスたちの姿を認めたアキレウスは、立ち上がってパトロクロスとともに親しげに彼らを迎え、「ようこそおいでなされた。親友なればこその訪問であろう。いまは不愉快な思いをしているところだが、おぬしらはアカイア軍の中で私にとってかけがえのない友だからな」と言って「深紅の布を敷いた寝椅子に彼らを座らせ」、腹心の戦友パトロクロスにこう命じた。「大きめの混酒器を設えて酒を強めに割り、おのおのがたに杯を用意するように。この陣屋にお招きしたのは、私のいちばん親しい友輩たちだから」……この命に応じてパトロクロスが酒の用意をするところから、原著の引用がはじまる。

すぐにパトロクロスはその忠実な戦友の命じる通りにした。その間に勇者アキレウスは、羊と肥えた山羊と脂のよく乗った大きな豚の背肉を積み上げた肉切台を、ぱちぱちと火花の散る炉の炎の前に据えて、アウトメドンに手伝わせながらみずから大きく肉を切り、それをいくつかの塊に分けて、それぞれに金串を突き刺した。パトロクロスは神々のように赤々と火を燃やし、木が燃え尽きてわずかに細い炎を上げるだけになる頃、熾火の上に肉串を捧げもち、両脇に置いた重い石を串台にしてその上に串の両端を置いて、聖なる清めの塩をふりかける。肉が焼き上がり、パトロクロスが美しい籠にパンを盛って食卓に並べると、大盆に載せた肉はアキレウス自身が切り分ける。アキレウスは食卓の一端にオデュッセウスと対峙して座り、まずは神々に生贄を捧げよ、と命じると、パトロクロスは一片の肉を火の中に投げ入れた。

これをきっかけに、一同は用意された料理に手を伸ばし、やがて飢えと渇きをひとまず追い払ったとき、ポイニクスが小さく頷いて合図を送ると、これに気づいたオデュッセウスは、大きな杯になみなみと酒を満たすと英雄アキレウスに向かって、「アキレウスに幸運あれ!」といって乾杯した……。

このように、王と王の子とギリシャの三人の将軍たちは、パンとワインと焼き肉で素晴らしい晩餐を楽しんだのである。

アキレウスとパトロクロスがともにみずからの手で饗宴の準備をしたのは異例のことで、訪問を受けたやんごとなき賓客に、よほどの敬意を示したものと思われる。というのも、ふつう料理の支度は奴隷や侍女たちにやらせるもので、そのことはホメロスが『オデュッセイア』の中で、取り巻きの連中の食事を用意する際の描写で示している。

この時代は、いや、おそらくもっとずっと以前から、食卓の快楽には詩と音楽がつきものだった。名のある歌い手が自然の驚異や神々の恋や戦士の武勲を歌い上げた。彼らは一種の神官の役割を果たしており、おそらくかの聖なるホメロス自身も、彼らのような天の寵愛を受けた特別の存在の血を引いているに違いない。小さい頃から詩学の研究をはじめていたのでなければ、彼の詩境がこれほどの高みにまで到達することは到底あり得ないだろうから。

オデュッセウスはイタケ（イオニア海の島イターキ）の王。ポイニクスはフェニキア王アゲーノールの子。アイアース、ポイニクスはベテランの将軍である。こうしてオデュッセウスたちは、アガメムノンが用意した金銀や領地や美女などの贈答品をひとつひとつ読み上げ、自分の娘を嫁に取らせるという提案までしたが、アキレウスの怒りはいっこうに収まらず、けんもほろろに一行を追い返して、不利な友軍を援けるために出陣することも拒んだのだった。

この後、いよいよ戦況が苦しくなったとき、パトロクロスはアキレウスに嘆願して彼の鎧を借りて出陣し、奮戦して敵を追い詰めるが、槍を受けて討ち死にする。それをきっかけに出陣したアキレウスは、怒り狂ってトロイアの兵たちをその豪腕で惨殺するが、大地が血で染まるあまりの酷さに憤った遠矢の神アポローンが、戦場のアキレウスめがけて矢を放った。アキレウスは不死身の誉れ高かったが、アポローンの矢が踵に刺さると、さしもの猛将もついに斃れたのである。ここから、強者が抱える唯一の弱点を「アキレウスの踵（アキレス腱）」と呼ぶようになった。アキレウスは勇猛の将であったが、その駿足でとくに知られていた。ホメロスの叙事詩『イリアス（イリアッド）』は、アガメムノンの愛妾クリュセイスを、その父からの願いを受けてアキレウスが介入して取り戻し、それに怒ったアガメムノンがこんどはアキレウスの愛妾を奪うという、とんでもない話からはじまる、トロイア戦争を舞台にした物語である。

トロイア戦争は、アガメムノン率いるギリシャ（アカイア）軍が小アジアのトロイアに遠征してえんえんと戦いを繰り広げるという神話の中の戦争で、『イリアス』がトロイア戦争の戦中譚であるのに対し、『オデュッセイア』は、戦争終結後、勝利に貢献した英雄オデュッセウスが故国イタケに帰る途中、船団が嵐に襲われて漂流したことからはじまる十年間にわたる冒険の物語。ホメロス自身が全編を書いたかどうかはともかく、多くの吟遊詩人によって歌い継がれた口承の文学である。おそらく、ブリア＝サヴァランが言うように、饗宴の席で詩人が朗々と歌って聴かせたものだろう。

二大叙事詩『イリアス』と『オデュッセイア』を著したとされるホメロスは、盲目の吟遊詩人とも伝えられるが、生没年は不詳。紀元前八世紀末頃という推定があるだけで、その実在を疑う説さえある。面白いのは、『オデュッセイア』にはものを食べる場面が頻繁に出てくることである。というか、漂流と放浪の旅のさなか新しい土地に着くと、かならずあたりを検分して、パンをつくる麦が育つか、ワインができるブドウはないか、などと食糧調達の手段を考え、日々の食事についても細かい報告を忘れない。だから、荒唐無稽な英雄譚ではあるが、それなりに当時の飲食事情を知る貴重な資料にもなっている。

英国の作家オルダス・ハクスリーは、ホメロスは「悲劇を描く」詩人ではなく「真実を語る」詩人であるとして、『オデュッセイア』の中のある逸話の表現をその例に挙げている。

それはオデュッセウス一行の船がカリブディスという大渦巻きで知られる難所に差しかかったとき、渦巻きに気を取られている隙に妖蛇スキラ（対岸の洞窟に住み、通りかかる船を襲って船乗りを捕って食うという、六つの頭と一二本の足を持つ蛇の姿をした女の怪物）に、船上の部下六人を食われてしまうという悲劇の一日の話である。

「それは六人の、英雄の部下の中でももっとも優れた、もっとも勇敢な者たちだった。船の舳先にある持ち場から振り向いたオデュッセウスが目にしたのは、いままさにスキラの口に咥えられ、身を捩りながら舞い上がっていく六人の姿であり、耳にしたのは口々に彼の名を繰り返し呼ぶ部下たちの絶望的な悲鳴だった。生き残った者たちは、なおも悲鳴を上げ続け、もがきながらオデュッセウスのほうに手を差し伸べて助けを求める彼らを、洞窟の入口に陣取ったスキラが容赦なく貪り食うありさまを、ただ手をこまねいて見ているほかはなかったのである」

そしてホメロスは、それは彼が経験した海の難所の冒険の中で、もっとも怖ろしく悲惨な光景であった、と付け加えている。

後に、危険が去ったあと、オデュッセウスと生き残った部下たちは島に上陸して一夜を過ごすことになる。そして浜辺で夕餉の支度をするのだが、このときホメロスは、「彼らは玄人のように巧みに料理した」と書き、そのひとときの情景は次のような言葉で終わっている。「のどの渇きと空腹が癒されたとき、彼らは懐かしい仲間たちを思って泣き、その涙の中で静かに訪れた睡魔に誘われて、彼らは眠り込んだ」

ハクスリーは、仲間が目の前でさらわれ貪り食われるという怖ろしい悲劇の後に、「玄人のように巧みに」料理をして夕食を食べたり、泣きながらそのまま眠り込んでしまったりするようすを、わざわざ記述するホメロスに注目する。

おそらく、ふつうの作家なら、彼らはただひたすら泣き、彼ら自身の不幸と仲間の呪われた宿命を嘆き悲しみ、その涙の中でこの物語を悲劇的に終わらせただろう。現実の中から悲劇的な要素を抽出して示すのが、作家の常道だからである。ところがホメロスは、悲劇だけでなく、それを取り巻く全体の真実を語ることを好んだのだ。

「彼は、どんなに悲しいときでも人は腹が減ることを知っていた。また、空腹が満たされたときに初めて人は悲しむ余裕が出てくることを、巧みな料理人はどんなに悲しくても日頃の腕前を発揮することを、そして夕食後の悲しみは贅沢に近く、疲労は悲しみの流れを断ち切り甘美な眠りに人を誘うことを……」

と、ハクスリーは英国人らしく捻りを利かせた表現で、ホメロスを讃えながら『悲劇と全体真実』について語っている。

ホメロスの翻訳家として知られるダシエ夫人は、ホメロスがその作品の中で、ただの一ヵ所も煮た肉について言及していないことに注目している。ヘブライ人は、エジプトにいたことがあるのでギリシャ人より進んでおり、火にかけられる容器を知っていた。ヤコブが兄エサウにとんでもなく高い値段で売った豆のスープは、まさしくそのような容器でつくられたのである。

人間がどうやって金属を加工するようになったのか、これだけは推論するのが本当に難しい。言い伝えによれば、トバルカイン（すべての銅と鉄の鍛冶の先祖）がその最初の人ということになっているが、現在のわれわれの知識では、金属は他の金属を加工するときにも使われる。

鉄のペンチで金属を曲げる。鉄の金槌で金属を鍛える。鉄のヤスリで金属を削り取る。それはよいとして、それでは誰が最初のヤスリを作り、誰が最初の金槌を鍛えたのか。そこのところをうまく説明してくれる人に、私はまだ出会ったことがない。

ギリシャ人の饗宴

料理は、青銅であれ陶器であれ、火に耐える容器ができてから長足の進歩を遂げた。それによって、肉に味をつけたり、野菜を料理したりすることができるようになり、またブイヨンをつくる、肉汁を採る、ジュレをつくるなど、さまざまな調理が可能になってその技術が受け継がれた。

今日に伝わる古い書物は、東方の王様のきらびやかな饗宴について誇らしく語っている。たしかに、あらゆる食材が豊富にあり、とりわけスパイスや香料など豊富な調味料に恵まれた東方の国の君主なら、どれだけ素晴らしい饗宴を繰り広げたか、想像することは難しくない。が、その詳細はよくわからない。われわれが知っているのは、ギリシャに文字（フェニキアで発明されたアルファベット）を伝えたとされるカドモス（古代都市テーバイの創建者）が、シドン（古代フェニキアの都市。現在のレバノンのサイダ）の王の料理人だったことくらいである。

実は、このような悦楽的で柔弱な民族から、饗宴の食卓をベッドの周囲に配し、横になって寝ながらものを食べるという習慣がはじまったのだ。

このような作法は、洗練されているとはいえ軟弱さの所産であるから、どこでも等しく歓迎されたというわけではない。質実剛健を旨とする民族や、質素倹約を美徳とする民族は、長いことこうした風習を遠ざけた。しかし、首都アテネがこれを受け容れるに至ると、以後、文明化された世界では長くおこなわれる風習となった。

料理とその歓楽は、優美で新しいことが大好きなアテナィの人びとに大人気を博した。王様やお金持ち、詩人や学者たちがみずから範となり、哲学者たちでさえも、自然の懐から源を引くこの愉しみに異議を唱えるわけにはいかなかった。

古代の作家たちが書いたものを読むと、彼らの饗宴がまさしく正真正銘のお祭りのように盛大なものであったことは疑いない。

狩猟や漁撈や通商の発達で今日でさえ貴重とされる食材が幅広く集められ、求めに応じて価格は吊り上げられ法外な値段がまかり通った。

すべての技芸が食卓の装飾を競い合い、その飾り立てられた食卓の周囲を、深紅の贅沢な敷物で覆われたベッドの上に横たわった会食者たちが取り囲んだ。

人びとは気の利いた会話でご馳走の価値をさらに盛り上げる研究に怠りなく、食卓における会話の研究はひとつの学問にさえなった。

歌は、デザートの頃から歌われはじめるのだが、古代のような荘厳さは失われ、神や英雄や歴史的な出来事を讃えるというより、友愛や恋愛の快楽を優美なハーモニーに乗せて歌うものとなり、われわれの無骨な言葉では到底およばない趣があった。ギリシャのワインはいまでも上等だと評判が高いが、利き酒の名手によって鑑定され、もっとも甘美なものからもっとも渋臭いものまでレベルにしたがって分類された。ある宴では、すべてのレベルのワインが順を追って賞味され、今日のやりかたと違って、ワインがよくなればよくなるほど大きなグラスに注がれるのだった。

この悦楽的な集いにさらに興を添えるため、選りすぐりの美女が集められた。ダンスやゲーム、その他ありとあらゆる遊びに興じながら、歓楽の宵は夜更けまで終わりを知ることなく、そうして人はその官能の余韻をからだ全体で吸い尽くすのだった。

何人ものアリスティッポスがプラトンの旗を掲げて馳せ参じたものの、いずれもあえなくエピクロスの旗下に降伏した。

このような甘やかな歓楽をもたらす料理という技芸について、学者たちは競って著作をものそうとした。プラトン、アテナイオス、そのほか何人もの名前が伝えられているが、なんと残念なことに、彼らの著作は散逸してしまった。中でもとりわけ惜しまれるのは、ペリクレスの息子の友だちのひとりが書いた『アルケストラトスの美味学』であった。

「この偉大な作家は」と、同時代の雄弁家テオチームは言っている。「海と陸とを遍歴して、どんな極上の食材がどこにあるかを、自分自身でたしかめようとしたのである。彼はこの旅で諸国の風俗習慣を学ぼうとしたのではない。人の力で変えることのできない風習は別にして、ただ日々の食卓の美味をととのえている調理の現場に入り込んで、自分の舌を悦ばせてくれる人たちと親しく交流したのだった。彼の詩篇はまさに知識の宝庫であって、一句として格言ならざるものはない」

ギリシャの料理の世界とは、このようなものであった。

そして、その後に、テベレ河の畔に住みついた一族が近隣の諸国を支配するまでに力を伸ばし、ついには世界を征服するに至ったのである。

アルケストラトスは、紀元前四世紀前半にシチリア島ジェッラに生まれた詩人で、諸国を漫遊して食べ歩いた記録を長編の詩に編んで『ガストロノミア』という題名で発表した、とされる。この長編詩の題が、ブリア＝サヴァランの言う「ガストロノミー（美味学）」の元になった言葉である。

サヴァランは、「火にかけられる容器」すなわち鍋が料理史に登場したことを語るために「ヤコブが兄エサウにとんでもなく高い値段で売った豆のスープ」を持ち出しているが、これは旧約聖書に出てくる、家督権を一杯の豆スープで売ってしまったという話。

ヤコブとエサウは双子の兄弟で、兄エサウは猟師となり獣肉を好んだ。ある日、ヤコブが料理を用意したところへエサウが狩りから戻ってきて、赤い肉を食べさせてくれと頼むと、ヤコブは「きょう、あなたの長子の権利を私に売ってください」と答えた。するとエサウが「腹が減って死にそうだ、長子の権利など何の役に立つものか」と答えたので、ヤコブはまず兄にその言葉を誓わせてから、エサウにパンと豆のスープを与えると、エサウは食べたり飲んだりしてから立ち去った。このようにエサウはその長子の権利を軽視したのである（創世記二五ノ一九～三四）。レイモン・オリヴェはこのスープを「レンズ豆の煮物」と解釈している。豆を煮た、粥のようなものだったかもしれない。

いずれにせよ、火熱に耐え、水を漏らさない鍋という容器の登場によって、料理はその技法を飛躍的に拡大させただけでなく、料理を担う男女の役割をも大きく変化させた。

狩猟漁撈の時代は、狩りをする男たちが料理の主役だった。女たちも川に網をかけて小魚を獲るくらいのことはしたかもしれないが、大きな獲物を仕留めて家族を養うのは男の役割で、それを焚き火で焼いてみんなに振舞うのは家長の威厳を示す行為だった。

鍋ができてからというものは、毎日の料理は女が差配するようになった。獲物がなければ空腹を抱えて過ごすほかなかった時代は過ぎ、硬い草でも木の実でも煮れば柔らかくなるので、植物だけでも飢えを凌ぐことができるようになった。豆や穀物をつくる農業が広くおこなわれるようになれば、毎日の食事は肉がなくてもそれなりに豊かなものとなり、家族を養うに十分なものとなっていく。それでも男たちは狩りに出たが、たまに獲物を仕留めた日には、めったにない祭りのような祝宴が催された。

火にかざして肉を焼くのは無駄が多い。脂肪や肉汁が落ち、肉はあきらかに縮んでしまう。水を入れた鍋で肉を煮れば、肉から出たものはすべて鍋の中に留まり、一部は再び肉の中に吸収されていくから無駄がない。そうすれば煮た肉を食べるだけでなく、煮汁をスープとして飲むこともできる。だから肉を焼くのは「ハレ（祭り）」の日の料理で、肉を煮るのは「ケ（日常）」の料理。派手だが無駄の多いハレの日の料理は男の仕事で、無駄がなく節約にかなう毎日の料理は女の仕事……というのが、文化人類学的な見立てとされている。ただし男性優位の社会では、職業としての料理人の地位は男性が独占し、後世に至るまで宴会の主役はつねにロースト料理（焼き肉）である時代が続いた。

アリスティッポスは、ソクラテスやプラトンの厳格な教えを受けながら、故郷キレネに帰って独立すると快楽主義を標榜するキレネ学派を開いた哲学者。「何人ものアリスティッポスがプラトンの旗を掲げて馳せ参じたものの、いずれもあえなくエピクロスの旗下に降伏した」というのは、プラトン流の厳格主義者も、食卓の饗宴の魅力にひかれてみんなエピキュリアンに転向してしまった、という意味である。

エピクロスは快楽主義を唱えた哲学者とされており、美食を楽しみ人生を謳歌する人のことを「エピキュリアン」と呼ぶことは広く知られている。が、実はエピクロスが唱えたのは精神の快楽（アタラクシア＝心の平安）であって、肉体の快楽ではないというのが本当であるという。

さまざまな学説をもつ哲学者たちの争いの中でエピクロスを悪く言う者もいたが、それは彼が他と交わらず、国家にかかわる問題からいっさい身を引いて、自分の住居と庭園を本拠に隠遁し、仲間たちとだけ哲学研究に勤しんだからのようだ。三十五歳からアテナイではじめた彼の「庭園学校」には、身分の隔てなく彼を慕う弟子たちが集まり、中には奴隷さえいたという。彼らの生活はきわめて質素であり、酒は一合半もあれば満足、ふだんは水が彼らの飲みものであった。エピクロス自身も手紙の中で「私はただ水とひとかけらのパンだけで満足する」、「チーズを小さい壺に入れて送ってくれたまえ。したいと思えば私はそれで豪遊をすることもできようから」と書いている。

古代ローマの饗宴

ローマ人は、自国の独立を確保するために、あるいは、まだ同じくらい貧しかった近隣の諸国を制圧するために戦ばかり繰り返していた頃は、将軍たちもみずから鋤車を操って畑を耕し、野菜などをつくっていた。

果食民族の歴史家たちは、質素と粗食がおおいに尊ばれていたこの未開の時代を、口を揃えて褒めたたえる。が、彼らによる征服がアフリカ、シチリア、さらにギリシャにまで及ぶに至って、ローマよりずっと文明が進んでいたこれらの国々では征服された者たちが素晴らしいご馳走を食べていることを知り、彼らは続々と異国の珍味佳肴をローマに持ち帰った。それらがことごとく歓迎をもって受け容れられたことは、いうまでもないだろう。

ローマ人はアテナイに使節団を派遣してソロンの法典を持ち帰らせた。彼らはまたそこへ行って文学や哲学を学んだ。そうして制度慣習をととのえ自分たちの品性にみがきをかけているうちに、おのずと饗宴の快楽をも知るようになった。その結果、雄弁家や哲学者や修辞学者や詩人たちとともに、多くの料理人がローマに集まってくるようになったのである。

時を追ってさらにローマ軍の戦勝が重なるにつれ、首都ローマには世界中の富が溢れんばかりに流れ込み、その食卓の豪奢はほとんど信じられないものとなった。人びとは何でも食べた。羽根のあるものならセミからダチョウまで、四足の動物ならオオヤマネ*からイノシシまで。少しでも味覚を刺戟するものはなんでも調味料として試され、今日ではどんなふうにして使うのかさえわからないような、アサフェチダとかルーとかいった植物までが用いられた。

新しい美味の世界は、軍人や旅人によってもたらされた。アフリカからはホロホロ鳥やトリュフが、スペインからはウサギが、ギリシャからはキジが（キジはファジス川の流域が原産）、そして極東からはクジャクが到来した。

＊（原註）詰めものをしたオオヤマネ
「オオヤマネは丸ごと皮を剝ぎ、四肢をもぎ取って、豚肉と合わせて挽肉にする。この挽肉に胡椒、松の実、安息香などを加え、さらに細かく挽き砕いてから、オオヤマネの皮の中に詰め込んで、腹を針で縫い合わせる。これを陶器の皿の上に置いて、かまど、またはクリバヌス（上から被せる釣鐘型の加熱容器＝ローマン・ダッチオーブン）で焼く」（アピキウス『料理の書』より）

オオヤマネの料理は美味であると評判だった。ときにはテーブルの上に秤を持ち出して、その重さを量ることがあった。これについては、詩人マルティリアスの『エピグラム』にある次の言葉が知られている。

我は冬中を眠り静かに時を過ごす／眠りこそ我が活動の源泉なり

たいへんなグルマンドとして知られたアン女王のかかりつけの医師リスターもまた相当のグルマンで、秤の使用が料理にどう役立つかを研究し、その結果、雲雀(ヒバリ)は一二羽で一二オンスに満たないと食用には適さない、一二オンスあればなんとか食べられる、一三オンスなら脂が乗っていておいしく食べられる……と結論づけた。(当時の一オンスは約三一グラム)

アサフェチダはセリ科オオウイキョウ属の一年草で、和名はアギ(阿魏)。現在でも中央アジアを中心に自生しており、茎の根元から取れる樹脂状の物質を生薬や香辛料として用いる(インドではカレーの調味料の一種)。西洋では「悪魔の糞」とか「臭いガム」とか呼ばれる、ニンニクやドリアンに似た硫黄化合物で、独特の強烈な匂いがあるが、加熱するとトリュフのような風味に変わるという。腹部の膨満感の解消と、なによりも嘔吐促進剤としての効能があるというから、

「吐くために食べ、食べるために吐く」といわれたローマ人には欠かせない薬草だったかもしれない。

また、ルー（ヘンルーダ）は今日でもふつうに見られるハーブで、黄色い小さな花を咲かせ、その青灰色の葉にはやや苦味があって、この葉には蛇が近づかないといいわれている。地中海沿岸地域原産で、視力を高める効果があるともいわれ、古代から中世にかけては薬草としておおいに珍重された。

ファジス川は、黒海の東岸を流れる現在のリオニ川のことである。キジはギリシャ語でファジアノス phasianos、つまり「ファジス川の鳥」と呼ばれていた。フランス語でキジを faisan（発音はフザン）というのも、ギリシャ語に端を発している。

「果食民族の歴史家たちは……」という表現は、そのようにして焼き肉をたらふく食べていたのは一部の支配階級だけで、貧しい学者はあいかわらず果物しか食べられない菜食主義者にしかなれなかった、という嫌味だと思うが、「将軍たちもみずから鋤車を操って畑を耕し、野菜などをつくっていた」というのはその通りのようである。

フランス語の慣用では、「キャベツを植えに行く」というと「隠退して自由になる」という意味になる。これはローマ皇帝ディオクレティアヌスが年老いて皇帝の座を退いた後に、熱心な支持者たちから再度の出馬を乞われたときの彼の言葉から来ている。ディオクレティアヌスは、「私は菜園にキャベツを植えた。そのキャベツ畑を見れば、誰ももう一度権力に戻れとは言わないはずだ」と言った。つまり、キャベツが青々と育っている菜園の風景は、平穏で満ち足りた日常の暮らしを象徴しているのだ。将軍たちが引いた鋤車というのは、二輪車に鋤の刃をつけた農機具で、手で押しながら前に進むにしたがって土が掘り返される、手動の耕耘機(こううんき)のようなものである。

羽根のあるものならセミからダチョウまで……セミを食用にする地域はいまでも珍しいとはいえない。アメリカ合衆国でも、数年に一回定期的に訪れるセミの大群を捕らえて食べる州がある。ダチョウは「二十一世紀の牛肉」と呼ぶ人がいるくらい、牛肉に似た赤身で味もよく、日本にも飼育する牧場が数多くできた。が、飼育方法が確立しないことから歩留まりが悪く、いまのところは期待していたほど有効な食材になっていない。

オオヤマネ(大山鼠)は、ヨーロッパ原産とされるヤマネの一種。リスに似た体型で、全身のほとんどを灰色がかった茶色の毛に覆われている。ヤマネ類の中ではもっともからだが大きく、体長は尾を除いて一五～二〇センチに達する。それに加えて尾の長さは一〇～一五センチもあり、体重の平均は一二〇～一五〇グラムだが、冬眠の直前にはその倍くらいに肥大するという。古代ローマでは、食用にするために養殖されていた。ツルツルに漆喰を塗って壁を上れないようにした囲いの中にヤマネを入れてドングリを与え、出荷する前には、ドングリとハシバミの実を底に敷いたグリラリウムという特別の甕（かめ）の中に閉じ込め、暗闇の中でまるまると太らせた。

ローマのお偉方たちの自慢は美しい庭園をもつことだったが、そこではナシやリンゴ、イチジク、ブドウなどといった昔からあるものだけでなく、さまざまな諸国から珍しい果樹が取り寄せられた。アルメニアのアンズ、ペルシャの桃、シドン（レバノン）のマルメロ、イダ山渓（トルコ）のフランボワーズ、ルクルス将軍がポントゥス王国（小アジア黒海北畔にあった王国）から持ち帰ったサクランボなど。これらの輸入はさまざまな状況の中で必然的に実現したものであることは間違いないが、一方で外来の新奇な佳肴に対する関心はいやがうえにも高まっており、誰もが王の臣民たちの享楽に貢献することを名誉とも義務とも心得ていたことの証左でもあるだろう。

食べものの中で、魚はとびきりの贅沢品だった。魚はどんな種類が美味か議論され、さらには同じ魚でもどの海域で獲れたのが極上かなど、微に入り細にわたって品定めされた。

遠方の海で獲れた魚はハチミツを満たした器に入れてローマまで運ばれた。とくにふつうより大きなサイズの魚には法外な値段がつけられ、王様より裕福な金持ちたちが競ってその値を吊り上げた。

飲みものについても、食べるものに勝るとも劣らない細心の注意と配慮がなされた。ギリシャやシチリア、イタリアのワインは、ローマ人にとっての甘露であった。ワインはそれがつくられた地域やブドウが収穫された年によって価格が違うので、甕のひとつひとつに出生証明書のような付箋がつけられていた。

おおマンリウスの御世に生まれた酒よ（ホラチウス）

O nata mecum consule Manlio

それだけではなかった。前にも述べたような、なにごとにもさらなる高みをめざす人間の本能によって、ワインをもっと刺戟的にして、より芳しい香りをつけようと、花や、香料や、さまざまな種類の薬味を浸してみた。当時の著述家がコンディータという名前で後世に伝えたしろものなどは、飲んだら口が燃えてひん曲がり、胃袋をひどく爛れさせたのではあるまいか。

こうして見ると、すでにこの頃から、ローマ人は強いアルコール分を含む蒸留酒を求めていたのかもしれない。その技術は、実はそれから十五世紀もの年月を経なければ実現しなかったのだが。

しかしそれよりも途方もない贅沢がさらなる情熱を持って発揮されたのは、食事に付随するさまざまな道具や設えに関する事どもであった。

饗宴に必要な家具については、その材質にも職人の技術にも徹底的にこだわった。料理の品数もどんどん増え、ついには二〇かそれ以上もの回数のサービスを繰り返すようになった。各サービスのごとに、それまで出ていた食器類はすべて片づけられ、新しい料理が何種類も新しい皿とともに供されるのだ。

奴隷たちには食事の場面や進行に応じてそれぞれの役割が振り当てられており、その行動はマニュアルで事細かに定められていた。宴の開かれる部屋はもっとも高貴な香りで満たされ、とくに客の注意を引きそうな料理が出るときには、伝令のような者が出てきてそのいわれを解説した。ひとつひとつの料理の名前を読み上げると、満場の喝采を浴びたものだ。要するに、食欲を鋭く研ぐために、そして絶えず食卓に注意を集中させその歓びを少しでも長く伸ばすために、できることはなにひとつおろそかにすることがなかったのである。

こうした贅沢の中には、常軌を逸した馬鹿馬鹿しいものが多々あった。料理に使われた魚と鳥が合わせて数千にのぼる宴会だとか、ただカネがかかったことを示す以外には何の取り得もないご馳走だとか、ダチョウ五〇〇頭の脳ミソを集めた料理だとか、言葉をしゃべったことのある鳥五〇〇〇羽の舌を並べたものだとか……。

以上のことから、奢侈を好んだルクルス将軍が食卓の享楽にかけた金額がいかに莫大であったか、アポローンの間で彼が催した饗宴にどれほどの費用がかかったか、容易に想像できることと思う。会食者の五感をくすぐるためには、あらゆる手段を尽くすことを惜しまない。それがこの時代の、客を迎える主人の礼儀だったのである。

ローマの饗宴で珍重されたのは、なによりも珍しいもの、大きなもの、それを食卓に載せることが富裕と権力の象徴になるようなものだった。クジャクが好まれたのはそれが遠方から運ばれた高価なものだからであり、白鳥や鶴やフラミンゴが好まれた理由も同じである。

ローマ時代唯一の料理書を残したとされるアピキウスなる人物は、ロブスターを食べている最中、ある海でもっと大きい海老がとれたというニュースを聞いて飛び出し、船でそこまで行ってたしかめたところ、自分が食べているものより小さかったので安心して食事に戻ったという。

遠くから運ばれる魚以外に彼らが好んだのはヒメジである。地中海で獲れる小型の魚だが、その肝が美味とされ高値がついた。肉類では飼育が容易な豚の、乳房の肉が最上とされた。

ギリシャでもローマでもワインは宴席に欠かせなかったが、『オデュッセイア』でも見たように、ワインは「混酒器」に入れて水で割って飲む。貯蔵の効かないワインは天日に曝(さら)して濃縮し、粘土や石灰や海水や松脂などを加えたので、飲むときには沈殿物を濾してから混酒器に入れて水で割るのがふつうだった。古代ローマの宴会でもそれは同じで、ワインが産地や品質を語られるようになるのはもう少し後になってからのことである。

横臥して食べる習慣

アテナイの人びとと同様に、ローマ人も寝ながら食べた。が、そこに至るまでにいささかの回り道をしたようだ。

彼らは、最初のうちは神々に献じる神饌を載せるための台として寝台を使っていたのである。そのうちに偉い役人や権力者たちが食事のときにそれを使いはじめ、ほどなくみんなが真似をして寝ながら食べるようになり、この習慣は紀元後四世紀の頃まで続いた。この寝台というのは、はじめは藁を詰めて皮で覆った単なる木製のベンチのようなものだったが、宴席に関するあらゆる道具類が豪華になっていくにつれ、当然それも贅沢なものになっていった。使われる木材は、最高品質の貴重な木に象牙や金の象嵌を施し、ときには宝石まで鏤(ちりば)めたもの。その上にこれ以上ない柔らかさのクッションが載せられ、それが見事な刺繍に飾られた厚布で覆われている。

その上に、からだの左側を下にして、肘をついて横たわる。ふつう、ひとつの寝台に三人が寝そべることになっていた。

この横臥して食卓に向かうやりかたを、ローマ人は「レクチステルニウム」と呼んだ。

が、はたしてこのやりかたは、私たちがこれまで採用してきた、というか、その後取り戻したといったほうがよいかもしれないが、椅子に座って食卓に向かうやりかたよりも、快適で具合がよいものだろうか。どう考えても、私にはそうは思われない。物理的に見ると、この姿勢（アンキュビタシオン＝肘つき横臥体位）は均衡を保つために力がいる。からだの一部の重みが肘の関節にかかるのだから、そこに痛みが生じても不思議ではない。

生理学的にも、いくつか問題にしたい点がある。口の中にものを入れる動きがふつうよりぎごちなくなり、呑み込んだものがスムーズに流れていかないので、なかなか胃の中に溜まらない。

液体の消化にも、また液体を飲むという行為そのものにも、さらにいっそうの困難が伴った。お偉方の食卓の上に燦然と輝く広口の酒杯に注がれたワインを、あたりに一滴もこぼさないように飲むにはよほどの注意が必要だった。「杯から口までに、しばしば多くの酒が失われる」という格言は、おそらくこのレクチステルニウムがおこなわれていた時代に生まれたのだろう。

寝ながら食べるときには、あたりを汚さずに食べること自体が難しかっただろうし、会食者の多くが長い髭を蓄えていたことを考えると、食べものを口に運ぶにしても、指でつかむほかはせいぜいナイフくらいしか道具はなかったのだから、きれいに食べるのは至難の業だったに違いない。フォークが使われるようになったのはずっと後のことで、ポンペイとともにヴェスヴィオ火山の噴火で埋まったヘルクラネウムの遺跡でも、スプーンはたくさん発見されたがフォークは一本も見つからなかった。

こうした食事のあいだに、あちらこちらでなにやら淫らな行為が見られたことも嘘ではないようだ。寝台の上に男女が入り乱れているのだから、食事の最中に気分が高揚して一線を越えてしまうこともしばしばあったし、また、食べながらそのまま眠ってしまう者もいたのである。

私は身を横たえておおいに食らい、それから飽きて仰向けに寝ると
衣にも袴にも穴を開けた

こうした様相に、最初に抗議をしたのは道徳家たちだった。

キリスト教がその生誕の地を血で染めた迫害から逃れて、多少の影響力をもつようになると、聖職者たちがこの極度の不節制に対して非難の声を挙げた。彼らはまず食

事時間が長過ぎることを咎めた。その間に多くの人がキリスト教の掟を破り、あらゆる逸楽をほしいままにしていたからである。みずから厳しい食事の規定に身を捧げる彼らは、グルマンディーズを七つの大罪のひとつに数え、両性の乱倫を厳しく戒めて、とくに寝台の上で食事をする習慣を槍玉に挙げた。それこそが忌まわしい柔弱の極致であり、諸悪の根源であると見なしたのだった。

彼らの脅かしに似た声は聞き入れられた。寝台は宴席の広間を飾ることがなくなり、会議のようなかたちで食事をする、昔ながらのやりかたに戻った。まったく、道徳によって命じられたこの改革が、いささかも快楽を損なうことなく実現したことは、稀な幸福といわなければならない。

古代ローマでは毎日の宴会が社交生活の中心となっていた。ひとかどの人物なら、誰かを宴会に招くか誰かの宴会に招かれるかするのがあたりまえで、ひとりで夕食を摂るのは恥とされた。朝食は日が昇って間もない早朝に食べる。パンとチーズか、前夜の宴会の残りもの。お昼少し前にパンと果物くらいを軽く食べることはあったが、原則として一日二食である。午後は公衆浴場（テルマエロマエ）

で身を清め、三時か四時にはじまる宴会に備えた。宴会は日没までに終わり、暗くなると人は床に就いた。

宴会では横臥して食べかつ飲んだ。横になる寝台（トリクリニウム）というのは要するに長椅子のようなもので、コの字型ないしはU字型に三方に並べてある。ひとつの寝台に乗るのは三人までだから、ひとつのボックスの定員は九人で、大きな宴会のときはそれがいくつも並ぶことになる。

料理は長椅子に囲まれたテーブルの上に置かれ、次々とテーブルごと新しい料理に替えられた。酒は背後からサービスされる。

宴会は男性ばかりでおこなわれた。家長の妻や娘が食事の席に連なることはあったが、その場合は食事が済むと彼女たちは退場し、第二部には別の女性たちが登場した。

その種の女性たちは男性ばかりの宴会では最初から席をともにするが、酒を飲むことはあっても食事には決して手を出さない。女芸人もいたし遊び人もいたし娼婦もいた。たまに堅気の女性や、ときには妻や愛人をトリクリニウムに招くこともあったが、そういう場合は会食者の誰かに寝取られないよう絶えず気をつけなければならなかった。

まさしくブリア＝サヴァランが嘆く通りの酒池肉林だが、おおいに喰らったあと仰向けになって、衣と袴のどこに穴を開けたのか、ちょっと気になる。

野蛮人の侵入

五、六世紀にわたる歴史をわずかなページでたどってみたが、これらの時代は、料理にとっても、またそれを愛し培ってきた人びとにとっても、良き時代であった。しかし、北方民族の到来というより侵略は、すべてを変え、すべてを覆した。かくして栄光の日々は終わりを告げ、その後に長く怖ろしい暗黒の時代が続くことになったのである。

異国人の登場によって、食に関する技術は、それに伴いそれに支えられてきたさまざまな学芸とともに、姿を消した。料理人の大半は仕える主人のいなくなった宮殿の中で虐殺され、またある者は征服者のために料理をつくることを拒んで逃走した。そのまま職にとどまる者もわずかにいたが、差し出した料理を突っ返されて恥をかいた。

彼らの獰猛な口と燃えた喉は、洗練された料理の味わいを感じることができなかった。巨大な肉の塊と強い酒の甕がたくさんあれば、彼らはそれだけで満足した。それに征服者たちはつねに剣を帯びていたから、食事の最後はたいがい喧嘩沙汰となり、宴席が血で汚されることもしばしばであった。

しかしながら、あまりに行き過ぎたものは、長く続かないのも世の習いである。野蛮な征服者もしだいに野蛮であることに飽き、最後は征服した相手と手を結んで、文明の色に染まり社交の楽しさを知りはじめた。

食事の場にもこの傾向は反映された。人は空腹を満たすためにではなく、おいしいものを食べるために友人を招くようになり、招かれたほうも、主人が客を楽しませようと努力していることに気づく者が多くなった。そこには以前より穏やかな歓びの感情が生まれ、義務としか思われていなかったもてなしに、少しずつやさしい情愛がこもってきた。

こうした改善は、五世紀頃からはじまったとされているが、シャルルマーニュ大帝の治世になってさらに顕著になった。大帝の定めた『法令集』を見れば、この偉大な王様が、彼の贅沢な食卓を飾る珍味佳肴が領土の各地から集まるよう、つねに細心の配慮をしていたことがよくわかる。

この王様とその後継者たちのもとで、食卓の宴はより艶やかなものとなり、また騎士道的な色彩を帯びてきた。貴婦人たちがあらわれて宮廷に花を添え、勇者に武勲の褒章を手渡す儀式では、足に金彩を施したキジや尾の羽根を広げたクジャクを、金飾衣装のお小姓や純潔の乙女たちが、あどけなさの中にも媚を秘めた仕草で、王侯たちのテーブルにしずしずと運んでくるのだった。

こうして一度定着した改革の動きは、世代から世代へと、さらに進歩を重ねながら今日まで受け継がれた。

宴席に呼び戻された女性たちは、もっとも身分の高い者でさえ、屋敷の中で宴席の準備に加わることがあった。彼女たちはそれをもてなしに必要な仕事の一部と考えており、フランスでは十七世紀の末に至るまでこうした考えが残っていた。

フランスで「シャルルマーニュ」と呼ばれるのはカール大帝で、ローマ帝国崩壊後、ガリアと呼ばれる現在のフランスが占める地域のほとんどを支配下におさめたフランク王国に君臨し、八〇〇年には（神聖）ローマ帝国の皇帝として戴冠した。この戴冠式に供されて有名になったのが「火を吐く孔雀」である。

シャルルマーニュ大帝は一メートル九〇センチの大男で、当時では珍しく食事の前後にかならず手を洗う清潔好きで、風呂にもよく入ったというが、大男らしく食欲もつねに盛大だった。晩年に医者が節食をすすめたとき、怒った王はすぐに「太った鵞鳥三羽と彼みずから前日に獲ってきたイノシシの尻」を焼くように命じ、すべて完食したという。

クジャクの姿焼きは古代ローマの時代から王侯貴族御用達の一品で、丸ごと串を刺して焼いたあと、脚と嘴に金彩を施し、羽根は真鍮の針金で支えて拡げ、そのままの姿で食卓に運ぶ。このとき口の中に火のついた樟脳（しょうのう）を入れたのが「火を吐く孔雀」である。

中世ではクジャクの肉は「勇者の肉」とされ、貴婦人から贈られたクジャクの姿焼きを、意中の騎士は誓いの言葉を述べてから解体し、もっともおいしいとされる首の肉をその貴婦人に捧げるのが慣わしだった。

騎士と貴婦人の物語に象徴される騎士道の世界は、ある意味では女性崇拝の時代でもあった。シャルルマーニュ大帝が女性たちを男性の食卓に連なることを許した最初の王様であるといわれるのも、騎士道的な色彩を背景にしていたからだ。それまでは朝食も昼餐（午後三～四時）も、同じ家族でも女性は男性と別の席で食べるのがあたりまえだった。

シャルルマーニュの時代からは男女が同席するようになったが、その後ルイ十一世（一四二三～一四八三）は、「顎の動きが彼女たちの美しい顔の線をこわす」という理由で女性が王や貴族の食卓に列することを禁じた。が、フランソワ一世（一四九四～一五四七）が再び宮廷と宴会に女性が入ることを許したという。

男女が食事の席をともにしないという習慣は、そう珍しいものではない。日本でも、明治時代はもちろん昭和でも戦前までは、同じ家の中でも主人（あるいは主人と長男）だけがもっともよい部屋で食事をし、女衆や次男坊以下は次の間で食べるとか、お父さんだけが別の膳で晩酌をしながら刺身など主人専用のつまみを食べ、それが終わるのを待ってお母さん以下が夕食を摂りはじめるなど、男性家長を中心とするヒエラルキーが存在するのは当然のことだった。

フランスでも、現代フランス料理の「大使」と称された名料理人レイモン・オリヴェ（一九〇九～一九九〇）は、シャルルマーニュ大帝による革新は一部の特権階級に留まり、私たちにとってきわめて自然に思えるマナーが普遍的になっていくにはさらに時間がかかった、と指摘しながら、おそらく戦前の体験だろうと思うが、「私自身でさえ、妻や娘たちが家長の食卓に同席できない家族を覚えている」と個人的な思い出を語っている（『フランス食卓史』）。

女性たちの美しい手は、料理にときどき奇妙な変身をさせることがあった。ウナギの口に蛇のような舌をつけたり、ウサギに猫のような耳をつけたり、そんな愉快な悪戯を仕掛けるのだ。彼女たちはまた、ヴェネチアの商人がはじめた東洋との交易で持ち帰る香料や、アラビア人から買う香水を使うのが大好きで、バラの香りの水で煮た魚の料理などを考え出した。

食卓の贅沢さはもっぱら皿数の多さで決まったので、競い合ううちに歯止めが効かなくなり、歴代の王はしばしば奢侈禁止令を出さなくてはならなかった。が、それらはギリシャやローマの立法官が出した同様の法令と同じ運命をたどった。人びとは笑い飛ばし、うまくすり抜けて、そのうちに忘れてしまったので、法令集は歴史的遺物として書物の中に残るだけである。

だから、人びとはできるかぎりのご馳走を食べ続けた。とくに僧院や修道院ではそうだった。フランスを長きにわたって荒廃させた内戦でも、聖職者が蓄えた富はあまり損害を蒙らなかったからである。

フランスの女性たちが、厨房の仕事につねに何らかのかたちで参加してきたことはたしかである。だからフランス料理がヨーロッパにおいて断然揺るぎない優位を占めているとしたら、そしてその評判が、凝った料理や軽い料理や甘い料理がたくさんあることによるのなら、それはいうまでもなく彼女らのおかげである。そんな料理は、女性でなければとうてい考えつかないものだから。

私は先ほど「できるかぎりのご馳走を食べ続けた」、と書いたが、ご馳走はいつも食べられたわけではなかった。王様がたの夜食ですらそのときの成り行きまかせだった。宗教戦争の内戦下では、つねに夜食が確実に摂れるという保証はなかったのである。さしものアンリ四世にして、あの晩、これから夜を過ごそうという街で、たまま一羽だけ七面鳥をもっている市民を見つけて晩餐に招待するという機知を働かせなかったら、夕食は淋しい精進料理で我慢することになったかもしれないのだ。

しかしながら、その間にも美味学は少しずつ進歩した。十字軍の騎士たちはアスカロンの平原でエシャロットを引っこ抜いて持ち帰ったし、パセリはイタリアから輸入された。

そしてルイ九世の即位（一二二六年）よりずっと前から、ハムや腸詰をつくるシャルキュトリー業者たちは、豚肉の加工で一財産をつくるべく今日の繁栄を着々と準備していた。

パティシエたちも負けずに成功しつつあった。製菓業者の製品はあらゆる宴席で用いられる堂々たる存在となり、シャルル九世の即位（一五六〇年）以前から彼らは立派な同業者組合をつくっており、王からミサ用のパンを製造する特権を与えられたのだった。

十七世紀の中頃には、オランダ人がヨーロッパに初めてコーヒーをもたらした。[*] 当時人気だったトルコの大使ソリマン・アガが、彼のもとに集まる女性たちに最初の一杯を献じたのは、一六六〇年のことである。一六七〇年頃になると、あるアメリカ人がサンジェルマン市場でコーヒーを売りはじめ、それからサンタンドレ・デ・ザール通りにほぼ今日のような姿の、鏡や大理石のテーブルのあるパリ最初のカフェができたのである。

砂糖も、この頃から出回るようになったものだ。[**] スカロンという作家（一六一〇〜一六六〇）が、ケチな妹が砂糖入れの口の穴を小さくした、と文句を言っているところを見ると、当時はもうそんな容器がふつうに使われていたらしい。

蒸留酒の飲用が広まりはじめたのも十七世紀である。蒸留という概念は十字軍の遠征によってもっと早くにもたらされていたが、この時代までは少数の錬金術師のあいだに伝えられる秘儀のようなものでしかなかった。ルイ十四世の御世の初め頃になると、アランビック（蒸留器）が普及しはじめる。が、蒸留酒が本当に大衆のものになるのはルイ十五世の時代に入ってからであり、また、ただ一回の操作でアルコールを抽出することのできる技術は、少しずつ少しずつ模索を重ねながら、ごく近年になってようやく実用化したものである。

タバコを喫うようになったのも同じ時代である。つまり、砂糖、コーヒー、蒸留酒、そしてタバコという、商業交易にも財政収入にもきわめて重要な役割を果たすこれら四つの物資は、いずれも生まれてからまだ二世紀も経っていないのである。

＊（原註）ヨーロッパ人の中で、最初にアラビアからコーヒーの木を持ち出したのはオランダ人である。はじめバタヴィア（ジャカルタ）に移植し、次いでヨーロッパに持ち込んだ。砲兵隊の大将であったド・レッソン氏がその一株をアムステルダムから取り寄せ、王宮の庭園に進呈した。これがパリで見られた最初のコーヒーの木で、庭園の管理者でもあった高名な植物学者ジュッシウー氏は、その木は直径一インチ、高さ五フィートほどの大きさで、果実はきわめて美しく、ややサクランボに似ている、と一六一三年に記している。

＊＊（原註）ルクレチウスがなんと言おうと、古代人は砂糖を知らなかった。砂糖は学芸技術の産物であって、結晶化の作用を経なければサトウキビの汁はまずくて役に立たないしろものでしかない。

一　オスマントルコのスルタン、メフメト四世の命により、フランスとの外交関係

を修復するためソリマン・アガが大使としてパリに着任したのは、一六六〇年ではなく一六六九年のことである。ソリマン・アガは、パリの大使邸でトルコ風の茶会を催し、当時フランスではほとんど知られていなかったコーヒーという飲みものを、トルコ風の衣装と中国製の陶器とオリエンタルな装飾で、さながら「千夜一夜」の世界のごとく異国情緒ゆたかに披露して社交界の耳目を集めた。外交交渉は失敗に帰したが、コーヒーの存在感だけは確実に足跡を残したのだった。

一六七二年にはパスカルというアルメニア人が現在のサンシュルピス広場にコーヒーを飲ませる店を開いた（ブリア゠サヴァランが「アメリカ人」としているのは「アルメニア人」の誤り）。その後も何人かのアルメニア人やギリシャ人がサンジェルマン市場の周辺で店を出すが、どこも長くは続かず、一六七五年にパスカルの店から独立したシチリア生まれのフランシスコ゠プロコピオ・デイ・コルテッリという男の開いた店が、「鏡や大理石のテーブルのあるパリ最初のカフェ」と呼ばれる栄誉を担ったのだった。いまもこの店「カフェ・プロコップ CAFÉ PROCOPE」は「パリ最初のカフェ」という看板を掲げて、観光客向けの大衆的なレストランとして営業している。

ルイ十四世と十五世の時代

ルイ十四世（在位一六四三〜一七一五）の世紀は、これら四種の賜物の支えによってはじまった。この輝かしい治世の間に、饗宴にまつわる科学は急速な進歩を遂げ、他のすべての学問技芸をも発達させたのだった。ヨーロッパ中の人間が馳せ参じた数々の祭りを、銃剣が勢いよく取って代わるその前に槍が最後の輝きを見せた馬上試合の、大砲の荒々しい猛威の前に力なく敗れ去る運命にあったあの甲冑をまとった騎士たちの勇姿を、われわれはいまもはっきりと記憶に止めている。

すべての祭りの後には、祭りを寿ぐ戴冠式のような、盛大な宴がかならず催された。人間の性（さが）というものは、その「味覚（goût）」が満足しない限り完全な幸福を感じないのである。この絶対的な欲求は、フランス語の語法まで従えてしまった。その証拠に、「あることが完璧になされた」というとき、われわれは「それは goût（味覚＝鑑識眼）をもってなされた」というではないか。

その当然の帰結として、これらの饗宴の準備を差配した者たちは、みなひとかどの人物になっている。というのも理由のないことではなく、ひらめきを得るには天才を、按配するためには知識を、釣り合いをはかるには判断力を、発見するには明敏さを、承服させるには強さを、待たせないためには正確さを……さまざまに異なる資質を一身に兼ね備えた者でなければ、この大役は務まらないからである。

いわゆるシュール・トゥーと呼ばれる壮麗な仕掛けも、そのような豪華な饗宴からはじまった。

それは、絵画と彫刻を融合させながら、見ただけで楽しくなる場面や、ときにはその饗宴の趣旨にふさわしい、あるいはその日の主役を讃えるような情景を食卓に集う人びとに開陳する、まったく新しい芸術であった。

ルイ十四世の頃になると、上流社会では洗練された料理が愛でられるようになり、貴族みずから料理をすることもあった。美食家で知られたルイ十五世(在位一七一五~一七七四)も自分で料理をしたという。食卓の装飾と器具の改良が著しく発達し、ガラスのコップでワインの美しい色を見ながら飲めるようになったのもこの時代である。

シュール・トゥーというのは「この上もない」という意味だが、食卓を飾る芸術品で、一部が実際に食べられるものでつくられることもあったが、それを載せる台じたいが彫刻などを施された立体芸術作品であり、精密な設計のもとに何人ものアーティストが協力して制作した。シュール・トゥーのほかにも、豪華船をかたどった碗や頭上に鉢を載せた彫像など、食卓の上はさながら美術品の展覧会のようだった。

一七〇七年にオルレアン公がルイ十四世を招いて催したスペイン王子ルイ＝フィリップ・ド・ブルボンの誕生祝いの宴席では（パリ市立図書館所蔵の版画によると）、巨大なU字型に設えたテーブルの外側に並んだ椅子に三十数人の招待客と主人側が着席しており、U字の溝にあたる空間には一〇人ばかりの着飾った給仕がいて料理を客の前からサービスし、客席の背後には、ざっと数えて四〇人以上の（もう少し位の低い？）給仕たちが客の背後から手伝おうと控えている。

招待客はU字の空間を隔てて（まるで現代の国際会議のように）相対しているが、何皿ものうず高く積むように飾られた料理と、料理を載せた装飾台と、料理の載っていない卓上の装飾物が目の前に高くそびえているので、おそらく向かい側の相手の顔はまともに見えなかったのではないだろうか。

それらの装飾物の手前には、各自の取り皿と、ナイフ、フォークが並べられている。絵の右側に座っている客の前には、取り皿の左側にナイフとフォークが置いてある。絵の左側に座っている客の前には、取り皿の右側にナイフとフォークが置いてある。つまり、全体として見たときに左右対称となるようにセッティングされているのだ。個人の使い勝手は、どうやら念頭にないらしい。

フランスでは、十七世紀までナイフとフォークは贅沢品と考えられていた。フランスにフォークが伝わったのは、一五三三年にイタリアからメディチ家のカトリーヌが十四歳でフランス王子（後のアンリ二世）に嫁入りしたときとされているが、実際にフォークが使われるようになったのはもっとずっと後になってからである。『エセー（随想録）』を著した文人モンテーニュ（一五三三〜一五九二）も、「私のようにがつがつ食うのは、健康を害し、食事の楽しみまでも損う上に、みっともない。私は急いで食べるために、しばしば舌を嚙む。ときには指を嚙むこともある」と述懐しているから、やはり手でつまんで食べていたのだ（『エセー』第三巻第十三章「経験について」関根秀雄訳）。それどころか、十七世紀になってからも、公式な宴会ではフォークを使ったルイ十四世も、人が見ていないところでは手づかみで食べるのを好んだという。

フォークが伝来する以前は、みんな手づかみで食べていた。

庶民はパンをなにかの汁（スープ）につけて食べるのが日常の食事だったから当然ナイフもフォークも必要ないが、貴族の大宴会でも事情は同じである。

いわゆるフランス式サービスで、次から次へと出てくる料理も、すべて手づかみで食べる。ソースのかかったアントレの肉料理は食べにくかったが、そのためソースにはあらかじめ仕掛けがしてあった。パンを焼いてほぐし、粉にして、食卓に運ぶ直前にソースにまぶすのだ。そうすればパン粉がソースの汁を吸収して肉にくっつくから、ソースごと手でつかめるというわけだ。

大きな塊のまま食卓に運ばれてくる肉を切るためには、「肉切り侍従」という専門の従者がいた。肉切り侍従は大きなナイフを持って傍らに控え、塊の肉が出るとすぐに切り取って主人の皿に盛るのである。従者を持たない会食者のなかには、肉を食いっぱぐれる者も少なくなかった。肉切りは従者の中でも位が高く、待遇が悪いと宴会の最中に主人を刺す者もいたので、残りの肉は全部もらえるなど、とくに丁重に扱われたという。

こうした饗宴は、料理人たちの仕事の、大がかりな、というよりは、あまりにも巨大なものの代表である。が、しばらくすると、もう少し少人数の集まりで、もっと洗練された会食がおこなわれるようになり、より考え抜かれた構成や、隅々にまで行き届いた配慮を料理人たちに要求するようになった。

寵姫たちだけのお洒落なサロンとか、朝臣と財務官の小粋な夜食とか、そういった小さな会食の席でこそ、厨房の芸術家たちはその腕前を知らしめようと技を尽くし、評価の言葉にライバル意識を刺戟されて、たがいに鎬(しのぎ)を削ったのだった。

この王朝の最後の頃には、もっとも有名な料理人の名はかならずその主人の名と並び称されたものだった。主人がよい料理人をもっていることを自慢したのだが、両者とも美味学の功労者にほかならない。彼らの名は、あるときはそれを庇護した者として、またあるときはそれを創作し、世に出した者として、その料理の名とともに、長く料理書に残るであろう。

この両者の結びつきは、今日では失われてしまった。われわれは、先人たちに勝るとも劣らぬグルマンであるはずなのに、地下の厨房を支配する料理人たちの名にあまりにも無頓着である。左耳を傾けて聴かなければわからないほどの小さな喝采だけが、われわれに向かって歌ってくれた芸術家に対して献じる讃辞なのだ。表立った賞賛はすべて、料理店主、すなわち街場の料理人が独り占めしている。そのために彼らはあっという間に資本家となっていったのである。

美味を有益に　Utile dulci

地中海東岸の異国から持ち帰ったエピーヌ・デテ（早生り梨）を「良き梨の実（ボンヌ・ポワール）」としてご賞味いただいたのも、老いに効くさまざまなリキュールを調製して差し上げたのも、すべてはルイ十四世のためだった。

この王はときどき衰弱の兆候を見せられ、とくに六十歳を過ぎてからは辛そうになさっていることが多くなった。そこで御付きの者たちは蒸留酒に砂糖と香料を混ぜ、当時の呼び名では「気付け薬」と呼ばれていた、一種の薬酒を処方した。これが今日のリキュールの源である。

この時代とほぼ同じ頃、イギリスの宮廷でも料理の技芸が花開いたことに注意しておこう。アン女王（一六六五〜一七一四）はたいへんなグルマンドで、みずから料理人と言葉を交わすことも厭わず、イギリスの献立帳には「アン女王風の」と名づけられた多くのレシピが残されている。

フランスの美味学は、マントゥノン夫人が仕切っていた時代（一六三五〜一七一九）にはやや足踏みをしたが、オルレアン公の摂政時代に入るとまた上昇の勢いに転じた。

オルレアン公は、多くの友を持つにふさわしい才気煥発の御方だが、よく友がたを集めては、ありきたりではない趣向の、凝った食事を楽しんだ。たしかな情報によれば、そこには限りなく繊細な香りの調味料や、水辺で食べるのと同じくらい新鮮で食欲をそそるマトロット（魚のワイン蒸し）や、溢れんばかりにトリュフを詰め込んだ七面鳥などがあったそうだ。

トリュフ詰め七面鳥!!! その評判と値段はますますうなぎのぼり！ まさしくそれはあらゆる種類のグルマンたちの目を輝かせ、頬を紅潮させ、彼らを欣喜雀躍させる希望の星、祝福された天体の出現にほかならない。

ルイ十五世の御世も、料理術にとってはよい時代だった。十八年におよぶ平和の間に六十余年にわたる戦乱によって受けた傷は何事もなかったかのように癒え、工業によって生み出され、商業によって拡がり、あるいは徴税請負人によって得られた富は、財産収入の不平等をなくし、社会の層の全般に、食卓を囲んでともに楽しむ精神を根づかせた。

人びとがすべての食事にさらなる秩序と清潔と優雅を求めるようになったのは、この時代からのことである。* これらの美徳は後代に至ってさらに洗練を極め、いまではいささか度を越して滑稽にさえなろうとしている。

やはりこの同じ時代に、囲われ者の妾宅などで料理人があれこれ難しい注文をつけられたことも、結果的には美味学に貢献したことになるだろう。多くの人数を集めてその旺盛な食欲を満たすのは簡単なことで、市場の肉でも野生のジビエでも大きな魚でも、たくさん集めて適当に仕分ければ六〇人前くらいの料理はすぐにできる。が、わざとらしく愛嬌(しな)をつくるときにしか開かない口を開かせ、そっぽを向く不機嫌な女たちの顔をこちらに向かせ、紙粘土でつくったような鈍感な胃袋を感動させ、いまにも消え入りそうなか細い食欲しかない骨と皮ばかりの男たちを立って歩かせるには、無限幾何学のもっとも難しい問題を解く以上の、天才と洞察と努力とを必要とするのである。

＊（原註）私が諸地方の住民から得た情報によると、一七四〇年頃、一〇人分の正餐は次のように組まれていた。

第一サービス　ブイイ（ポタージュ）／仔牛のアントレ／オール・ドゥーブル各種

第二サービス　七面鳥／野菜料理／サラダ／クリーム（ときどき）

デザート　チーズ／果物／ジャムの壺

皿は三回しか替えない。すなわち、ポタージュの後、第二サービスがはじまるとき、デザートのとき。コーヒーが出ることははなはだ稀であり、そのかわり、当時知られたばかりのサクランボやカーネーションのラタフィア（甘味果実酒）が出ることが多かった。

ルイ王朝の饗宴は、厳正な秩序のもとにすべてが定められており、料理の順番にも決まりがあった。サービスはフランス式で、ふつうは第一サービスから第三サービスまでの三セット（サービスごとに全部の料理を入れ替える）でおこなわれるが、豪華にやりたいときはセット数を増やすことが認められた。ルイ十四世が主催する宴会では最低でも五セットで、各サービスごとに約五〇皿の料理が供されたから、五回繰り返すと全部で二五〇皿にもおよぶ料理が卓上を飾った。

各サービスには「主役の皿」というものがあり、第一サービスではポタージュが不動の地位を占めていた。ポタージュは金か銀の大きな鉢に入れて王の前に置かれ、そのまわりにパテやラグー（煮物）の皿が並べられる。

ポタージュ以外のこれらの料理はすべて「アントレ entrée」（入口＝前菜）と呼ばれた。またこれら以外に、「ルルヴェ・ド・ポタージュ」（ポタージュを引き立てる皿）として、濃厚なシチューや揚げものの類が供されるのが慣わしだった。

第二サービスの主役はローストである。大小さまざまの鳥類、豚、仔牛、ジビエなどあらゆる動物の肉を焼いたもの。これにはサラダがつくのがふつうである。最後に来るのが、「アントルメ entremets」と呼ばれる一群のもので、野菜やキノコの冷製料理や冷たいパテなどのほか、あらゆるお菓子の類がデザートとして登場する。

チーズはかならずというわけではないが、供される場合はデザートと同時で、すべて冷たいもので構成されるこの第三サービスに含まれる。また、さまざまな果物類が食卓の上には山と積まれており、食事の最後は果物で締めるのがふつうだった。

ブリア＝サヴァランが原註に挙げているメニューは、一七四〇年頃といえばルイ十五世の在位中だが、地方の貴族か裕福な屋敷での晩餐会だろうから、かなり簡略になっている。この場合、第一サービスは（サヴァランの嫌いな）「ブイイ」である。肉を煮出して、そこから出たスープ（ポタージュ）と煮出した肉を食べるもの。まず最初におなかに溜まるものを食べるのがコースのはじまりだ。

「オール・ドゥーブル hors-d'œuvre」（オードブル）は、現在では複数のこまごまとした料理が一皿に載った前菜のことをこう呼ぶが、もともとは「作品

œuvre の外 hors-」という意味の語で、他の料理に付随するもの、おもな料理の周辺に添えられるもの、を示しており、その語自体に時間的な前後を示す属性があるわけではない。この頃の宴会のメニューでは、オードブルが第二サービスに登場したり、第一サービスと第二サービスの両方に出てくることも珍しくない。

「アントルメ entremets」は、時代によって意味が変遷する。もともとは「料理mets」の「あいだ entre-」（料理と料理のあいだの中休み）を意味し、宴会の途中で披露されるさまざまなエンターテイメントを指す言葉だった。

中世の饗宴では、歌唱や器楽の演奏、奇術や舞踏、軽業や綱渡りなど、ありとあらゆる芸能が宴会に疲れた会食者の耳目をもてなした。それが余興から料理を指す言葉へと変化したのは、十五～十六世紀であると考えられている。料理と料理のあいだに供して気分転換を図るための料理、食欲を刺戟するための料理、という意味で、十七世紀頃には、肉のローストを食べた後、甘いデザートを食べる前、というポジションが確定した。このときに供されたのは、野菜料理、冷製肉類、ハム、チーズ、冷製パスタなど、それに甘いお菓子の類だった。

アントルメは、いまでは甘いデザート類だけを指す言葉になっているが、それはアントルメ以降を第三サービスとしてまとめて供したからである。第三サービスの主役は甘い菓子類なので、それに引きずられているものが、「第三サービス」にあたる。「デザート」という語で括られているものが、「第三サービス」にの全般を指すことになった。

原註の例で「デザート」と言う言葉が「片づける」という意味から来たことはすでに述べたが、テーブルの上に出ている料理の皿をいったん全部片づけて、きれいにしてから持ってくるものがデザートである。フランス式サービスでは各セットごとにいったん全部の皿が片づけられるわけだから、第二サービスの料理も第三サービスの料理も「片づけ」の後に出てくるのだが、とくに最後の片づけの後に出てくるサービスセットのときにだけ「デザート」という呼び名を使ったのだろう。それが、「甘いもの」を指す言葉として今日に定着したため、現在アントルメという言葉はなかば死語となり、メニューの上での行き場を失っている。

そう考えると、いま私たちが食べているフルコースは、前菜・スープからはじまってメイン料理の後の本来のアントルメ（野菜料理）までを「第一サービス」とし、食卓の上にあるパンを含めたすべての皿を「片づけて」からあらためて持ってくるデザート類を「第二サービス」とした、かつての饗宴の超簡略版、ということになるだろうか。

ルイ十六世

さて、とうとうルイ十六世の治世（在位一七七四〜一七九二）から大革命にかけての時代までやってきた。私は、われわれ自身がその証人となったさまざまな変化について、細かいことをいちいちあげつらおうとは思わない。ただ、一七七四年以来、饗宴の科学の分野で起こった改良の数々について概観するだけに止めておこう。

これらの改良の目的は、料理技術そのものに関するものと、それに伴う社会の風俗や制度に関するものとがある。両者は絶えず相互に働きかけながら作用するものであるが、ここでは、問題がより明らかに見えるよう、ふたつを分けて説明したほうがよいと思う。

技術上の改良

食品を調製したり販売したりすることを目的とする職業、たとえば料理人、仕出し屋、パティシエ（菓子職人）、コンフィズール（飴細工師）、食料品店などの数が、急速かつ飛躍的に増えた。しかも、数が増えてもいっこうに繁盛ぶりが変わらなかったことから、それが実需要の拡大に応じたものであることがよくわかる。

料理学と化学は料理技術の改良に駆り出された。どんなに高名な学者も、人間の原初的な欲求に関する問題にかかわることをみずからの品位を損ねるものだとは思わなかった。そして学者たちは、庶民の家庭でつくられるポトフーから、金やクリスタルの器で恭しくサービスされる高級な素材のエキスだけを抽出した透明なコンソメまで、どんなものでも完璧を求めて改良しようとした。

新たな職業も生まれた。たとえば、プチフール専門の菓子職人。これは、いわば本来の菓子職人（パティシエ）と飴細工師（コンフィズール）の中間に位置するようなもので、バターを砂糖や卵や小麦粉と合わせて、ビスキュイ、マカロン、メレンゲなどの小菓子をつくるのが仕事だった。

食品を保存する技術もひとつの独立した職業を生んだ。その目的は、その季節にしかないものを、一年中いつでも手に入るようにすることだった。

園芸もまた大きな進歩を遂げた。温室は熱帯の果実をわれわれの目の前で実らせたし、見たこともない野菜が栽培されたり輸入されたりするようにもなった。なかでもカンタルーのメロンはおいしい果実が当たり外れなく実るので、「五十は試してみなければ、よいもの一つに当たらない」というような昔の諺は、毎日改訂を求められるありさまだった。*

＊（原註）われわれが栽培しているようなメロンは、ローマ人には知られていなかった。彼らがメロとかペポとか呼んでいたものはただのキュウリで、彼らはそれに飛び切り辛いソースをつけて食べていたのである。（アピキウス『調理に適する物について』を参照）

あらゆる国のワインが、つくられ、輸入され、正しい順序で提供された。まず口開けはマデイラ酒。フランスのワインがそれに続いて各コースを分担し、スペインとアフリカのワインが最後を締める。

フランス料理は外国の料理に適応し、カレーとかビーフステーキとかいう料理や、キャビアとかソイとかいった調味料、パンチやニーガス（ホットワイン）などの飲みものを取り入れた。

コーヒーも人気になった。朝は朝食の一部として、晩餐の後には笑いを生み元気をつける飲みものとして。

多種多様な食器や器具や道具が発明されて、食卓になにかしら贅沢な気分と祝祭の雰囲気をかもし出した。だからパリにやってくる外国人は、テーブルの上に名前も知らないものがいっぱい置いてあって、使いかたを訊くのも恥ずかしくて困るほどだ。

以上のようなもろもろの事実から、次のような一般的な結論を導くことができる。いま私がこの文章を書いている時代は、饗宴に先立ち、伴い、その後に続く、すべての事柄が正しい秩序と方法と態度をもっておこなわれ、会食者を楽しませるためならどんなことでもしようという、歓待の精神に溢れた時代であると。

ブリア＝サヴァランの時代は、まだフランスはかならずしも世界一のワイン産地というわけではなかった。ルイ・パスツール（Louis Pasteur 一八二二〜一八九五）が発酵の仕組みを解明してワインの酸敗を防ぐ低温殺菌法を考え出したのは、ブリア＝サヴァランの死後四十年ほど経ってからのことである。フランス国内にも名産地として名の挙げられる地方があり、本書にもブルゴーニュ、ボルドー、シャンパーニュ、あるいはシャンベルタンとかエルミタージュとかいう産地や銘柄が登場するが、サヴァランが生きていた時代には、良質のワインが安定して生産される環境は整っていなかった、といっていいだろう。

ワインは「あっさりとして飲みやすいものからもっとも芳香のあるものへ」というのが正しい順序だとすると、食前酒がわりの甘いマデイラは別にして、それに続くフランスのワインはどちらかというと軽いもので、最後を締めるスペインとアフリカのワインは、アルコール度も高くなんらかの香りづけがなされたようなワインだった可能性が高い。いまならフランスで食べるフランス料理のコースは最初から最後までフランス産のシャンパンやワインで通すのがあたりまえなのに、この時代はそうでなかったのだ。

チーズについても、「チーズのないデザートは片目の美女である」と言いながら、本書で言及されているチーズの種類は多くない。現在のフランスが誇る夥しい種類のチーズがパリでふつうに食べられるようになるのは、鉄道による流通が一般化する十九世紀後半以降であるといわれている。南仏のワインが大量にパリに流入するようになってワインの消費量が急激に増えたのも同じく鉄道による流通の近代化が契機だから、「ワインとチーズ」という私たちのフランス食文化のイメージは、ブリア＝サヴァランの時代にはまだはっきりとかたちづくられていたわけではなかった。

牛肉を食べる習慣は英国からはじまったものとされ、ブルボン王朝時代（最後のルイ十六世の在位は、一七七四～一七九二）にはまだ馴染みのない外国料理だったが、その後、ステーキにポンムフリット（フレンチフライ）を組み合わせた一皿はフランス人の常食となった。キャビアと醤油が同列に扱われているのは不思議な感じがするが、キャビアがロシア宮廷から伝わった最高級の珍味としてフランス料理に独自の地位を占めるようになったのはもっと後のことで、ブリア＝サヴァランの時代にはほとんど知られていなかった。サヴァランは生まれてくるのがちょっと早かったために、キャビアについてはその存在を知っているだけで、おそらく食べたことはなかったものと思われる。そしてこれはいうまでもなく、醤油はごく最近になって和食のブームとともにフランス人に認知されたものである。また、東洋諸国との交易により手に入るようになった各種のスパイスを使ったカレーも上陸したが、現在では一部にその名残りが見られるだけで（鶏のカレーソースなど）フランス料理には食い込めなかった。

最後の完成

人はギリシャ語からガストロノミーという語を復活させた。この言葉はフランス人に甘い響きを与えるようで、本当に理解しているかどうかは別にして、この言葉を発するだけで誰の顔にも楽しそうな笑みが浮かぶ。

人びとはガストロノミーを単なる大喰らいや意地汚さと区別するようになり、人前で口にしても恥ずかしくない性向のひとつとして、宴の主人をよろこばせ、会食者にも役立って、学問にも貢献する、社会的に有用な価値があるものと認めるようになった。そのためグルマン（美食家）は、ようやく、他のさまざまな世間に認知された道楽をもつ趣味人たちと、同列に遇されることになったのである。

ともに会食を楽しむ精神が、広く社会階層一般に浸透した。たがいに集う機会が増え、誰もが友人にご馳走するときは上層の社会で評判のものを出そうと努力した。

いっしょにいることの楽しさに目覚めて、人びとはそのためにもっと便利な時間割を編み出した。一日のはじまりから日没までの時間を仕事に費やし、残りの時間を会食とそれに続く楽しみのために取っておくのだ。

「デジュネ・ア・ラ・フルシェット」（フォークを使う朝食）という新しい試みもはじまった。これは、肉などの料理が出るためにフォークを使うところがふだんの朝食と違っており、かしこまらない気楽な雰囲気で、だらしない格好でも許されるのが特徴だった。

お茶会も催されるようになった。これはまたまったく違う飲食の形式で、すでに昼餐を済ませてお腹が一杯になっている、食欲も渇きも感じていない人たちが、ただ単にヒマ潰しのためだけに集うもので、ふつうは甘いお菓子が中心になる。

政治的大宴会、というのもこの時代にはじまった。そして多数の意志に現実的な影響を及ぼす必要があるたびに、この三十年間ずっとおこなわれ続けてきた。大御馳走の出る食事だが、誰も料理には注意を払わない。せいぜい後になって、あのときはおいしいものが出ていたな、と思い出すくらいが関の山だ。

そして最後に、レストランがあらわれた。

レストランというシステムは、まだ十分に考察されていないがまったく新しい、画期的な試みであることは間違いなく、その効果と影響は絶大なものがあった。なにしろ誰でも三ピストールか四ピストールの銭があれば、即座に、間違いなく、望みさえすれば、味覚が享受するすべてのよろこびを手に入れることができるのだから。

フランス革命とそれに続く混乱の時代に、パリでは一日の食事の時間も従来とは違ったものになっていったことは前にも述べたが、昼の主餐が夕方にまで移行した結果として生まれた空白（空腹？）を満たすために、パリの人気レストラン「カフェ・アルディ Café Hardy」が「デジュネ・ア・ラ・フルシェット」なるものをはじめた。

これは朝の十時から午後三時まで、朝食の体裁を取りながらグリル焼きの肉類を提供するサービスである。サロンに設えた白い大理石の暖炉で、客が選んだ肉を料理長が銀の長いフォーク（フルシェット）に刺して、客の目の前で焼いて提供した。従来にはない斬新なサービスが、おおいに人気を呼んだという（"Histoire du Restaurant en France"）。

料理の歴史、あるいは会食の歴史が、時代とともに変遷していよいよ現代に近づいてきたことがわかるが、ここでひとつ注意しておかなくてはいけないのが、そうしてみんなが集まって食事をする場所のことである。本書ではしばしば「サロン」という言葉で示されるが、いつも大きなテーブルが置いてある食堂のような部屋は、十九世紀に至るまで、宮殿にさえなかったのである。宮殿では、王は寝室だとか廊下だとか、適当なところで食事をした。宴会に使われる部屋はあったが、いつもそこで食事をするわけではなかった。きょうはここで食事をするぞ、という場所に、すぐさま食卓が設えられたのである。食事が終わるとすべてが片づけられ、廊下は廊下に戻る。

ヴェルサイユ宮殿では、祭日には王様の正餐を見に人民が集まった。王様は長い廊下に設けられた食卓で広場に向かって食事をし、「ルイ十五世がフォークの背で茹で卵を切る腕前を見るために」大勢の野次馬が駆けつけたという（クールティーヌ『味の美学』より）。

上流階級でも、庶民とおなじようにふつうの日は台所で食事をした。特別の日には現在のサロンに類する部屋を食堂として使ったが、こうした習慣がしだいに定着して、十八世紀の末から十九世紀のはじめ頃にかけて、専用の目的の食堂がしだいに用意されるようになった。つまり、上流市民の家に食堂ができるのは、レストランの隆盛とほぼ時期を同じくしている。

現在でも、パリのアパルトマンに住む人たちは、ふつうは毎日台所の一角で食事をする。たまに客のある日は、ふだん応接間兼居間として使っている部屋のテーブルにクロスをかけて、そこで会食をするのである。サロン salon というのは、ふつうの家の応接間に当たる部屋と考えれば間違いがない。そこから、特定の人のまわりに仲間や信奉者が集まって社交の催しを開くことを「サロン」と呼ぶようになり、たとえば「レカミエ夫人のサロンに出入りする」というような表現が

――生まれることになった。

第28章　レストランについて

料理店とは、あらかじめ用意してある食宴を一般大衆を相手に提供する商売で、料理には一人前ずつ定価がつけてあり、客の注文に応じて小売りされる。

このような料理店を「レストラン restaurant」といい、その店を経営する者（料理店主）を「レストラトゥール restaurateur」という。また、提供する料理の名前とそれぞれの値段を記した献立表を「カルト carte」と呼び、客に提供された料理の量とその値段を書きつけた勘定書を「カルト・ア・ペイエ carte à payer」と呼ぶ。

レストランにわれ先に駆けつける大勢の客の中で、この商売を考えついた人物は深い洞察力をもったよほどの天才に違いない、などと、そこまで考える人はあまりいないのではないだろうか。

それならここで、これほど便利で有益な施設がどのようなアイデアから生まれ、どのような経緯で成立したのか、たどってみたいと思う。

レストランの成立

ルイ十四世の栄光に満ちた治世が終わり、権謀術数の摂政時代も、枢機卿フルーリーが宰相を務めていた長く平穏な時代も終わった一七七〇年頃、パリを訪れた外国人たちがおいしいご馳走にありつける手段はきわめて限られていた。

彼らは旅籠屋のめしを食べるしかなかったのだが、それはたいがい碌でもないものだった。お仕着せの定食を用意しているホテルもあったが、ごく少数の例外を除いては必要最低限の欲求を満たす程度のもので、しかも食事の時間が決まっていた。

たしかに仕出し屋に頼むという手はあったが、彼らは切り売りをしないし、丸ごとの料理を食べるのに十分な数の友人を呼ぼうとすれば、あらかじめ予約しなければならなかった。だから、どこかの裕福な家から招待を受ける幸運に恵まれない限り、彼らはフランス料理の本当の味わいを知ることなくパリを去っていくしかなかったのである。

これほど日常的に必要とされるものが手に入らないという状況が、そう長く続くわけがない。その間にも、現状の変革をめざす者たちが夢の実現に思いをめぐらしていた。そして、とうとう、ひとりの才人が、こんな結論にたどりついた。

これほど明確な問題があるなら、かならずどこかに解答があるはずだ。毎日同じ時間に同じ欲求が生じることが繰り返されるのだから、その欲求が快適に満たされることが確実な場所があれば、客はこぞって押し寄せてくるに違いない。最初に来た客に鶏の胸肉を切って出せば、かならず二番目の客があらわれて、彼は股肉で満足するだろう。最初の一片の切断を厨房の暗がりでおこなえば、残った肉の価値を損なうことはないだろう。サービスが気が利いて迅速で適切ならば、多少値段を上げても客は気にするまい。注文した料理の質や値段について会食者のあいだで議論になったとしても、こまかいことを言いはじめたらいつまで経っても結論は出ないだろう。いろいろな料理を取り揃え、定価を決めて提供すれば、貧富を問わずあらゆる階層の人びとに納得してもらえるはずだ。

この男は、おそらくもっとたくさんの、レストランに必要なもろもろのことを考えついたに違いない。すなわち彼こそが最初のレストラトゥール（料理店主）であり、誠実できちんとした仕事をたしかな技術で続けていれば、かならず報われて財産を築くことができるという、新しい職業を創り出した男なのである。

諸説はあるが、パリ最初のレストランは、一七六五年にブーランジェ何某という男がパリ旧四区のプーリ通りにつくった「シャン・ドワゾー」という店だというのが通説になっている。彼は当時どの家庭でも食べているような肉と野菜のごった煮のようなスープ（ブイヨン）を「レストラン」と名づけ、リーズナブルな値段で、何時でも一人前から注文に応じてサービスする店を開いた。

フランス語では、「修復する」とか「建て直す」というときに「レストレ restaurer」という動詞を用いる。「レストラン restaurant」はその形容詞だから、「（からだを）修復する、（からだを建て直して）元気を回復する」という意味になる。ふつうは建物や組織の建て直しとかに使う言葉だが、これを「このスープを食べると元気になりますよ」という意味で、肉や野菜のエキスを抽出したスープの名として使うことはそれ以前からおこなわれており、ブーランジェが発明したわけではないというが、彼はそれを誰もが金を払えば自由に飲めるものとして宣伝し、不特定多数を相手の商売に仕立てたのだ。ブーランジェは、店先にこんなラテン語の看板を掲げたという。

“Venite ad me, omnes qui stomacho laboratis et ego vos resutaurabo.”
「胃袋の疲れたる者は我のもとへ来たれ、我が癒す（restaurer する）であろう」

彼のアイデアは当たって店は流行り、市内には同じような店が増えたが、これらの店のほとんどは大衆的な居酒屋（当時「キャバレー」と呼ばれていた）程度のレベルで、店も小さくて汚いので出入りする階級は限られていた。ブリア＝サヴァランが、一七七〇年頃にはまだそういう施設がなかった……と述べているのはそのためで、本格的なレストランの成立は、フランス革命の進展とともに小金を持った中産ブルジョワ階級が出現するのを待たなければならなかった。革命による料理人の失職と、集中する人口に追いつかない居住環境の整備が外食とそれを可能にする条件を育み、革命前には五〇軒もなかったパリのレストランの数は、一八二七年には約三〇〇〇軒に達したという。

レストランの利点

レストランのシステムはフランスにはじまってヨーロッパ全土に普及し、市民生活に対して多大な恩恵を与えるとともに、美味学の発展にも大きく貢献した。

（1）レストランができたことで、誰もが自分の望む時間に、仕事や余暇との兼ね合いを考えて都合のよいときに、食事を摂ることができるようになった。

（2）あらかじめ自分が食べる料理の値段がわかっているのだから、食事に想定した予算を超えることがないのは確実である。

（3）財布と相談して予算が決まったら、重い食事でも、軽い食事でも、凝ったお洒落な食事でも、客は思うがままに楽しめる。フランスや外国の最高のワインで喉を潤すことも、モカの香りや新旧両世界のリキュールの風味に浸ることも、食欲と胃袋が続く限り好きなだけできるレストランのサロンは、まさしくグルマンにとってエデンの園である。

（4）とくに、旅行者、外国人、家族が田舎に行っているあいだひとり取り残された者など、一言でいえば自分の家の厨房がない者、あっても一時的に使えない者にとっては、この上なく便利なものである。

いま話した時代（一七七〇年）以前は、金と権力のある者だけが二つの大きな特権をほぼ独占的に享受していた。迅速な旅ができることと、いつもご馳走を食べられることとである。

五〇里（約二〇〇キロ）を二十四時間で走るという高速馬車の出現が最初の特権を剝奪し、レストラン業の創設によって第二の特権が消滅した。そのおかげで、最高級のご馳走が一般大衆のものになったのである。

一五フランから二〇フランの金を懐にして高級レストランのテーブルにつけば、王侯貴族と同じかそれ以上のもてなしを受けることができる。しかもすべての料理を意のままに注文できるのだから、お仕着せの料理に悩まされないのがなによりも素晴らしい。

おいしいものを食べることと並んで、王侯貴族の特権とされている速い旅だが、もちろんこの時代に自動車はなかった。自動車ができるまでの移動手段といえば、ふつうの人は徒歩、貴族だって馬に乗るくらいのものである。徒歩なら時速四〜

六キロで一日三〇～四五キロ、馬も飲んだり食べたり休んだりするから速度はたいして変わらず、一日でカバーできる距離はせいぜい五〇～六〇キロ程度といわれていた。ブリア＝サヴァランのいう「二〇〇キロを二十四時間で走る高速馬車」は、途中で馬を交代させながら走り継ぐ、この頃から発達した高速乗合馬車のことだろう。

都市交通機関としての乗合馬車は、一六六二年にブレーズ・パスカル（一六二三～一六六二、「人間は考える葦である」と言った哲学者）によって考案され、パリに導入されたものの、辻馬車との競合や、経営難によって一六七七年に廃止された。が、一八二〇年代に入って人口の増大、都市の発展、中産階級の出現などに後押しされて復活した。これは時刻表に従って運行する定額運賃の市内バスである。バスという語は「オムニバス omnibus＝誰でも（乗れる）」を縮めたもの。オムニバスはこの乗合馬車のためにつくられた言葉だった。が、それからほどなくして馬車より速い自動車が出現し、馬車のバスは競争に敗れて姿を消していく。ガソリンを動力とするエンジンは一八六〇年代から七〇年代にかけて開発され、一八八五～八六年にはゴットリープ・ダイムラーやカール・ベンツによってガソリン自動車がつくられた。

なお、「世界最初のデパート」といわれるパリの「オー・ボンマルシェ」の創立は一八五二年。入場自由、定価表示という画期的な販売システムも、同時代の潮流から生まれている。十八世紀後半からはじまった産業革命と、ほぼ時を同じくして起こったフランス革命。このふたつの革命による社会の変革が具体的なかたちで市民の日常生活にまで浸透するのは十九世紀の中頃を過ぎてからで、ブリア゠サヴァランが生きたのは、まだ本格的なブルジョワ市民生活が成立する前の、その胎動を準備する近代前夜の時代だった。すでにレストランは増えつつあったが、まだそこは流行の先端を行く新奇な舞台であり、ブリア゠サヴァランが属しているような社交界とは縁がなかったのだろう。もちろん、本人も当然これらの高級レストランに頻繁に顔を出しており、その記録もあるのだが、あまり表立ってそう言いたくないのか、本書で紹介される会食の逸話は誰かを家に訪ねるか誰かを家に招くかの話ばかりで、本人がパリでレストランへ行った話はどこにも出てこない。

店内の風景

レストランの店内は、哲学者の穿った目でその仔細を観察すると、そこに集まる人びとのさまざまに異なる事情が浮かび上がり、興味の尽きない一枚の絵のように見えてくる。

奥のほうにいるのは一人で入ってきた客たちの一団である。大きな声で注文し、料理が来るのをいらいらと待ち、そそくさと食べては金を払って、店を出て行く。家族づれの旅行客もいる。質素な食事で済ませはするが、少しは知らない料理を頼む冒険もしながら、見たことのない光景を目を丸くして楽しんでいるふうである。

その近くにいるのはパリジャンの夫婦だ。帽子のかぶりかたやショールの巻きかたからそれとわかる。もうしゃべることもなくなったようだが、どうやらこれからどこかで芝居でも見て帰ることになったらしい。どうせ二人のうちのどちらかは、居眠りするに決まっているが。

その少し向うにいるのは恋人どうしのようだ。男がしきりに言い寄れば、女はそれとなく気を引くようす。見ただけですぐにわかる。ふたりとも若いから食欲が旺盛だ。

恋の楽しさに目を輝かせながら、ふたりがどんな料理を選んだかを見れば、過去になにがあったか、未来はどうなるか、だいたい予測はつこうというものである。

中央に置かれた大きなテーブルには常連たちが座っている。たいがいの場合、彼らは決まった値段の定食を少し負けてもらって食べるのだ。彼らは店のギャルソンたちの名前をみんな覚えていて、ギャルソンたちは彼らの耳もとで、ムッシュウ、きょうはいいものが入ってますよ、などとささやくのだ。彼らはいわば店の大黒柱とでも言うべき存在で、彼らを中心に大勢の客が集まってくる。つまり、ブルターニュ地方で野鴨の狩猟のときによく使われる、おとりのデコイのようなもの、といえばよいだろうか。

レストランでは、誰もが顔を知っているのにその名前は知らないという、あやしげな常連を見かけることがある。彼らはまるで自分の家にいるかのように寛いで振る舞い、なにかと隣席の会話に首を突っ込もうとする。こういう連中は、財産も資本も生業もないのに見栄を張って散財をしたがる、パリでよく見る手合いである。

それから、あちこちに外国人もいる。とくに英国人が多い。彼らは肉をふつうの二倍食べ、できるだけ高いものを注文し、いちばん強い酒を飲む。そして最後は酔い潰れて、抱き抱えられながら店を出て行く。

この一枚の絵の情景を、レストランへ行けば誰でも毎日その通りに観察することができる。それはたしかに好奇心を刺戟するが、謹厳な人士には嘆かわしく映るだろう。

レストランの弊害

そこへ食べに行く機会があり、そこでご馳走を目の当たりにすれば、これ以上はない強力な誘惑に負けて、多くの人びとがその能力を超えた出費を余儀なくされることは疑いない。あとは、そのせいで胃袋の弱い連中が腹を壊して、下水道の女神が思いがけない迷惑をこうむるくらいのことだろうか。

しかし、それよりもっと社会秩序に悪影響を与えるのは、レストランでひとりで食事をする習慣が個人主義を助長し、周囲のことなど一切お構いなく、自分のことだけしか考えない、他人への配慮を欠いた人間を生み出すことではないかと思う。私たちがふだんのつきあいの中で会食をするときも、食事の前、その最中、終わった後の態度を見れば、会食者の中で習慣的にレストランに出入りしている人はすぐにそれとわかるものである。*

＊（原註）なかでもひどいと思うのは、人数分に切り分けた肉が盛られている皿をまわすとき、自分の分を取ったあと、皿を自分の前に置いたまま隣の人に渡そうとしない人がいることだ。彼らは端から隣人のことを考える習慣など持ち合わせていないのである。

レストランで食べ過ぎて胃袋の弱い連中が腹を壊し、下水道の女神が思いがけない迷惑をこうむる……という一文だが、ここは原文を直訳すると「下賤な（最下等の）ヴィーナス la Vénus infirme が時ならぬ犠牲を強いられる」となる。「下賤なヴィーナス」という表現は娼婦を連想させ、またヴィーナス vénus という語には「性交の体位」という意味もあるので、この一文は昔から翻訳者を悩ませてきたが、ここでは英訳者フィッシャー女史が紹介している英国の書誌学者ジェイムス・ベインの「ヴィーナス＝クロアキナ」説に準拠した。

クロアキナ Cloacina は、もともとは小川を守るエトルリアの女神だが、『博物誌』を著した大プリニウスの記述によってローマ神話の美の女神ヴィーナスと同一視されるようになり、古代ローマ帝国にとって市民の生活と健康を守る重要な社会資本であった首都ローマの下水道システム「クロアカ・マキシマ Cloaca

Maxima」の守護神とされた。フォロ・ロマーノの遺跡には、下水道の入口のところにクロアキナを祀る小さな祭壇がある。

それにしても、「下水道が被害をこうむる」と考えると、排水溝や排出孔は腸や尻の穴とも解釈できるので、あらぬ方向に想像が膨らんでしまう（フィッシャー女史ははっきりと言わないが、ジェイムス・ベインも排泄や性交と関連づけて考えていたふしがある）。ただ単に汚物が流れるだけでは、いくら不定期で大量であったとしても下水道（の女神）がそれほど困るとも思われないので、このように訳しても、ブリア＝サヴァランの真意はまだ解明されたとはいえないだろう。なお、クロアキナは権力者に娘の貞操を奪われることを拒んだ父親が包丁で刺し殺したという伝説から生まれた女神で、純潔（＝下水道の清潔）を象徴し、性交と結婚の守護神とされている。

ところで、本章の後段（翻訳は省略）でブリア＝サヴァランは、当時の一流レストランがどんな料理を用意していたかについて書いている。それによると、ポタージュ一二種、オードブル二四種、牛肉のアントレ一五〜二〇種、羊肉のアントレが二〇種、ジビエのアントレが三〇種、仔牛料理が一五〜二〇種、魚料理が二四種、焼肉類一五種……など、ポタージュからデザートに至るまで、夥しい数の料理が提供されていたことがわかる。このことからも、庶民がスープ一杯だけ食べる居酒屋のような大衆食堂が早くからできていた一方、高級なレストランでは、それこそフランス式のサービスで、ルイ王朝の宮中晩餐会さながらの大宴会を催すこともできた、ということのようである。

レストランができたことによって、サービスのやりかたも大きく変わっていった。

中世から十九世紀までは、たくさんの料理をいっぺんに持ってきてテーブルの上に所狭しと並べ、それを全部片づけてからまた次の料理を何皿もいっぺんに持ってきて……という、「フランス式サービス」が宴席や正餐のスタイルであったことはすでに述べた。十八世紀に入ると卓上の料理を温める保温プレート（レショー）や、皿の上に被せる保温蓋（クロッシュ）などが発明されたが、長いあいだ出しっぱなしになっていればどうしても料理の風味は失われる。

そのため、第二帝政期（一八五二～一八七〇）にロシア帝国から駐仏大使として赴任してきたプリンス・クラーキンが、最初からたくさんの料理を並べておくのではなく、できた料理を一皿ずつ順番に運んでくるという、当時ロシア宮廷ではふつうにおこなわれていた方式で宴を催すと、たちまちのうちに評判を呼んで注目を集めた。これが「ロシア式サービス」と呼ばれるもので、この方式が今日のコース料理のサービスのスタイルへと繋がっていく。

ロシア式サービスは、しだいに多くの人に受け容れられ、フランス式サービスに取って代わっていった。が、見栄えのしない宴会に不満な人たちもいて、それには少し時間がかかった。一八五〇年代に導入されたこの方式が、本当に浸透してフランス社会に根づいたのは、一八八〇年以降であるといわれている。

だからブリア＝サヴァランはそもそもロシア式サービスなど知る由もなかったのだが、パリではじまったレストランも、当初はフランス式のサービスで、複雑なコースを構成する数多くの料理がほぼ同時にテーブルに運ばれたものと思われる。が、注文を受けてから料理をつくる（中には作り置きもあったにせよ）というシステム自体が、必然的にロシア式サービス（できた順番に持っていく）を自然なかたちで受け容れることにもなり、レストランの発展とともにロシア式サービスがフランス社会に定着していった。

レストランでロシア式サービスが定着すると、フルコースの構成も以前より簡略になった。十九世紀末以降、第二次世界大戦が終わる頃までの標準的なフルコースは、スープ一、冷製魚料理一、パテ一、ソースのかかった肉料理一、焼き肉類（ロースト）と付け合せの野菜、サラダ、チーズ、デザート、そして最後に果物……というものだった。これでも、いまの私たちの感覚からすると、とても食べきれない量である。

たしかにロシア式サービスでは、熱いものは熱く、冷たいものは冷たく、タイミングを逸することなく提供することができる。が、料理の量や皿数は以前のフランス式のときと較べてとくに減ったわけではなく、相変わらずテーブルの上には、花や銀器の飾りのほか、果物を大きな籠に積み上げたものや、菓子類をうず高く盛り上げた塔のような装飾（ピエス・モンテ）などが所狭しと置かれた満艦飾の状態だった。

ここでブリア゠サヴァランが嘆いているのは、会食者のマナーである。もちろんロシア式サービスが導入される以前の話だから、レストランに集まる客は、おたがいに知らないどうしでも、テーブルの上の料理を取り回しながら食べたのだろう。だからこそ、社交のなんたるかをわきまえない、「レストラン常習者」の勝手な振る舞いが許せないのだ。

レストラン間の競争

先に言ったように、レストランの出現は美味学の確立にとって重大な影響を与えた。実際、ありふれた煮込み料理ひとつでも、それが飛び切りおいしいと評判になれば、レシピを考えた料理人は一財産を築くことができるという、そんな実例があちこちにあらわれると、儲かる商売、という強力なモチベーションが料理人たちに火をつけて、さまざまなアイデアが工夫され、新しいレシピが次々と開発された。

よく見直してみると、これまでは不用なものとして捨てていた部分が実は食用になることがわかったり、新しい食品が発見されると同時に昔からの食品が改良され、その両者の組み合わせが何百通りも考え出されたりした。外国の発明が輸入され、宇宙全体が食卓に奉仕した。いまや私たちの食卓は、その上に並んでいるものを説明するだけで、世界食品地理学の立派な講義になるほどである。

料理の技術が向上すると、新たな発見も増えるが値段も上がる（新しいものはつねに高価なものだから）。こうして、新しいものを提供して値段を上げようとする店が増える一方、同じ儲けの観点から、少なくとも値段に関しては反対のことを考える店もあらわれた。

プリ・フィクス（定食）の店

すなわち、御馳走と経済性を両立させる目的で、中産階級の人たちにアプローチする店が出てきたのである。もちろん数としてはそのほうがずっと多いわけだから、そうすることで大量の顧客を確保しようと考えたのだ。

彼らはあまり高くない食材の中から、上手に調理すればおいしい料理になるものを選び出した。

市場で手に入る肉類は、パリには上質なものがある。海で獲れる魚介類も同様で、料理になる材料ならいくらでもあった。そのうえ野菜や果物は栽培の技術が進歩したため、よいものが安く出回るようになっている。彼らはふつうのサイズの胃袋が必要とする食べものの量と、人並みの渇きを癒すのに必要な飲みものの量を正確に想定した。

彼らはまた、ただ、走りだからとか旬だからとかいう理由で高いものは、季節をちょっとずらせば安く手に入ることに気がついた。そうしているうちに彼らは、だんだん正確に計算ができるようになり、一人前二フランかもう少し安い値段でも、二五パーセントから三〇パーセントの利益を出しながら、常連の客はもちろん、正常に生まれついた人間なら誰でも満足するような晩餐を提供できることがわかってきた。実際、ふつうの家でこれだけ豊富でしかもバラエティーに富んだ食事をしようと思えば、月に少なくとも一〇〇〇フランはかかるのだから。

この最後の観点からすると、レストラン業者は、この大都会の人口のうち無視できない部分を占める外国人、軍人、労働者に対して、特筆すべきサービスを提供したといえるだろう。それは利益を求める目的からはじまったものではあるが、おいしいご馳走を妥当な値段で、ときには明らかに安い値段で食べさせるという、結果的には正反対とも思えるようなかたちで問題を解決に導いたのである。

この道をたどったレストラン業者は、一方の高い値段で高級料理を出す路線を選んだ同業者と較べて、利益に遜色があったわけではない。むしろ、最上層の顧客を相手にするより社会の変動による影響が少なくて済むだけ有利であり、時間はよけいにかかっても、確実に財産を蓄えることができた。一度に儲けられる金額は少なくても、毎日かならず利益が上がるのだ。一〇フランずつ一〇回で集めようと、一フランずつ一〇〇回で集めようと、同じ一〇〇フランに変わりはない、というのは数学的な真実である。

ふつうの家で毎日それなりの食事をつくって食べようと思えば、少なくとも月に一〇〇フランはかかるという。ディネ（晩餐）が三〇回あるとして、一回三フラン強。だから、一回の食事が二フランなら、毎日でもレストランで食べられる、という計算である。先にあった「一五フランから二〇フランの金を懐にして高級レストランのテーブルにつけば、王侯貴族と同じかそれ以上のもてなしを受けることができる」という記述が高級路線のレストランの値段を示しているのに対し、こちらは薄利多売を狙った定食の店の値段、というわけだ。誰でも入れそうな安い値段の店が増えるにつれ、高級店の値段はますます上がっていき、五〇フラン（地方都市で暮らす一ヵ月分の生活費）を一回の食事で請求されることさえあったという。

ところで前章の最後に、「なにしろ誰でも三ピストールか四ピストールの銭があれば……味覚が享受するすべてのよろこびを手に入れる」という一文があったが、ピストールはナポレオンによって通貨改革がおこなわれる以前の単位。革命以前のフランスでは、エキュ、リーブル、ピストールなど、交換レートがかならずしも一定しない複数の通貨単位が使われていた。いずれも補助通貨はソル（後にスーと改称）だが、それらの価値の正確な換算は難しい。

フランス革命後、ナポレオンが天下を取ると、新しい単位「フラン」が制定された（補助通貨はサンチーム）。フランはリーブルの古くからの俗称で、一フラン＝一リーブルとされたので基本通貨の価値は実質的に変わりなかったが、メートル法を施行したナポレオンによって通貨の数えかたは十二進法ではなく十進法が採用され、これを以って「一エキュ＝三リーブル＝六〇ソル」といった旧方式は廃されて、「一フラン＝一〇〇サンチーム」という、ＥＵの成立により二〇〇二年に「ユーロ」が導入されるまで続くフランスの通貨体制ができあがった。

レストランができてからこのかた、パリで有名になった料理人たちの名前を美食家たちは覚えている。ボーヴィリエ、メロ、ロベール、ルガック、ヴェリー兄弟、アンヌブー、バレーヌなど。それらの店の中には、名物料理や、その他の特別な理由で繁盛した店もある。たとえば「ヴォー・キ・テット（乳呑み仔牛亭）」は羊の足の料理で、「……何某屋」はグリルした牛の胃袋で、「フレール・プロヴァンソー（南仏っ子兄弟）」はタラのニンニク風味で、ヴェリー兄弟の店はトリュフいっぱいのアントレで、ロベールの店は特別注文のディナーコースで、バレーヌの店は活きのよい魚を見分けることで、アンヌブーの店は四階にあるミステリアスな個室で、それぞれに名を馳せたものだった。が、これらの名だたる美味学のヒーローたちの中でも、一八二〇年に新聞で死亡が報じられたボーヴィリエほど、生涯の伝記を書かれるにふさわしい人物はいないだろう。

ボーヴィリエ

ボーヴィリエの店は、一七八二年頃に創立して以来、十五年以上にわたってパリでもっとも有名なレストランであった。

彼はまず、エレガントな雰囲気のサロンと、見栄えのよいギャルソンと、選び抜いた美酒が眠るカーヴ（酒倉）と、上等な料理とを取り揃えた。先に挙げたような有名シェフが彼と肩を並べようと競ったこともあったが、彼は美味学の進歩を着実に我がものとしていたので、その牙城は揺るぎもしなかった。

一八一四年、一八一五年と続いた二回のパリ占領のときにも、毎晩、彼の店の前には外国の馬車や乗り物がずらりと並んでいた。彼は各国代表団の首脳たちとすぐに顔馴染みとなり、そのうち商売に必要な外国語はどんな言葉でもしゃべれるようになった。

ボーヴィリエは、晩年、『料理人の技術』と題する八折判の著書二巻を刊行した。この著書は彼の長きにわたる経験の見事な成果であり、卓越した技術による実践的な知識に裏づけられたもので、いまなお新しさを失っていない。これまで、料理の技術をこれほどの正確さと明快な方法論をもって解説した本はなかったといっていい。この本はたびたび版を重ね、それだけに模倣する者も少なくなかったが、どれひとつとして本書を超えるものはなかった。

ボーヴィリエは天才的な記憶力の持ち主で、彼の店で一度か二度しか食べたことがない客を、二十年経っても忘れずに覚えていて歓待した。

また、ときには彼ならではのやりかたがあって、金持ちの仲間が彼の店に集まっていると聞くといそいそと顔を出し、いかにも恭しげに手に接吻などしながら、さも特別な客として配慮をするかのような素振りを見せるのだ。

彼は、「こちらの料理はお取りにならないほうがよろしいかと」だの、「この料理は早く注文なさらないとなくなりますよ」だのといちいち指図したり、そうかと思うと思いがけない料理の名を挙げて勧めたり、彼しか鍵を持っていない酒倉から秘蔵のワインを持ってこさせたり、なにしろ愛想がよく人を逸らさない話術が巧みだから、こうした特別のサービスが、すべて自分たちのためにだけあるような気分にさせられてしまう。が、ボーヴィリエの見事なホストぶりは、長くは続かない。その役割を演じ切ると、彗星のごとく消えてしまうのだ。そして、ほどなくすると客たちは、膨れ上がった勘定書に「ラブレーの十五分」の苦渋を味わい、なるほど高級レストランで食事をするとはこういうことか、と深く納得するのである。

ローマに滞在していたラブレーは、大使から王に渡す重要な書簡を預かり、急遽パリに行くよう命じられた。が、リヨンまでたどり着いたとき、一銭もカネがなくなっていることに気がついた。そこで一計を案じたラブレーは、身元を悟られぬように変装し、声色を使って自分は旅の途中の高名な医者であるといい触ら

し、町の医師たちを集めさせて難しい医学の講演をおこなった。長々としゃべった後、突然、部屋のドアを閉め切り、声を潜めて「ここに、イタリアまで行って求めた毒薬がある。拙者はこれを用いてあの悪辣非道な専制君主とその子供たちを殺すつもりだ」と、フランソワ一世の暗殺を仄めかした。

聴衆は四散し、すぐに役人がやってきてラブレーを逮捕した。そして彼を鍵のついた籠に閉じ込め、厳重な警護をつけてパリまで移送した。こうしてラブレーは、途中の宿代をリヨン市に払わせ、一銭も使わずまんまと目的地まで着くことに成功したのである。

パリに着いたラブレーは王の御前に引き立てられたが、ラブレーをよく知る王はリヨン市の役人たちを労をねぎらって追い返し、ふたりで善き町リヨンに乾杯して大いに飲んだという。

フランソワ・ラブレー（一四八三～一五五三）は、『ガルガンチュアとパンタグリュエル』で知られる、中世ルネサンスを代表するユマニスト（人文主義者）。大文学者であり、医者でもある彼が遺したこの伝説的な逸話から、思いがけない高額の請求書を突きつけられ、窮地に陥って対策に頭を悩ます時間を、「ラブレーの十五分」というようになった。

第29章　模範的グルマンディーズの実例

ド・ボローズ氏の生涯

ド・ボローズ氏は一七八〇年頃に生まれた。父親は王室の書記官を務めていた。小さい頃に両親を失ったため、若くして年間四万リーブルの年金をもらう身になった。四万リーブルといえば、いまではかつかつ飢え死にしないで済む程度の額に過ぎないが、当時にしてはたいした財産だった。

父方の叔父が教育の面倒をみた。彼はラテン語を学んだが、フランス語ならどんなことでも自由に表現できるのに、なんでわざわざ同じことを別の言いかたで言わなければならないのか、まったくわけがわからなかった。しかし彼はそれなりに進歩をし、ホラティウスの詩句を読む段階に至って、優雅な衣装をまとった思惟について瞑想することの大いなる悦びに目覚め、それからはすっかり心を入れ換えて、この機知に富んだ詩人の語る言葉を深く理解するために本気でラテン語の勉強をはじめたのだった。彼は音楽も学んだ。あれこれ手をつけた後、結局はピアノに落ち着いた。だが彼はこの楽器の際限のない難しさを追求する道には身を投じることなく、この楽器本来の実用的な目的にふさわしい、歌の伴奏が上手にできるようになることを目標にした。[*] しかし、むしろそのために彼は先生方のお気に入りとなった。彼は決して出しゃばって前面に出ようとはしなかったし、わざと腕や視線を「作る」こともしなかった。[**] ひたすら忠実に伴奏者としての本分を守り、歌い手を支え、引き立てる役にまわったのである。

＊（原註）ピアノは本来、作曲をやりやすくするためと、歌の伴奏をするためにつくられたものである。ピアノを単独で演奏しても、趣きもなければ興も乗らない。

＊＊（原註）音楽仲間の隠語で「腕を作る」とは、いかにも感に堪えないといったふうに肘や上膊を高く上げること。「視線を作る」とは、いまにも消え入りそうな風情で視線を宙に浮かせること。

年端が行かなかったことが幸いして、恐ろしい革命の時代は何事もなくやり過ごした。ところがこんどは自分が徴兵に取られることになったので、カネを出して雇った身代わりを戦場に送って死んでもらった。彼は「そっくりさん」の死亡証明書を握り、勝利を祝うにも敗北を嘆くにも都合のよい立場を手に入れた。

ド・ボローズ氏は、背丈は高くなかったが、申し分なくいい男だった。その顔つきはセクシーで、もし同じサロンで一堂に会したなら、ヴァリエテ座のガヴォーダンや、フランス座のミショーや、コメディアンのデゾージエと、いずれ劣らぬ美男四兄弟に見えたことだろう。要するに彼は誰が見ても納得するようなイケメンだったのである。

職業に就くことが、彼にとっては大仕事だった。いろいろ試みてはみたのだが、いつもなにかしら不都合があってうまくいかず、結局は「忙しい閑職」とでも言おうか、文学者の集まりに加わって幹事役を務めたり、地域の慈善団体の役員になったり、博愛運動の世話役を引き受けたり、といった役割に落ち着いた。それに加えて彼には財産の管理という本来の仕事があり、その方面はとてもうまくこなしていたので、結構人並みに管理事務や交渉ごとや書斎仕事で忙しく過ごしていた。

二十八歳になって、彼はそろそろ身を固めようと決心した。未来の花嫁とは彼は食卓でしか会おうとしなかったが、三度目の会食のときには、彼女が十分に美しく、善良かつ聡明であることにも納得した。

結婚生活の幸福は、しかし長くは続かなかった。結婚して一年半も経たないうちに、妻がお産で死んでしまったからである。愛する人とのあまりにも早い別れは未来永劫に消えぬ悔恨をもたらしたが、残されたエルミニーという忘れ形見だけが慰みだった。彼女については後で話すことにしよう。

ド・ボローズ氏は、自分に与えられたさまざまな仕事にはそれなりに悦びを感じていたが、長くやっているうちに、選ばれた人びとの集まりの中にも、虚飾や派閥やときには少しばかりの嫉妬があることに気づくようになった。彼はこうした浅ましさを目にしても、完全な人間なんてどこにもいないのだから、と自分に言い聞かせて相変わらず熱心に働いていたが、いつしかそれと自分でも気づかぬうちに、その顔相に刻まれている運命の定めにしたがって、少しずつ、味覚の悦びに関心を集中するようになっていった。

ド・ボローズ氏の最初の仕事は彼の料理人*に対しておこなわれた。その目的は、本質的な物の見方を示して料理人にその職能を理解させることにあった。

彼はこう言った。「腕のよい料理人とは、理論によって学者になることができたにもかかわらず、あくまでも実践によって学者になる道を選んだ者である。その職務の性質から、料理人は化学者と物理学者の中間に位置づけられる」

彼はまたこうも言った。「料理人は、動物の生命維持装置の存続を託されており、薬学者より有用である。薬学者はたまにしか役に立たないのに、料理人は毎日役立つではないか」

教えは効果を発揮した。シェフはその職務の重要性を痛感して、つねに高い志を抱いて仕事に励んだ。

＊（原註）秩序正しい管理がおこなわれている家では、料理人はシェフ（頭領）と呼ばれた。彼の下には、アントレづくりの手伝い、菓子をつくるパティシエ、焼き肉係、鍋洗いの見習いなどがいたからである（配膳の係にはまた別の階層があった）。見習いは調理場のムース（泡）のようなもので、その多くは叩かれて消えてしまうが、なかには自分の道を見出して出世する者もいた。

しばらくすると、省察と経験を重ねたド・ボローズ氏はこう考えるようになった。

「料理の皿数はほぼ習慣で決まっているから、おいしい食事がそうでない食事よりそれほど高くつくわけではなく、最上等のワインしか飲まなかったとしても、年間五〇〇フラン以上も余計にかかるものではない。すべてはその家の主人の意志と家計を統べる秩序、そして召使いのしつけ如何にかかっている」

このような基本的な考えにより、ド・ボローズ家の正餐は真っ当で本格的なものになった。その美味は巷の評判を呼んで、招かれた人はその光栄を悦び、一度も招かれたことのない者までがその素晴らしさを自慢した。

彼は、美食家を自称する単なる大食らいには決して関わろうとしなかった。連中の胃袋は底なしで、どこへでも出かけて行き、なにからなにまで平らげてしまうからだ。彼はその気になれば、上位三カテゴリー（金融家・医者・文学者）に属する友人たちから愉快な会食者をいくらでも見つけることができた。そういう仲間たちは、真摯な哲学的興味をもっておいしいものを味わい、許す限りの時間を美食の研究に捧げ、理性が食欲に向かって「これ以上先へ行ってはならぬ」と命じる瞬間があることをよく知っていた。

彼のもとには、食品の納入業者がとびきり高級な品物を持ち込んできて、比較的安い値段で置いていこうとすることがよくあった。こういう家でならその価値が正しく吟味されるであろうという確信があり、またここで使ってもらえれば店の評判もいっそう上がろうという期待もあった。

ド・ボローズ家の会食者はめったに九人を超えることがなく、料理の皿数もさほど多くなかったが、主人の鑑識眼と高尚な趣味により、いつも完璧なもてなしがなされるのだった。食卓には、珍しいものや走りの食材も含めて、つねにその季節に手に入る最上のものが並べられ、それ以上望むことのできない細心の気遣いをもってサービスされた。

食事中の会話は、つねに話題が変化に富み、明るく陽気で、しかもしばしば勉強になるものだった。この最後の特質には、ボローズ氏による特別の取り計らいがあったのである。

毎週、ひとかどの学識のある、しかし貧しい学者が八階の屋根裏部屋から下りてきて（彼は学者をそこに寄宿させていたのである）、食卓で議論するにふさわしいテーマをいくつか彼に手渡すのだった。ホスト役の主人は、その日の話題がそろそろ尽きかける頃になると、うまくきっかけを見つけてそのテーマを持ち出す。それでまたひとしきり話に花が咲き、その分だけ政治的な議論をする時間が短くなった。まったく政治的な議論ほど嚥下にも消化にも悪いものはない。

週に二回、女性を招く日があった。そのときは女性のひとりひとりに、会食者の中に彼女のことだけを気にかける騎士のようなお相手が見つかるように配慮した。こうした心遣いがあると、社交はきわめて愉快なものとなる。どんなにお堅い女性でも、男性に無視されることは屈辱と感じるからだ。

毎月第一月曜日には、教区の神父さまがド・ボローズ家に来て食事をした。そこではつねに最大の敬意をもって迎えられることを神父は知っていたからである。この日だけは会話の調子がちょっと堅苦しくなることはあったけれども、無邪気な冗談までが控えられたわけではなかった。親愛なる神父様はこの集まりの魅力をあえて拒まなかったばかりでなく、毎月四回第一月曜日があればいいのに、などと考えている自分に気づいてハッとすることがあった。

若きエルミニーが、ミニュロン夫人[*]の家から出てくるのもその同じ日のことだった。彼女は夫人が主宰する私塾の寄宿生で、夫人もたいがいの日は塾生についてやってきた。この美しき塾生は、来るたびに優美な魅力を増していた。彼女は父親を心から愛しており、顔を傾けて待ち受ける彼女の額にその父が祝福の接吻をするときは、この世にこれ以上しあわせな親子がいるだろうかと思わせた。

＊（原註）ミニュロン＝レミ夫人はフォブール・ド・ルールのヴァロワ街四番地に私塾を開いていた。この塾はオルレアン公爵夫人の後援によるもので、場所も素晴らしく、管理が行き届いており、雰囲気も申し分なく、講師陣はパリ一流の人士ばかりだった。とりわけ教授に感銘を与えたのは、これほどの陣容を備えておきながら、授業料が中流の家庭でも払えそうな穏当な額だったことである。

ド・ボローズ氏は、食卓への投資が同時にモラルの醸成にもつながるようにと、絶えず心を砕いていた。

彼は、納めるものの品質やその適正な値段によって誠実さを示す業者でなければ信用しなかった。必要とあれば褒めることも援けることも吝かではなかったが、身代を築こうと急ぐ者は往々にして手段の選びかたに問題があるというのが口癖だった。

出入りのワイン商は、決して混ぜものをしないことで評判を得てとんとんと金持ちになったが、それは謹厳なペリクレスの時代のアテナイ人の間でさえめったにないことで、ましてや十九世紀では稀なことであると言わざるを得なかった。

パレ・ロワイヤルのレストラン、ユルバンの店に助言して経営を指導したのも、ド・ボローズ氏であるといわれている。なにしろユルバンの店では二フランも出せば他の店なら倍以上するような食事を楽しめるのだから、値段の安さに比例するようにどんどん客の数が増え、ユルバンはもっとも確実な王道を歩んで財産を築くことができたのである。

美食家たちの食卓から下げられた料理の数々は、使用人のあいだで勝手に分配されるようなことはなかった。彼らは十分な待遇を受けていたのでそんなことをする必要はなく、まだ食べられそうな料理は、主人の言いつけに従ってある特別な目的のために取って置かれた。

彼は慈善団体の役員をしていたので、慈善活動の対象となる人たちの多くが望んでいることもまたそれを叶えるにあたっての機微もよく心得ていたので、贈りものを分配するやりかたにもそつがなかった。たとえば大きなカワカマスの尾の身だとか、七面鳥の半身だとか、ヒレ肉だとかお菓子だとか、残りものとはいえ十分においしそうな料理がときどき届けられると、人びとは空腹を癒しその心遣いを大いによろこんだ。しかも彼は抜かりなく、それらの贈りものがいっそう有益な効果を上げるように、月曜日の朝か祭日の翌日に料理を届けることをあらかじめ知らせて、「聖なる月曜日」の悪習を止めさせようとしたのだった。すなわち美味な昼餐の愉しみを放蕩の解毒剤にすることを試みたのである。*

＊(原註) パリでは、大多数の労働者が日曜日の朝に働いてやりかけの仕事を済ませ、その分の給金を受け取ると、そのまま姿を消して一日中遊び呆けるのだ。そして月曜日の朝になると仲間ごとに集まって残りの有り金をまとめ、そのカネを全部使い果たすまで飲み続ける(聖なる月曜日)。つい十年くらい前までは、そんなことが日常茶飯におこなわれていたのである。いまでは工場の親方の注意と貯蓄や積立の会社ができたおかげで少しはよくなったが、それでもまだまだこうした悪弊がはびこっており、ビヤガーデン、バー、レストラン、キャバレー、街中

や郊外にある旅籠屋のために、夥しい時間と労働が奪われている。

ド・ボローズ氏は、第三級ないし第四級の商売人の中に、将来この国の繁栄を背負っていくことになりそうな、しっかりした考えをもった仲のよい若夫婦を見つけると、わざわざ家を訪ねていってふたりを晩餐に招待することをひとつの務めとしていた。

招待された日には、奥さんのほうはなにかと家の中のことについて話し相手になってくれる貴婦人を見つけるだろうし、夫は夫で、商売や製造などビジネスについていろいろ教えてくれる紳士に出会うことになる。

こうした招待は、やがてその動機が世間に知られると、本人の出世につながることが多くなり、そうなると誰もが、自分も招待に与れるようにと一生懸命働いた。

ド・ボローズという（おそらくは想像上の）人物を借りて、ブリア＝サヴァランは自分が考えるグルマンディーズの理想像を描いている。

生活に困らない財産、十分な教養、尽きない探究心、堅実な経営の才。浪費と自堕落を嫌い、つねに社会の改良を心がける……ド・ボローズ氏の生涯は、ブリア＝サヴァランの半生をなぞるかのようである。

革命に翻弄され亡命生活まで強いられたサヴァランは、逆境を持ち前の明るさと音楽の才で切り抜けた。アメリカに亡命中は、オーケストラでバイオリンを弾いて糊口（ここう）をしのいだこともあるという。その点、ブリア＝サヴァランより十五歳ほど年下とされるド・ボローズ氏は、妻を早く失う以外は順調な人生を送るが、彼に音楽の才を与えたのは彼の中に自分を見ていたからだろう。

ド・ボローズ氏がホラティウスに出会ったことでラテン語に傾倒したというのも、サヴァラン好みの逸話と言える。

ホラティウスはカエサルの同時代人だが、戦争の武勲よりも平和のよろこびを謳う、酒と田園を愛した詩人である。簡素な食卓も豪華な饗宴も同じように楽しみ、虚飾を笑い、栄達を蔑み、洒脱な会話と辛辣な警句で人の心をつかんで誰からも愛された。酒は飲むし遊びもするが、つねに知的であり矩（のり）を超えず、おいしいものが大好きで、日々を楽しく暮らすことだけを考えているホラティウスは、「社交としての美食」を追求するブリア＝サヴァランにとって、ひとつの理想を体現している人物ではないかと思う。だからド・ボローズ氏に、ホラティウスを入口にして美食家への道を歩ませたのだろう。

そうして時が移ろうとともに、若きエルミニーはヴァロア街の木陰で美しく成長した。ここで私たちは読者諸兄のために、父の伝記の欠かせない一部として、その愛嬢の横顔もお伝えしなければならないだろう。

エルミニー・ド・ボローズ嬢は背が高く（一六五センチ）、妖精の軽やかさと女神の優雅さを兼ね備えていた。幸福な結婚の一粒種として、まったき健康と強い体力に恵まれ、暑さも日焼けもなんのその、どんなに長い散歩をしても平気だった。

彼女の髪は遠くからは褐色に見えるが、近くに寄ると濃い栗色で、睫毛は黒く、瞳は紺碧の青だった。

顔立ちはおおむねギリシャ的で端正だったが、鼻だけはちょっぴり丸っこいフランス風でいかにも可愛らしく、ある芸術家たちの団体は、三日間も食卓を囲んで議論した結果、この典型的にフランス的なタイプの鼻のかたちこそ、鑿（のみ）や筆によって永遠の生命を与えられるべき存在であるとの結論に達したのだった。

この若いお嬢さんの足は、とっても小さく、かたちよくできていた。教授はそれを何度もさかんに誉めそやしたので、一八二五年の新年の日に、もちろん父親の許しを得てのことだが、彼女は黒いサテンの洒落たスリッパを教授にプレゼントした。教授は得意になって特別の人にだけそれを見せ、最高の社交環境は人柄にだけでなく容姿にも影響を与えるものだ、という自説を展開した。なぜなら、今日ファッショナブルなものとして好まれる小さな足は、不断の心がけと高い教養によってのみ生まれるもので、田舎の村びとなどには決して見られることがない。それは、ほぼ例外なく、親族が長く裕福な暮らしをしてきたことを示しているからである。

エルミニーの、顔にかかる豊かな髪を無造作にまとめ、シンプルなチュニックにリボンをきゅっと巻いただけの姿は、誰が見てもこの上なく魅力的で、いくら花や真珠やダイヤモンドを飾ってもこれ以上の美しさはあり得ないと思わせた。

彼女の言葉遣いは平易でわかりやすく、とても古今の名作に通暁（つうぎょう）した人物のようには思えなかった。が、会話が興に乗ると言葉の端々に鋭い感受性が伺われ、おのずと教養が滲み出た。しかし謙虚な彼女はそれに気づくと顔を赤らめ、目を伏せて、いかにも恥ずかしそうにするのだった。

ド・ボローズ嬢は、ピアノを上手に演奏したし、ハープもうまかった。とくにハープに関しては特別の思い入れがあるようで、キューピッドが携える天上のハープや、かの有名なスコットランドの吟遊詩人オシアンの歌に詠まれた黄金の竪琴への、乙女らしい憧れのせいだろうか。

彼女の声もまた、天使の歌声のように優美で純粋だった。それなのに少々恥ずかしがりやのところがあって人前で歌うことをためらったが、それでも言われれば素直に歌った。そういうとき、彼女は歌い出すとかならず聞き手を魅惑的な眼差しで見つめるので、うっかり他の人のように音程を間違えても誰も気づかないのだった。

彼女は針仕事もよくやった。それは無邪気な楽しみでもあり、徒然を慰めてくれる趣味でもあった、彼女は疲れを知らぬ天使のようにはたらき、この分野でなにか新しいものが流行るたびに、一家の主任裁縫師がいち早く彼女に教えてくれることになっていた。

エルミニーの心は、まだ誰にも話しかけたことがない。いまのところは、ただ父親を愛するだけで幸せだった。だが、舞踊だけは本当に大好きで、心からの情熱を抱いていた。

カドリーユを踊るときは、彼女の背は五センチも高くなったように見え、まるで鳥が空を飛んでいるようだった。とはいえ彼女のダンスは慎ましやかで、わざとらしいところがまったくなかった。彼女は愛らしく優美な四肢を伸ばして軽やかに回りながら踊っているだけで満足していたが、ふとした跳びかたなどからもその才能はあきらかで、もし彼女が本気で踊りに打ち込んだなら、さしものモンテッシュ夫人（当時の人気バレリーナ）でさえうかうかしていられないだろうと思われた。

　鳥は歩いているときでも翼を持っているように見える

寄宿させていた塾から連れ戻したこの麗しい愛娘のそばで、賢明に管理された財産と地位にふさわしい尊敬を享受しながら、ド・ボローズ氏は幸福に暮らしており、まだこの先に人生は長く続くものと思っていた。が、希望というものはなんと儚いものか、未来のことは誰にもわからない。

この三月の中頃の話だが、ド・ボローズ氏は何人かの友人に誘われて、一日を田舎で過ごそうと出かけていった。

それは、春にさきがけて急な暑さに見舞われた日のこと、遠く地平線のあたりでは、冬の終わりを告げると諺に言う鈍い雷のような音がゴロゴロと聞こえていたが、誰も気に留めることなく、みんなで野原へ散歩に行った。ところがほどなく雲行きが怪しくなり、にわかに一天が黒雲に覆われたかと思うと、突然の雷鳴とともに雨と雹の混じった怖ろしい暴風が襲ってきた。

みんな一瞬逃げ惑ったが、なんとかそれぞれに場所を見つけて避難した。ド・ボローズ氏は、大きなポプラの樹を見つけて木陰に身を寄せた。長い枝がパラソルのように繁っていて、いかにも格好の避難所に思えたのである。

しかし、それはなんと不吉な避難所であったことだろう。背の高いポプラの樹の枝先はあたかも雲の中に電気を探しに行くかのように伸びており、雨は幹を伝って流れ落ち電線の役目を果たしたのだ。たちまち天地も裂けんばかりの怖ろしい音がして、哀れな散歩者は最後の一息を吐く間もなく絶命した。

カエサルがもっとも願わしいと望んだ突然の死、注釈のつけようもない剝き出しの死によって命を奪われたド・ボローズ氏は、厳粛な葬儀によって手厚く弔われ、埋葬された。ペール・ラ・シェーズの墓地まで続く長い葬列のあとを、徒歩や馬車で従う人の数は夥しいものだった。誰の口からもド・ボローズ氏に対する賛辞が聞かれた。最後に墓穴の傍らに立った友人が悲痛な声で弔辞を読むと、会葬者のすべてから嗚咽が漏れた。

エルミニーは、突然の思いがけない不幸に打ちのめされた。ただ呆然として、取り乱すことも泣き叫ぶこともできなかった。しかし、ひとりベッドに入ったときはその悲しみを抑え切れず、父との日々のさまざまを想って溢れる涙は止まることを知らなかった。

彼女の友だちも、彼女が泣くだけ泣いて悲しみの果てに癒しを得ることを祈るほかなかった。人間というものは、あまりにも強い感情はいつまでも持ち続けるわけにはいかないのだから。

時間という良薬は、この若い娘の心にも効き目を示したようである。エルミニーはやがて泣き崩れることなしに父の名を口にすることができるようになったが、父を語る彼女の言葉には、心からの敬愛と、変わることのない思慕と哀悼の真情が溢れていて、聞く者をして涙させずにはおかなかった。

エルミニーから、「いっしょにお墓参りに行って、私たちの父のお墓に花輪を飾りましょう」と言われる男はなんという幸せ者だろうか。

何某教会の脇にあるチャペルでは、毎週日曜日の昼のミサの時間、背の高い美しい娘が老婦人に伴われてやってくる姿が目撃された。そのたおやかな振る舞いは魅力的だったが、顔は分厚い黒のベールに隠されて見えなかった。しかしながら、その美しい人が誰かはおのずと知られることになった。このチャペルのまわりには、身だしなみのよい年若い信者たちがたくさん群がってその姿を見ていたからで、その若者たちの中にはかなりの美男子も何人かいた。

ブリア゠サヴァランは、幸せな物語を幸せのまま終わらせない。

エルミニーという魅力的な女性がルイーズの投影であることには誰もが気づくはずだ。エルミニーがカドリーユを踊るとき……カドリーユは数人がともに踊る動きの激しい群舞だが、若きサヴァランがルイーズに会うのもカドリーユの練習の後の休憩時間だった。

誰であれ我が遺灰より後継の生まれ出んことを……第21章の最初の一節で、ブリア゠サヴァランはウェルギリウスが「復讐者」としたところを「後継者」と替えたが、次の世では、自分も理想の女性を娶る美男の有資格者のひとりとして、新しい人生を生きることができたなら……と考えたことがあるのだろうか。

それにしても、娘を授かると同時に妻を失う夫、突然の落雷に最愛の父を奪われる娘。妻を娶らず一生を独身で過ごしたブリア゠サヴァランの、心の深淵をのぞくような一章である。そして彼はその章の最後に、不思議な光景の描写を付け加える。

女相続人のお供たち

ある日、リュー・ド・ラ・ペからヴァンドーム広場へと向かう途中、パリでもっとも裕福な未婚の遺産相続人を取り巻く一団が、ブローニュの森から戻ってくるところに出会って私は足を止めた。

その一団は、次のような構成だった。

（1）すべての男子たちの憧れの的である、美しいお嬢さま。長いテールの青い乗馬服に、白い羽根飾りのある黒い帽子を被って、美しい鹿毛の馬を巧みに乗りこなしている。

（2）その後見人。彼女と馬を並べて走らせながら、もったいぶった顔つきで、いかにも職務に忠実そうなふうを装っている。

（3）一二人から一五人くらいの、熱心な口説き文句や、馬術の腕前や、そのメランコリックな表情によって、なんとか彼女の心を惹こうと心を砕く若者たち。

（4）雨が降ったときや疲れたときのために用意された立派な馬車。太っちょの御者と、握り拳ほどの大きさもない小柄なジョッキー。

（5）そのほか、馬に乗った、お仕着せの制服を着た使用人たち。数が多くて区別もつかない。

……眺めているうちに一団は通り過ぎ、私はさらなる物思いに耽った。

第30章　ブーケ（花束）

美味学の神話

ガステレアは、味覚のよろこびを司る一〇番目のミューズ（女神）である。宇宙は生命がなければ存在せず、生命ある者はみなものを食べるのだから、味覚の女神は全世界を支配下に置いているといってもよい。

彼女がことのほか好むのは、ブドウ樹の連なる丘、オレンジの花香る園、トリュフが育つ森、そして豊かなジビエが棲みたくさんの果物が実る国である。

ガステレアは各地に祭壇をもつが、なかでもお気に入りの地は世界の女王たる花の都、セーヌの流れをその地下に取り込んだ大理石の神殿をもつ、パリである。

神殿すなわち美味学の殿堂は、マルス神がその名を与えたとされるあの有名な丘の上にある。神殿は巨大な白亜の大理石でできた基礎の上に建てられ、そこへは四方から一〇〇段の階段を上ってたどりつくことができる。

殿堂は簡素にして荘厳な唯一無二の建物で、東洋から運ばれた四〇〇本もの碧玉の円柱に支えられた、天空を模した円形の天井から明るい光が降り注ぐ。

ミューズはギリシャ神話に登場する女神。全能の神ゼウスの娘たちで、歴史家ヘシオドスによれば九人いたと伝えられる。

ミューズたちには文芸、学問、芸術、天文などそれぞれが庇護する分野が振り当てられているが、そこへブリア＝サヴァランはガステレアという名前の、味覚を担当する「一〇番目の女神」をつけくわえた。ガステレアは美味学（ガストロノミー）と同じく「胃袋」を語源にもつ創作名。耳から受ける印象としてはあまり美女のイメージは湧いてこないが、「美味学者の殿堂」をつくりたいという夢を抱いていたサヴァランは、その象徴としての女神にブーケ（花束）を捧げている。

想像の神殿がある「マルス神がその名を与えた」丘とは、パリ北部にあるモンマルトル Montmartre の丘のことである。現在のパリ一八区。パリではいちばん高い土地にあり、紀元三世紀にパリ最初の司教であるサン・ドニらがここで処刑されたため「殉教者の丘 Mont des Martyrs（モン・デ・マルティール）」と呼ばれたのが地名の語源とされるが、それ以前はガリア人の聖地としてマルス神が祀られていたことから「マルスの丘 Mont de Mars／Mont Mercurius」と呼ばれていた。ローマ神話のマルスは一般には軍神として知られるが、本来は農耕の神であり、サヴァランはそこに美食とのつながりを感じてこの地を選んだのだろうか。

サヴァランの記述では、殿堂の建物はその地下にセーヌ河を抱えている、とある。パリのセーヌ河といえば市の中心街を流れているイメージがあるから、サクレクール寺院のあるモンマルトルとは遠く離れているように思えるが、実はセーヌ河はパリ市内を通過した後、大きく弧を描いて蛇行する。モンマルトルも現在はパリ市内の地名だが、一八六〇年以前は隣接する郊外を広く含む村の名前で、その郊外地域はいまはサン・ドニ県に編入されている。地図を見ると、エッフェル塔のあたりから南西に下ったセーヌ河は、市内を出るとすぐに大きく右に折れ、市境に沿うようにやや東に戻りながら北上を続けて、サン・ドニのあたりまで行くのである。そこで再び左に折れて、さらに蛇行を繰り返しながら河口のル・アーブル港へと向かっていく。だから、モンマルトルの丘の北側のどこかに、セーヌ河を地下に引き入れた建物が建てられる場所が本当にあるのかもしれない。

なお、現在モンマルトルの観光名所となっているサクレクール寺院はまさしく「白亜の殿堂」と呼ぶにふさわしい円形の天井をもつ真っ白な建物だが、着工が一八七七年で完成したのは一九一四年だから、もちろんブリア＝サヴァランは知る由もない。


神殿の地下には、石を穿った不思議な空間があり、そこでは水と火と空気と鉄を巧みに操る芸術が、自然に問いかけてその自然を法則のもとに従え、幾多の驚嘆すべきレシピを生み出すのだ。

神殿の入口から奥のほうへ進んでいくと、ガステレアの女神像が飾られた祭壇がある。左手をかまどの上に置き、右手には信者から寄進されたさまざまな佳肴を載せたその女神像は、水晶の天蓋に覆われている。水晶の天蓋は同じく水晶でできた八本の柱によって支えられ、これらの水晶の柱には途切れることなく電気の炎が輝き、あたり一面の聖なる空間を厳かな神の光で満たしている。

ここの神事は簡単なものである。毎日、夜明けとともに、神官が女神の頭を飾る花の王冠を新しいものに取り替え、女神が人類に授けた恵みを讃える賛美歌を合唱する。

祭典がおこなわれるのは毎日で、年に三百六十五日である。味覚の女神は一日も休まず恵みを賜るのだから。しかしながら、年に一度だけ、特別に催される祭りがある。それは九月二十一日で、美味学大祭と呼ばれている。

大祭の日はパリじゅうに芳しい香煙がたちこめ、花の冠をいただいた市民が街を練り歩く。大気は甘美な共感に満ち、いたるところで恋愛と友情が花開く。

神殿の奥の院では女神像の足もとに一二人の神官たちが就く食卓が設えられ、円天井の下には一二〇人の男女のための美しく飾られた大テーブルが用意される。

ピンクの縁取りをした純白のカシミアの衣装をまとった神官は、名だたる学者の中から選ばれた中年の男たち。ただし学識や貢献が同程度である場合は美男が優先されたのでみな魅力的である。

神官たちにサービスをするのは、白いリネンを着た給仕と、清らかさの中にも艶やかさを秘めるギリシャ風の衣装を着た、この日のために画家や彫刻家の審査会で特別に選ばれた一二人の乙女たちである。

神官は、乙女たちの美しい手で美酒が注がれるとき、決して偽善者ぶって目を逸らしたりはしない。造物主がおつくりになったもっとも美しい作品を賛嘆しながら眺め、なおかつ知恵ある者の節度を失わないことを眉のあたりに示すのだ。謝意を表しながら飲むその行為には、ふたつの感情が混じっている。

この神秘的な神官の食卓のまわりを、大勢の人が黙って歩いている。世界中から集まってきた王侯や貴賓が、神官の食べるようすを観察しているのだ。彼らは、正しく食べるというこの偉大な芸術、世界の多くの国ではまだ知られていない至難なる芸術を、この殿堂に学びに来ているのである。

こうした宴が奥の院でおこなわれているあいだ、円天井の下のテーブル席では会食者たちが大いに盛り上がって楽しんでいる。この大テーブルに招待されたのはなんらかの分野で料理術や美味学に貢献した人たちなのだが、この底抜けの陽気さがどこから来ているかというと、男たちの誰もが「もうなにもかもしゃべってしまった女」（自分の妻）とは決して隣り合わないように、あらかじめ席が決められているからである。それは、女神の特別の思し召しであった。

ところで、ご本尊を囲む水晶の柱は、途切れることなく「電気の炎」が輝いている。この時代、まだ電気による照明は存在しなかった。

ガラス球の中でフィラメントを発光させる白熱電球は、ブリア＝サヴァランの死後五十年以上も経った一八七九年にトーマス・エジソンが特許を取ったものである。が、細い線に大量の電気を流すと白熱して光を出すことは一八〇〇年前後から知られており、多くの科学者や発明家が先陣を切ろうと凌ぎを削っていた。ただ、高温に耐える材質の選定や、球体の中に真空を作り出す技術の開発などに手間取って、実用化されるまでに長い年月がかかったのである。サヴァランのこの記述をもって彼の先見性を称揚する向きもあるが、この頃にはすでに空中で放電して発光させる実験はおこなわれていたので、「電気の炎」が実用化するのは時間の問題だった。

なお、美味学大祭がなぜ九月二十一日なのかについてはどこにも説明がない。

さて、食卓の快楽も滞りなく満たされる頃、神官たちも大テーブルのみんなの輪の中に入って宴会に加わり、東方の為政者がその使徒たちに許しているモカのコーヒーをいただく。金色の縁取りをした碗の中から立ちのぼる香気の中で、聖所にいた美しき侍女がその苦味をやわらげるために砂糖を配ってまわる。彼女たちはいかにも美しいが、ガステレアの殿堂に流れる清浄な空気のおかげで、いかなる婦人たちの心の中にも決して嫉妬の炎が燃え立つことはない。

最後に神官の長老が指揮をしてみんなで賛美歌を歌うと、歌声と楽器が心地よいハーモニーを奏で、神に感謝する心は天まで届く。

こうして神殿における儀式が終了する頃から、一般市民のお祭りがはじまる。

パリじゅうの通りや広場や邸宅の前庭に数限りないテーブルが並べられて、どこまでも続いている。人は、どこでもよいから、空いている席に好きに座る。だからあらゆる階級や年齢や職業の人たちが混ざって、そこで偶然出会った人たちはたがいに握手をし友情で繋がるのだ。見れば誰もが満足した幸福そうな表情を浮かべている。

この日はパリ全体がひとつの食堂になるわけだが、篤志家の寄進で食べものや飲みものは豊富に準備されている。政府の心配といえばあまりにも羽目を外す者が出ないよう、秩序の維持に気を配るだけである。

やがて元気で陽気な音楽が聞こえてきて、若者たちは踊り出す。いたるところに大きな舞踏場や野外舞台が設けられ、のどを潤す飲みものの用意も怠りない。

みんながそこにどっと押し寄せる。ある者は踊りに、他の者は応援や見物に。

どこかのお爺さんが、あたりの熱気に煽られて、若い女の子に誘いの声をかけている。そのようすを見ても、みんな笑って眺めるだけ。誰も咎める者はいない。女神への崇拝と祝祭の雰囲気が、すべてを和やかに赦している。

楽しい時間はいつまでも続き、いたるところに歓喜が満ちている。人びとの動きと騒ぎはなかなか収まらず、終了の時間を告げる夜半の鐘の音もほとんど聞こえないが、それでも素晴らしい一日を過ごしたことに満足して、みんなおとなしく家路につくのだった。そして、ガステレアの女神のご加護のもとにはじまった新しい一年に、満ちあふれる希望を託して眠りに就く。

味覚の生理学　第二部

補遺について

ここまで私の書くところを期待通りに注意深く読んでくださった読者は、私がつねに、ふたつの目的を見失わないようしてきたことが分かるだろう。

ひとつは、ガストロノミー（美味学）の理論的な基礎を確立し、この学問を本来そうあるべき他の諸科学と同等の地位に列すること。もうひとつは、グルマンディーズ（美食愛）という言葉の意味を明確に定義して、この社会的に有用な価値を、とかく混同されがちな大食とか不節制とかいった言葉と永遠に訣別させることであった。

言葉の誤用を生んだのは、不寛容な道徳主義者たちのせいである。彼らは異常な熱意をもって、美味という贈りものを味わう純粋な悦楽しかないはずの行為に、不道徳な過剰や逸脱を見ようとした。創造主が生み出した宝物は、本来踏みにじってはならないものである。さらに、世間を知らない文法学者たちがプロパガンダを展開し、勝手な定義を押しつけて、さも裁判官のように審判を下したのだ。

いま、そのような誤解が消え去るときが来た。すでに、みんなが言葉の正しい意味を理解した。今日では、誰もが少しはグルマンディーズをおこなっていることを認め、ときには自慢しさえするようになった。と同時に、大食だとか貪欲だとか不節制だとかという言葉を使って大声で非難する人もいなくなった。

このふたつの主要な論点については、私がここまでに書いてきたことはその証明に等しいものであり、誰にでも納得してもらえるものだと思う。

であるからして、私はここで筆を擱き、みずからに課した使命はこれで果たした、と考えてもよいのだが、あらゆる主題を深く追究しようとすればするほど、これも書いておいたほうがよいのではないかと思われる題材、まだ誰も聞いたことがないはずの逸話、私が目の前で本人から直接聞いた傑作な言葉、それに特別においしい料理やちょっとした食べもののレシピなどが、次々と頭に浮かんでくる。それらの文章は、理論篇の中に嵌め込んでも統一性を失わせるだけなので、最後に補遺としてまとめることにした。

どうか、読者諸君には楽しんで読んでいただきたい。笑い話の中にもなにがしかの真実があり、実際の役に立つこともあろうから。

ヴァリエテ（余録）

神父さまのオムレツ

レカミエ夫人が二十年にわたってパリ随一の美人として異論なく認められてきたことは誰もが知っている。そのうえ夫人は慈善活動にもきわめて熱心で、ある時期にはパリにおける貧困者救済事業の大部分に関与してきたことも、知らぬ者はいないだろう。実際、首都パリにおける貧困は、他のどの地域より相当ひどい状態にあったのである。

ある日、その問題で神父さまに相談しなければならないことがあって、レカミエ夫人が午後五時頃に家を訪ねたところ、その時刻に早くも彼が食卓についているのを見てびっくりした。

モンブラン通りに住むわがレカミエ夫人は、パリでは誰でも六時に夕食を摂るものだと思っていた。聖職者たちは、夜になって軽いコラシオンを摂る人も多いことから、一般に早い時間から夕食をはじめることを知らなかったのである。

レカミエ夫人は出直そうかと思ったが、神父さまが引き止めた。話の中身が食事を邪魔しないようなものだからか、美しい女性はどんな場合でもいないよりいるほうがよいからか、それとも、食事中のサロンを本当の美味の楽園にするためには話し相手が必要だったのか……。

実際、テーブルの上は染みひとつない清潔さで、年代ものワインがクリスタルのフラスコの中で輝いていた。真っ白な食器は趣味のよい上等なもので、お皿はすでに熱湯で温められている。それに、年配の身だしなみのよい女中さんが、いまにも給仕をしようと控えていた。

食事は、質素でありながら凝り抜いた、絶妙のメニューであった。ちょうどザリガニのポタージュが下げられたところで、鱒の料理とオムレツとサラダがテーブルの上にある。

「私の食事のなかには、おそらく貴女がご存じないものがありましょうな」

と、神父さまは微笑みながら言った。

「というのも、きょうは教会の定める精進日にあたりますもので」

夫人はうなずいた。そのとき少し顔を赤らめた、と私の手記にはあるが、彼はかまわず食事を続けた。

最初は鱒から食べはじめた。まず上側の身が剝がされて口に入る。ソースはいかにも手だれの技で、神父さまが内心さもご満悦であることは、その表情からもうかがわれた。

第一の皿が終わると、彼はオムレツにとりかかった。オムレツは丸くふっくらと盛り上がり、ちょうどよい火の通りかただった。ひと匙入れると、その腹からなんとも旨そうな、よい匂いのとろりとした汁が流れ出して、お皿がいっぱいになった。それを見た親愛なるジュリエットは、思わず生唾を呑み込んだ……。

そのようすは、日頃から人間の内面を観察することに慣れている神父に気づかれないはずがない。レカミエ夫人がまさに聞きたそうにしている質問を先取りするように、神父さまはこう言った。

「これはマグロのオムレツですよ。うちの料理番はこれが上手でして、ご馳走するとたいがいの人が誉めてくださいます」

「さようでございましょうこと」

わがショセ・ダンタンの住人は切り返した。

「こんなに食欲をそそるオムレッツは、私たち世俗の者には縁がございませんわ」

それから、サラダが来た。

（私は、私を信じてくれるみなさまにサラダを常食することを奨めている。それはからだを冷やすが弱らせることはなく、元気をつけるが必要以上に興奮させない。それに、若返りの妙薬だと言って私は奨めることにしている。）

食事が会話を途切らせることはなかった。ふたりはそもそもの理由であった相談ごとについて話し、ちょうどたけなわだった戦争について語り、よもやまの世間話をし、教会の未来と希望について、あるいはその他の、まずい食事ならそれで時間を稼げるような、おいしい食事ならもっとおいしくなるような、あれこれの食卓の話題を楽しんだ。

それからいよいよデザートがやって来た。セモンセルのチーズとカルヴィーユのりんごが三個、それにジャムがひと壺だった。

最後に、女中さんが、昔よくあったゲリドンと呼ばれる小さな丸いサービステーブルを食卓に引き寄せて、透き通った、熱々の、モカのコーヒーの入った碗をその上に置くと、部屋中が素晴らしい香りで満たされた。

これを〝ちびちびと〟（英語なら「s.i p する」というところだ）飲み終わると、

いつもの食後のお祈りを済ませ、立ち上がってこう言った。

「私は、強いリキュールは飲まないのです。強いお酒は余計なもので、お客様には振舞いますが、私自身はまったくやりません。実は、うんと歳を取ったときのための楽しみに、取ってあるのですよ。神様がそれほど長い寿命をくださるかどうかわかりませんが」

こんな話をしているうちにいつしか時は過ぎ、六時になった。レカミエ夫人は急いで馬車に乗った。というのも、この日は六時から何人かの友人を晩餐に招んでいたからで、私もその友人の中のひとりだった。彼女は、いつもと同じようにやや遅れたものの、とにかく到着した。が、そのときの彼女の頭の中は、いましがた目にして匂いを嗅いできた、あのおいしそうなものの姿でいっぱいになっていた……。

食事のあいだじゅう、神父さまの食べたもの、とくにマグロのオムレツで話はもちきりだった。レカミエ夫人は、その大きさ、かたち、ふっくらとしたようすなど、あらゆる角度から口をきわめて誉めたたえ、しかもその描写がいかにも正確だったため、会食者たちは異口同音に、それは旨いに決まっている、と太鼓判を押したのだった。

各人がそれぞれに持っている味覚の方程式が、ぴったり一致したのである。

それ以上話すことがなくなると、話題はほかに移り、もう誰もオムレツのことは考えなくなった。が、私としては、よきことはなるべく多くの人に知らせようと思う質なので、このような健康的でなおかつおいしい料理はぜひとも世に出すべきであると考えた。

そこで私はわが司厨長にできるだけ詳しいレシピを手に入れるように命じ、ここによろこんでわが同好の士に、どんな料理書にも載っていない、とっておきの秘密を惜しげもなく公開することにしたのである。

マグロ入りオムレツのつくりかた

六人前の材料として、鯉の白子を二個、よく洗ってから、わずかに塩を加えた熱湯で五分間湯がく。同じく、鶏卵程度の大きさの新鮮なマグロの身に、小さなエシャロットをみじん切りにしたものをまぶしておく。

白子とマグロをたがいによく混ざ合わさるように細かく刻み、それを十分に大きい特上のバターの塊とともに鍋の中に入れて、バターが溶けるまで加熱する。ここまでが、特製オムレツの中身のつくりかたである。

次に、再びバターを好きなだけ取って、パセリとチャイブを刻んで混ぜ込み、それをオムレツ用の魚型の皿に置く。上からレモンを少し搾り、熱い灰の上に置いて温めておく。

一二個のタマゴ（新鮮であればあるほどよい）を割り、さきほどの白子とマグロを炒めたものをその中に入れて、全体が均一になるようによく混ぜる。

あとはふつうのオムレツをつくる要領で、かたちよく、ふっくらと、やわらかく焼き上げる。焼けたら、かたちを崩さぬように用意した皿の上に載せる。熱いうちに供する。

これは、凝った朝食とか、食べることが好きな、もののわかった人たちが集まってゆっくりと食事を楽しむときのための、とっておきの料理である。上等の古いワインを添えて出せば申し分ない。

調理上の注意

1. 白子とマグロは、堅くならないように軽く炒める。堅くなるとタマゴを溶いた液とよく混ざらなくなる。

2. 皿は窪んだものを用いること。そうしないとソースが溜まらず、スプーンですくくうことができなくなる。
3. 皿は軽く温めておくこと。冷たいと皿がオムレツの熱を奪い、下にあるメートルドテル・バターを溶かすだけの余力がなくなる。

「神父さまのオムレツ」は、ブリア＝サヴァランが本書で取り上げている料理のうち、おそらくもっとも有名なものだろう。みずから料理の腕を振るうサヴァランならではの具体的な描写と、美味学者（食いしん坊）らしい客観的な評価がバランスよく混じり合い、たしかに著者が「これで一冊を書き終えた……」と感じた後に、やはりあれだけは書き残しておかなければ、と思ってわざわざ「ヴァリエテ」という補遺の章を設けた理由がわかろうという、傑作の料理エッセイである。

ジュリエット・レカミエ（一七七七～一八四九）は、フランス史上最高の美女のひとりとされ、執政政府の時代（一七九九～一八〇四）に彼女がパリに開いたサロンは、王侯貴族、政治家、文学者など、当代の人気者が引きも切らず集まって華やかな賑わいを見せた。

ジュリエットはリヨンに生まれ、二十七歳も年の離れたベレー出身の銀行家ジャック＝ローズ・レカミエと結婚し（実はジャック＝ローズは実の父親で、彼女に財産を相続させるために形式的な結婚をしたという説がある）、その庇護のもとに、レカミエ夫人としての数奇な生涯を送った。美しいだけでなく聡明で意志が強く、信念を曲げない女性だったといわれている。ナポレオンとも親交があり、皇帝になったボナパルトに愛人になるよう迫られたがこれを断り、反対派に近づいたため、彼女はナポレオンによってパリを追われることになる。その後プロイセンの王子と恋に落ちるが、夫に反対されて成就せず、最後はパリ市内の修道院に身を寄せた。

ブリア＝サヴァランはレカミエ家の一族で、ジュリエット・レカミエは母方のいとこにあたるが、サヴァランは、彼女に対して恋に近い憧れの感情をもっていたようである。一八二五年当時、彼女は四十八歳だったが、その容色にはいささかの衰えもなかったという。

『味覚の生理学』が刊行されたとき、サヴァランは次のような献辞を添えて著書を贈呈したことが知られている。

「夫人よ、この一老人の著作を好意と寛容をもってお読みください。これは貴女の少女時代にはじまる私の友愛の印です。いや、もしかすると、友愛よりはもっと甘い気持ちの印であるかもしれませんが、この歳になってはそれを自分に問うのも恥ずかしい限りです」

レカミエ夫人の目の前で神父さまが召し上がるメニューは、ザリガニのポタージュに、鱒の料理と、オムレツとサラダ。いかにも洒落たメニューである。もちろんこれは「精進日」の料理だから肉は出てこないが、ザリガニ、鱒、マグロ、鯉の白子と、魚はしっかり食べている。

ザリガニ（エクルヴィス ecrevisse）はハサミまで入れて一二～一五センチ程度の小さなもの。フランスでは中世から食べられていたが、十九世紀に入るとあまり獲れなくなったことから値段が上がり、ブリア＝サヴァランの時代には高級食材として人気になった。もちろんいまもそうで、その絶滅を心配する人もいる。ハサミと殻は捨て（出しを取る場合は砕いて使う）、尾の中にある指の先程度の大きさの身を食べる。グラタンやサラダなどの料理に使うほか、すり潰してバターに混ぜたり、ポタージュ（ビスク）、クーリ（ピューレ）、ソースなどにする。ブリア＝サヴァランの故郷ベレーはスイス国境からリヨンに向かう街道の途中にあり、このあたりはエクルヴィスの名産地である。

マグロのオムレツというが、この料理は六人分として鶏卵程度の大きさのマグロの身と鯉二匹分の白子を使うのだから、実際には「白子のオムレツ」と言ったほうがいいだろう。魚の白子の濃厚なクリーム感が、たっぷりのバターとあいまって、とても精進とは思えない充実感をかもし出す。山国だから淡水産の魚として鯉の白子を使ったわけだが、もちろん海の魚の白子でもおいしいオムレツができる。

セモンセルのチーズというのは、現在は「ブルー・ド・ジェックス」の名で知られるジュラ地方（スイス国境に近い）のブルーチーズ。パリに住む神父の話だが、ブリア＝サヴァランの故郷の地方料理を思わせるメニューから、この話は実話というよりは創作ではないかと疑わせる。「セモンセルのチーズとカルヴィーユのりんごが三個、それにジャムがひと壺」というデザートの構成は、第27章で原註として示している「ルイ十五世の時代（一七四〇年頃）の地方における正餐」の例（一五三～一五四ページ）に「デザートはチーズ、果物、ジャムの壺」とあるように、この組み合わせはブリア＝サヴァランが考える「簡素なデザート」のひとつの理想形として選ばれたものと思われる。

神父さまのオムレツをおいしく食べるには、つくりたてを温かい状態で供することが重要だ。ブリア＝サヴァランもそれを強調して、事前に皿を温めておくように、と指示しているが、ここにも疑問を呈する人がいる。というのも、神父さまの食事では、レカミエ夫人が部屋に入ったときにはすでにテーブルの上に鱒の料理とオムレツが置かれていたのである。そして夫人の見ている前で、まず鱒を食べ、それからオムレツにとりかかった。いくら皿が「軽く温めて」あっても、鱒を食べているうちにオムレツは冷めてしまったのではないだろうか。皿に置かれた瞬間は、オムレツの下敷きになっていた「メートルドテル・バター」は溶けるだろうが、食べるときにはなかば固まりはじめているのでは？

メートルドテル（給仕長・支配人）風のバターとは、軟らかくしたバターにパセリのみじん切りとレモン汁を混ぜたもの。この場合はパセリのほかにチャイブ（シブレット）を刻み込み、レモン汁をバターの上からかけている。レモン汁をかけるだけでもバターの温度は下がりそうなものだが……そんなことからも、神父さまのオムレツはブリア＝サヴァランの創作料理で、レカミエ夫人を登場させる物語はあとから添えたのではないか、と私は疑っている。

肉汁入り炒り卵

あるとき、私はふたりのご婦人を連れてムランへ旅をした。私たちはそれほど朝早く出発したわけではないので、なにも食べずにモンジュロンに着いたときはひどい空腹を抱えていた。

が、その空腹を満たすものがなかった。私たちが泊まる旅籠屋は、なかなか良さそうに見えたが、食料が切れているというのだ。乗合馬車が三台と駅伝馬車が二台通り過ぎた後で、「まるでエジプトのイナゴみたいに」なにからなにまで食べていってしまった、と亭主の料理人は言うのである。

しかし、すぐそこに、回転串に刺さって焼かれている見事な仔羊の股肉があるではないか。いかにも旨そうなその焼き肉に、ご婦人たちは早速（いつものように）さかんに色目を使っている。が、その色目も役にたたない。その肉は三人の英国人が持ち込んだもので、彼らはシャンパンを飲んでおしゃべりをしながら、焼き上がるのを待っているという。

「しかし、親父さん……」と、私は悲嘆と哀願の混じった調子でこう言った。「せめてこの股肉の汁だけでも分けてもらって、炒り卵をつくってくれるわけにはいかないだろうか。それとミルクの入ったコーヒーが一杯あれば、それで私たちは我慢するから」

「わかった。お安い御用でさ」シェフは答えた。「肉はともかく、汁のほうはみんなのもの。さっそく取りかかることにしやしょう」

そう言うと、シェフはすぐに慎重な手つきでタマゴを割りはじめた。

彼が仕事をしている間に、私は火の近くに行ってポケットから旅行用のナイフを取り出し、股肉に深い切り傷を一ダースばかりつけた。こうすれば肉汁は最後の一滴まで流れ出すだろう。

素早く事を終えると、私はシェフの手元に注目し、タマゴの焼け具合に注意を集中した。せっかくうまく行ったのに、最後でしくじったら目も当てられない。ちょうどよい焼け具合になったところで、私はシェフの手元からそれを奪い取って、用意された部屋に持ち込んだ。そこで私たちは、たがいに顔を見合わせながら、結局われわれが股肉のいちばんおいしいところをいただいて、わが英国の友人たちは残り滓をかまされたのかと思うと、大笑いに笑い転げた。

「オスマゾーム」なる「うまみの素」を提唱したブリア＝サヴァランのことだから、肉そのものよりも肉汁のほうがおいしいのだ、と主張する意図はわかるが、それにしてもちょっとこれはやり過ぎだろう。

ブリア＝サヴァランが描く英国人のイメージは、図体がでかくて、大酒飲みで、大声で騒いで最後は酔い潰れる野卑な男たちである。もちろん、料理の滋味がわかるような繊細な舌は持ち合わせていないし、食べものに関する知識もない。

肉は客のものだが肉汁は公共（？）のもの、という論理も乱暴だが、いうまでもなくこれは英国人へのあてこすりで、フランス人である旅籠屋の亭主（兼料理長）はサヴァランたちの共犯である。

このあからさまな偏見に対して、英訳者のフィッシャー女史（アメリカ人）は、「往々にしてこの逸話は美味の本質を語る例として取り上げられるが、私は忌み嫌っている。礼儀正しい紳士であるはずのブリア＝サヴァランともあろう人が、こんな偏見をあからさまに語るとは、幻滅以外のなにものでもない。そもそもこの悪戯は馬鹿げているし、しみったれていて、不誠実で、読むたびに私の心を傷つける」と憤慨している。

国民的勝利

私はニューヨーク滞在中、リトル某という男がやっていたカフェのような居酒屋のような店に行くことがときどきあった。その店では昼は海亀のスープを出し、夜になるとアメリカでよく飲むさまざまなドリンク類が飲めた。

その店に行くときには、ラ・マシュー子爵と、ジャン＝ロドルフ・フェールという、昔マルセイユでブローカーをやっていた男を誘うことが多かった。ふたりとも、私と同じく亡命者の身であった。私は彼らに「ウェルシュ・ラビット」*を奢ってやり、エールかサイダーでのどを潤しながら、静かに自分たちの過去の不幸と、現在の楽しみと、未来への希望を語り合って過ごすのだった。

私はその店で、ウィルキンソン氏というジャマイカに植民したイギリス人と、もうひとりの男と知り合いになった。もうひとりのほうの名前は最後まで聞かなかったが、いつもウィルキンソン氏といっしょなので、おそらく友人なのだろう。ところがこの男が実に傑作な男で、あとにも先にも私はあんなヘンな奴は見たことがない。

顔は真四角で、目がぎょろぎょろしており、絶えず注意深く周囲を観察するふうであるのに、まったくしゃべらないし、まるでなにも見えないかのように表情がまったく変わらない。ただ、ウィットに富んだジョークや面白い話を聞くと、突然、破顔一笑して、目を瞑って口をラッパのように大きく丸く開けて突き出し、長い長い奇声を発するのだ。笑いというか、いななきというか、なんとも奇天烈な、これが英語で「馬笑い horse laugh」というやつだろうか。ところがそれが済むと、すぐにまた元のつまらなそうな顔に戻るのだ。まさしく雲間を切り裂く一瞬の雷鳴……といったありさまである。ウィルキンソン氏のほうは、五十歳がらみの立派な紳士で、見た目も振舞いも申し分なかった。

この二人のイギリス人は、私たちとつきあうのが気に入っているようで、私が仲間に奢っている簡単な夜食を、すでに何回かともに楽しんでいた。そんなある晩、ウィルキンソン氏が私だけを端に呼んで、三人をディナーに招きたいのだが、と言ってきた。

私は、いちおう三人の代表のような立場なので、その場でみんなに成り代わって礼を言い、承諾の返事をした。食事会は、翌々日の午後三時と決まった。

その晩は、いつものように何事もなく過ぎた。が、私がそろそろ引き揚げようとしているとき、ウェイターが私を呼んで、ジャマイカの二人はもう結構なご馳走を注文していきましたよ、と教えてくれた。とくに飲みものは十分手配するように、と言っていたので、きっと二人は飲みくらべをやるつもりらしいですよ。あの大口を開ける旦那が、俺ひとりでフランス人たちを酔い潰してやる、と息巻いていましたから。

それを聞いて私は、さっきしたばかりの約束だが、なんとかいまから穏便に断るわけにはいかないだろうか、と思案した。そんな馬鹿げた大騒ぎなんかやりたくないのだ。が、いまから断るのはもう無理だった。断れば彼らはあちこちで、フランス人は戦う前に逃げ出した、イギリス人にはかなわないと怖気づいた、と吹聴するに決まっている。こうなった以上、後には引けない。危険な賭けであることは承知の上だが、ここはサックス元帥の言葉通り、「栓を開けられたワインは飲むしかない」のである。

私はいささか心配であった。私についてではなく、仲間のほうが。

私自身は、年齢もいちばん若いし、からだもいちばん大きいし、彼らより強いことはわかっていた。これまで酒を飲み過ぎて潰れたことはないし、私の体質から言っても、いままでさんざん強い酒を浴びてからだをすり減らしてきたイギリス人には容易に勝てることが明らかだった。

おそらく、ふつうに飲みくらべをすれば、私ひとりが最後に勝利することは疑いない。しかし、それでは私ひとりの個人的な勝利である。仲間の二人は、イギリス人たちとともに、ベロベロに酔い潰れてひどい姿で運び出されていくだろう。私はそんな辱めを彼らに受けさせたくなかった。すなわち、私は個人的な勝利よりも、国民的な勝利を望んだのである。

私はフェールとラ・マシューを家に呼び、厳重な訓示を与えつつ、私の心配を彼らに伝え、作戦を伝授した。できるだけ少しずつ、チビチビと酒を飲むように。私が二人の注意を逸らしている間に、余分な酒をわからないようにこぼすこと。それから、食事はゆっくり時間をかけて食べ、最後まで食欲を失わないように。食べながら飲めば、いっしょに胃に入った食べものが酒の刺激を和らげ、強いアルコールが脳を直撃することがなくなるからだ。作戦会議が終わると私たちは、酒の毒気を緩和する効果があるといわれている、ビターアーモンドを一皿、分け合って食べた。

このように、精神的にも肉体的にも準備をして、私たちはリトルの店に行った。二人のジャマイカンはすでに到着していて、ほどなくディナーがはじまった。メニューは、巨大なローストビーフに七面鳥の煮込み、茹でた根菜、生のキャベツのサラダ、それにジャム入りのパイだった。

飲みものはフランス式だった。最初からワインがサービスされたのである。とてもおいしいクラレット（イギリス人好みの明るい色の軽いボルドー）だった。当時はクラレットがアメリカにもたくさん輸入されたが、最後のほうは売れ行きが悪く、フランスでよりずっと安く買えたのだった。

ウィルキンソン氏は板についた主人ぶりで、みずから範を示しながら私たちにも気前よく勧めた。もうひとりのお仲間のほうは、皿の中に顔を突っ込まんばかりにして、一言も発せず、あらぬほうを向いて、唇の端に薄笑いを浮かべていた。

私はと言えば、二人の助っ人のほうを頼もしく眺めていた。ラ・マシューは、もともと食欲旺盛な男だが、まるで気取ったお嬢さんのようにチビチビと食べていた。フェールのほうは、ときどき自分のグラスの中のワインを、テーブルの隅のほうに置かれたビールのポットの中に気づかれないように捨てている。私は堂々と二人のイギリス人に対抗して、食事が進むにつれてますます自信を深めていった。

クラレットの後はポルト、ポルトの後はマデイラ、マデイラはそのまま長いこと飲み続けた。

そうしているうちにデザートが出た。バター、チーズ、ココナッツ、それにヒッコリー。これからがいよいよ乾杯のときである。私たちは王様の権威のために、人民の自由のために、女性たちの美しさのために、何杯も何杯も乾杯した。とくにウィルキンソン氏のためには、ジャマイカ島でいちばんの美人だと自慢する娘のマリアの健康を祝って、また何度も乾杯した。

ワインの後はスピリッツだ。ラムやブランデー、さまざまな穀類やフランボワーズなどの果実からつくられた、強い蒸留酒の類が次々にあらわれた。スピリッツが出れば当然高歌放吟、このまま行くと大変なことになりそうだった。

私はスピリッツを怖れていたので、パンチを頼むことでこれを回避しようとした。するとリトルのほうでも準備していたらしく、前もって仕込んであったパンチを、四〇人分は優に入りそうな巨大なボウルに一杯、出してきた。フランスではあんな馬鹿でかいパンチボウルは見たことがない。

その光景を見て私は勇気百倍となり、そこで飛び切り新鮮なバターを塗ったトーストを五、六枚食べると、再び力がからだいっぱいに漲るのを感じていた。私は、みんなのようすをこっそり見回してみた。この勝負がどんなふうに決着するか、そろそろ心配になってきたのである。

二人の仲間はまだまだ元気そうで、ヒッコリーの殻を割って食べながらちびちび飲んでいる。ウィルキンソン氏は真赤になった顔色が黒ずみはじめ、目はどろんとして、だいぶ弱ってきたようすである。お友だちのほうは相変わらず押し黙ったまま、頭から沸騰したヤカンのように湯気を出していた。大きな口は、まるで鶏のぼん尻みたいになっている。どうやら大詰めが近づいているようだ。

　そのときウィルキンソン氏が突然目を覚ましたように立ち上がって、イギリス国歌「ルール・ブリタニカ」を大きな声で歌いはじめた……かと思うと、急にへなへなと力が抜けて立てなくなり、ドスンと椅子に尻もちをつき、そのまま床に落ちて伸びてしまった。それを見てお友だちは、例のトランペットのような雄叫びを上げながら、介抱しようと身を屈めたが、同じように転んでウィルキンソン氏の横でへたばった。

　この急転直下の結末を目にして、肩の荷が下りた私がどんなにうれしかったかは言葉にあらわせない。私はすぐにベルを押してリトルを呼び、「二人の紳士たちを丁重に介護してあげなさい」と恭しく言い渡した。そして最後に残ったパンチの一杯で彼らの健闘を讃えて乾杯した。ほどなくウェイターが手伝いを連れてやってきて、決まりに従い「二本の足を真っ先に」敗者たちを運び出していった。** 友だちのほうは死んだように動かなかったが、ウィルキンソン氏は最後まで「ルール・ブリタニカ」をむにゃむにゃと口ずさんでいた。

　翌日のニューヨークの新聞はこの出来事をかなり正確に報道したし、他の新聞もこぞって転載した。その中で、二人のイギリス人はそれ以来病気で寝込んでいると書いてあったので、見舞いに行ってみたら、お友だちはひどい消化不良でげんなりしており、ウィルキンソン氏は痛風の発作が起きて椅子にしがみついていた。飲みっくらなんかしたために、積年の病弊がまた顔を出したに違いない。彼はわざわざ見舞いに来てくれたことに謝意を表してあれこれしゃべったが、なかでも次の言葉は傑作だった。「いやあ、まったくお宅らはよいお仲間ですよ。でも、ちょっと酒が強過ぎますな」

＊（原註）イギリス人はトーストにチーズを載せて焼いたものを「ウェールズのウサギ」と呼ぶのがお決まりの表現。これはたしかに兎肉ほど腹には溜まらないが、酒肴としては格好のもので、酒が進むしワインはうまくなる。小宴のデザートとしても最適である。

＊＊（原註）イギリスでは、死体と飲み潰れた奴は足をもって引き摺って運ぶことから、「二本の足を真っ先に the feet foremost」という言いかたが慣用になっている。

チェダーなどのチーズをビール（エール）に溶かしてパンに塗って焼いたものをなぜ「ウェルシュ・ラビット（ウェールズのウサギ）」と呼ぶのかは不明。ウェールズ人がチーズをよく食べるから、ウサギ狩りのときの腹ごしらえに好適だから、等の諸説がある。現在はふつう「ウェルシュ・レアビット Welsh rarebit」

と呼ぶが、この「レアビット rarebit」は「ラビット rabbit」の発音が訛ったものだという。なおブリア゠サヴァランは「ラビット」を rabbet と綴っている。

フランスチームが試合前に食べた「ビターアーモンド」は、ふつうのアーモンドとは違う苦味の強い種類。加熱すれば食べられるが、生で食べると青酸性の毒がある。抗菌、防腐などさまざまな効能があるので、酒の解毒にも効くのかもしれない。

「ヒッコリー」は、クルミやピーカンナッツに似た北米産の堅果。バター、チーズ、ココナッツ、ヒッコリーが「デザート」だというのだから、当時のアメリカでは食後に甘いものを食べる習慣がなかったのだろう。「ジャム入りのパイ」は肉料理のサイドディッシュか。これでは「デザート」が出たら強い酒を飲むしかない。

お口ゆすぎ

私は古代ローマでおこなわれていた食べたものを吐くという習慣は、私たちのデリケートな感覚には合わないものだと書いたが、どうやら早とちりをしたようで、前言撤回をしなければならなくなった。

それは、こういうことである。

いまから四十年ほど前、上流階級の中には、ほぼ女性に限られるが、食後に口をゆすぐ習慣を持っている方がおられた。

どうやるかというと、彼女が食事を終えて席を立つとき、後ろを振り返るとそこに召使いがいて、コップ一杯の水を差し出すのだ。彼女は一口それを口に含むと素早くうがいをして、用意された受け皿に吐き出す。と、召使いがすぐにそれを持ち去ってしまうので、そこでなにが行われたかはほとんど気づかれないくらいだった。

それがいまはすっかり様変わりだ。

きちんとした習慣を守っていると自慢する家でも、デザートの時間が終わりそうになると、従者が冷水をいっぱい入れたボウルを会食者に配る。ボウルの真ん中にはお湯のコップが置いてあるので、みんなの見ている前で、まず冷水に手を突っ込んで指先を洗うような動作をし、それからお湯をぐいっと飲んで大きな音を立ててうがいをし、それをもとのコップかボウルに戻すのである。

なにが新しい工夫か知らないが、無用であるばかりか無作法で汚らわしいこの風習に、異議を唱える者は私ひとりではあるまい。

無用だというのは、ふつうの食べかたをすれば、食事が終わるときは口の中がきれいになっているはずである。最後に食べる果物なり、デザートのときに飲むことになっている飲みものの最後の一杯なりが、口の中を洗ってくれるからである。手については、そもそも汚れるほうがおかしいのだ。しかも、手を拭くためにはナプキンがあるではないか。

無作法だというのは、うがいのような行為はトイレに隠れてやるのが一般的な原則だからである。

そしてなによりも汚らわしい行為であるというのは、もし女性たちのこの世でもっとも美しくきれいな唇が、まるで排泄器官のような扱われかたをされたとしたら、すべての魅力が台無しになってしまうではないか。しかも、もしもそのときに見えるものが、美しくもきれいでもなかったらどうするのだ。考えるだに恐ろしいことだが、もしもそれが馬鹿でかい鰐口で、腐ってボロボロになった虫歯があるから辛うじて底なしではないことがわかる奥深い闇がそこに覗いていたとしたら……クワバラクワバラ助けてくれ！

むやみに清潔を気取ると、私たちの趣味にも習慣にもまったく合わない馬鹿げた話になってしまうのである。人はいったん限界を超えると、そのまま突っ走って抑えが効かなくなってしまう。清潔に関しても、この先なにをしろと言われるか分かったものではない。

新しいボウルが公にあらわれてからというもの、私は昼も夜も嘆き悲しんでいる。私はまさしく当代のエレミア、嘆きの預言者という役回りだ。私は流行の錯誤を嘆き、世界を旅して多くのことを学んでしまったので、こんど招かれて他人のサロンに足を踏み入れたとき、あの忌まわしい「お部屋のポット chamberpot」*にだけは出会わないことを念じている。

＊（原註）ご存じのように、英国には数年前まで、いや今でもあるかもしれないが、部屋から一歩も出なくても用を足せる食堂があった。不思議な習慣に思えるが、食後に男たちが酒を飲みはじめると女性は退出する習慣がある国では、それほどの不都合はないのかもしれない。

教授が騙され将軍が敗北した話

数年前、新聞は新しい香料が発見されたと報じた。それはヘメロカリスという球根植物から抽出されたもので、ジャスミンに似たとてもよい香りのするものだそうだ。

私はもともと好奇心が強く、その上どこへでもふらふらと出かけていく質なので、そんな話を聞いて、トルコ人が「鼻を魅惑するもの」と呼ぶ香料を探しに、すぐにフォブール・サンジェルマンまで出かけて行った。

薬局の主人は、好事家を迎えるにふさわしい丁重さで、夥しい薬箱が整然と並ぶ祭壇のような棚から幾重もの紙に包まれた小箱を取り出した。その中には、貴重な香料の結晶が二オンス（約六二グラム）入っているはずだった。

私はその対価に五フランを支払ったが、無教養な者のようにその場ですぐに箱を開けて臭いを嗅いだり、噛んで味わったりはしなかった。あくまでも教授らしく、黙って小箱を受け取るといつもの足取りで家に戻り、ソファーにゆったりと座ってから、おもむろに新しい感覚を味わおうと考えた。

私はポケットから香りの小箱を取り出し、まわりをぐるぐる巻きにしている紙を剝がしたら、三枚のそれぞれ異なった印刷物があらわれた。いずれもヘメロカリスに関する説明で、植物の生態や栽培や花に関すること、その香気から得られる独特の快楽のこと、丸薬に練り込んだり化粧品に入れたり、リキュールの香りづけやアイスクリームのフレーバーとして使われ食卓にものぼることなど、さまざまな用途についても書かれていた。私はその説明書を注意深く読んだ。ひとつには支払った対価を少しでも取り戻すため、またひとつには、植物界から抽出された新しい宝物を正当に評価するための心構えとして。

それから、ようやく私はそろそろと小箱を開けた。きっと香り高い丸薬がいっぱい入っているだろうと期待して。……ところが、なんと憤懣やるかたないことに、箱の中にあったのはさっき夢中で読んだあの同じ説明書だったのだ。そのわきに、ほんの申し訳程度に二〇個ほどの燻香の粒が添えられていた。たったこれだけのために、フォブール・サンジェルマンくんだりまでのこのこ出かけて行ったとは！

味わってみれば、たしかにこの丸薬はなかなか結構なものだった。が、それでも私は、外見のものものしさに較べてあまりにも中身が貧弱で、数が少ないのが不満だった。考えれば考えるほど腹が立って、だんだん薬屋に騙された気分になってきた。

私はすぐにでも薬屋のオヤジに箱を突き返しに行こうと思った。カネは返してもらえなくても、とにかくこのままでは腹が収まらない、と思って、立ち上がったとき、ちらりと鏡に私の白髪が映った。なんと、大人気ないことを……私は年甲斐もなくむきになったことが馬鹿馬鹿しくなって椅子に座り直したが、憤懣やるかたない気持ちをいつまでも持て余していた。

実を言うと、そのとき私を押し止めたのにはもうひとつ理由がある。そのつい四、五日前に、私は同じような、手に負えない薬屋に出会っていたのだ。

それは私が、ある朝、同郷の友人であるブーヴィエ・デ・ゼクラ将軍の家を訪ねたときのことであった。そのとき将軍は、なにやらそわそわしたようすで、部屋の中をうろうろと歩きまわっていた。両手でなにやら紙片を握りしめている。私には詩でも書いてあるように思えたのだが……。

「こ、これを見てくれたまえ」とその紙を私に示しながら、「君はどう思うかね。その道には詳しいんだから」と将軍は言った。

私はその紙を受け取って中身を見た。驚いたことに、それは詩篇ではなく、薬代の請求書だった。なるほど、私が呼ばれたのは詩の分かる文学者としてではなく、薬理学者として見込まれたからだったのだ。

「まあ、そう怒りなさんな」と私は紙を返しながら将軍に言った。「あの業界はそんなものさ。たしかにこれはちょっと度が過ぎているかもしれないが。だいたい、なんで君はそんな縫い取りのあるきれいな服を着て、勲章を三つもぶら下げて、金モールの房のついた帽子をかぶっているんだ。その分、多少はボラれても仕方ないさ」

「なにを言う」と彼は気色ばんで答えた。「絶対にこんなことは許せん。ちょうどいま、インチキ薬屋に来るように申しつけたところなんだ。そろそろ着く頃だから、君も立ち会ってくれたまえ」

その言葉がまだ終わらないうちに、部屋のドアが開いた。入ってきたのは、五十歳代なかばの、黒い服をきちんと着こなした男だった。背は高く、ゆっくりと重々しく歩き、目つきや口元に多少の冷酷さが見てとれないこともなかったが、全体としてはなかなか謹厳な紳士ふうの風貌であった。彼は暖炉の前に立ち、勧められても椅子には座らなかった。

以下は、私が立ち会ったそのときの彼と将軍との対話を忠実に再現したものである。

将軍：貴方が送りつけてきた請求書は、まさしく「薬屋の勘定書」（「法外な料金」を示す慣用句）の見本のようなものですな。

黒服：将軍、私は薬屋ではありません。

将軍：え？　じゃあ、いったい貴方は……

黒服：薬剤師です。

将軍：なるほど。では薬剤師君に質問するが、貴方のところの小僧さんが……

黒服：うちに小僧はおりません。

将軍：それじゃあ、あの若い男は……

黒服：私の弟子です。
将軍：とにかく、貴方のところの薬ときたら……
黒服：お言葉ですが、私は薬は売っておりません。
将軍：じゃあ何を売ってるんだ！
黒服：薬ではなく、医薬品を扱っております。

……そこで対話は終了した。将軍はあまりにも用語を間違えたことと薬学関係の知識が乏しいことを恥じて、言うべき言葉を失い、結局そのまま言いなりの勘定を支払ったのだった。

ウナギのご馳走

昔、パリのショセ・ダンタン通りに、ブリゲという名前の男がいた。はじめは馬車の御者をしていたが、やがて博労になって小金を蓄えた。
彼はタリシュ－の生まれだった。それで引退後は故郷に戻ろうと思い、年金生活者の女と結婚した。彼女は、その昔パリで「スペードのエース」といえば知らぬ者のない人気女優マドモワゼル・テヴナンの料理人だった。

さいわい生まれ故郷の村にちょっとした土地が見つかったので、ブリゲはそこで妻といっしょに暮らすことにした。

その頃、大司祭教区の神父たちは、月に一度、持ち回りでおたがいの家に集まって宗門会議を開くことになっていた。一七九一年の終わり頃の話である。その日はミサをおこない、会議を開き、そのあとで夕食会を開くのが慣わしだった。

みんなはその全部を単に「会議」と呼んでいたが、当番の神父は、仲間たちをそれにふさわしいもてなしで迎えるよう、早くから準備をしなければならなかった。

さて、タリシューの神父にその順番がまわってきたとき、教区の信者のひとりから、セラン川の清らかな流れで獲れた大ウナギが献上された。それは、一メートルはあろうかという見事なものだった。

こんな立派なモノをいただいて、と神父はご満悦だったが、はたしてこの傑物をうまくさばいて期待通りの料理に仕上げることができるのか、お抱えの女中では腕前が心配になってきた。そこで神父はブリゲ夫人に白羽の矢を立て、その腕前を誉め称えて、大司祭の名に恥じない素晴らしい料理に貴女の名を刻み、ひとつ夕食会に花を添えてはくれまいか、と懇願した。

願いは二つ返事で叶えられ、そのうえ彼女は、「前のご主人様のときに使っていた珍しい調味料の入った小箱をいまももっておりますので、よろこんで引き受けさせていただきます」と付け加えた。

ウナギの料理は心をこめて調製され、恭しくサービスされた。見た目が美しいだけでなく、なんともいえないよい香りがして、一口食べると、誰も誉め言葉が見つからないほどのおいしさだった。料理は最後のソースの一滴まで余すところなく食べ尽くされ、あっというまに姿を消した。

しかし、デザートの時間になると、いつもはお堅いお上人様たちが、なにやらふだんと違った興奮状態を見せはじめた。すると肉体の影響が精神にあらわれたか、話はどんどん卑猥なほうに傾いていった。

あるお坊さんは寄宿生時代の冒険譚を得々と話し、もうひとりは隣の神父のおだやかならぬ噂話を披露し……要するに、話題は七つの大罪の中でもっとも色っぽい罪にばかり集中したのだった。しかも不思議なことに、誰ひとりとしてそれをスキャンダラスなことだと思わなかったのだから、悪魔も意地の悪いことである。

彼らは遅くまで帰らなかったが、私の秘密の手帖にはそこまでしか書いてない。が、そのときの会食者が再び集うことになった次の会議では、みんなあの晩にしゃべったことが恥ずかしくなり、いや済まなかった、赦してほしいとおたがいに言い合い、それもこれもあのウナギのせいだ、ということで意見が一致した。すなわち、たしかにあの料理はおいしかったけれども、ブリゲ夫人には二度と腕を振るわせないようにしよう、ということになったのである。

それほど素晴らしい効果のある調味料とはいったい何なのか、調べようとしたが無駄だった。とくに毒があるとか危険があるとかいうものでないだけに、よけい分からなかったのである。ブリゲ夫人は、唐辛子を利かせたザリガニのクーリのせいだと言うのだが、私は彼女がまだなにか隠していると思っている。

アスパラガス

ベレーの司教、クルトワ・ド・カンシー猊下のもとに、菜園に素晴らしく大きいアスパラガスが生えているという知らせが入った。

すぐさま、それがどんなものか見てみようと、司教邸にいた全員が現場に駆けつけた。司教様のお屋敷であっても、なにか面白いことが起きるのは大歓迎なのだ。

話は嘘ではなく、誇張されてもいなかった。アスパラガスは地面を突き破り、ちょうど頭を出したところだった。頭は丸っこく、つやつやしていて、まだらがあり、大きくなったら片手では握れないほどの直径がありそうだった。

みんなはこの菜園の異変を騒ぎ立てた。そして、この植物の茎を切り取るお人は司教様を措いてほかにない、と意見が一致した。そこでただちに村の鍛冶屋に注文して、司教様専用の小刀がつくられた。

それからの何日かというもの、アスパラガスは優雅で美しい姿を見せながら、わずかずつではあるが着実に伸びていった。そろそろ、この野菜の食べられる部分が終わる、茎の下の白いところが見えはじめる頃である。

こうして、収穫の日が決められた。夕食にはご馳走が用意され、司教様がお散歩からお帰りになったときに、刈り取っていただく手筈がととのった。

さて、いよいよ司教様のお出ましである。

特製の小刀を手に持ってしずしずと前に進み、重々しいようすで地面にかがむと、昂然と立っている誇り高い野菜の茎を切ろうとした。満場の観客は、その繊維や構造はどうなっているのか、興味津々、固唾を呑んで見守った。

しかしながら、なんという吃驚、なんという失望、なんという苦渋……であろうか⁉

立ち上がった司教様の手はからっぽだった。

アスパラガスは木製だったのである。

この悪戯は、ちょっとキツかったかもしれないが、サンクロード生まれの大聖堂司祭ロッセの仕業だった。ロッセは木の細工がうまく、絵も上手だった。

彼はこの偽アスパラを隅々までひとりで全部つくり、ひそかに毎日少しずつ引っ張り上げ、自然に伸びたように見せかけていたのである。

司教様は、この悪戯（なんといっても悪戯は悪戯である）をどう処分するか、しばらく思いあぐねていたが、まわりを取り巻くみんなの顔に早くも笑い出しそうな表情があらわれているのを見て取ると、ニヤッと笑みを漏らしたのだった。

するとこの笑みを合図に、あとはもう、まことホメロスの描写もかくやと思われる、大笑、哄笑の渦となった。結局、悪戯の犯人はお咎めなしで、証拠品だけ押収し、少なくともこの晩一晩だけは、サロンの真ん中に巨大なアスパラガスの像が立てられたのだった。

ヒラメ

あるとき不和の女神が、パリいちばんの仲良し夫婦の家に忍び寄っていた。
時は土曜日という異教の安息日、原因はヒラメをどう料理するかだった。場所は、ここヴィルクレーヌという田舎である。このヒラメは、どこかの宴席に出るはずだったのをもらい受けてきたもので、翌日の晩に開こうとしている食事会のときに出すつもりだ。実は私もその客のひとりとして呼ばれているのだが、そのヒラメは素晴らしく新鮮で、太って脂が乗り、おいしそうに光っている。しかし、とにかく大きくてそれを載せる皿がないので、いったいどうやって料理したらよいものか、考えあぐねていたのだった。

「それなら、二つに切ってしまえばいいじゃないか」

夫がそう言うと、

「あら、かわいそうに。そんなことしていいのかしら」

と妻は言う。

「だって、しかたないだろう、ほかにどうしようもないんだから。早く包丁をもっておいで。さっさと片づけてしまおう」

「もう少し待ちましょうよ。時間ならたっぷりあるわ。そろそろ従兄弟が来る時間じゃない。教授なんだから、なにかうまいことを考えてくれるわ」

「ふん、教授だって？　だからなにか考えてくれるって？」

こんなふうに言うというところを見ると、彼は教授にあまり信頼を置いていないようである。なにを隠そう、その教授というのは私のことなのだ。チェッ。

この難問が、まさに「アレキサンダー大王のやりかた」で一刀両断に解決されようとしていた、まさしくその瞬間に、私がそこへ飛び込んだのだった。

古代アナトリアの王ゴルディアスは、神に捧げる牛車を、ミズキの樹皮でできた紐をがんじがらめに結んで神殿の柱にくくりつけた。そして「この結び目を解くことができた者が次のアジアの王になるであろう」と予言した。誰も見たことのない複雑な結び目は、何人挑戦しても解けなかった。が、それから数百年後、この地を遠征中のマケドニア王アレクサンドロス三世（アレキサンダー大王）が試み、やはり解けないと知ると、やおら剣を抜いて結び目を一刀両断に切ってし

まった……という伝説から、「ゴルディアスの結び目」とは難問を意外な方法で一気に解決することのたとえ。アレキサンダー大王は予言どおりアジアを統一する王となった。

―――

午後七時、家々の窓からおいしそうな匂いが流れてくる食事どきに、急ぎ足で、鼻を利かせながら、旅びとにふさわしい旺盛な食欲をもって、私は家の中に入っていった。

家に入って、私は型どおりに挨拶をしたが、返事がない。ふたりとも聞いていないのだ。

そのうちに、ふたりが同時に事の顚末を語り出し、声が被さって合唱のようになったかと思うと、こんどは急に黙りこくってシーンとなる。従姉妹の彼女は私を見つめて、「なんとかならないかしら」と訴えている。夫のほうは反対に、端から私のことなど馬鹿にして、「なんとかなるわけがないじゃないか」と言いたそうだ。しかも彼の右手には、持ってこさせた怖ろしい包丁が握られている……。

この膠着した雰囲気が、一挙に生き生きとした好奇心に変わったのは、私が厳かな声でこう宣言したときだった。

「ヒラメは公式の食卓にのぼるまでその全き姿を保つべし！」

私は失敗しない自信をもっていた。ふつうにかまどの火で焼けばよいと考えていたからだ。が、どうやらこの方法ではうまくいきそうにないので、まだ何も説明せず、黙って台所へ向かって歩きはじめた。私が行列の先頭を切って、続く夫婦が司祭のお付き、その他の家族は信者の群れ、料理女は最後尾のしんがりを務めた。

通り過ぎた最初の二つの部屋には、私の目的に役立ちそうなものは何もなかった。ところが洗濯場に差しかかったとき、ちょうどよい大鍋が見つかった。やや小ぶりだが、かまどにぴったり嵌まっている。これはよい、と私は決めて、振り返って後列のみんなに、山をも動かす信念をもってこう叫んだ。

「おのおのがた、心配召さるな。ヒラメは丸のまま料理される。蒸気で蒸されて、たちどころにできあがる」

実際はもうとっくに夕食の時間なのだが、とにかくみんなを急かせて仕事に取りかかった。かまどの係が火を焚くあいだ、私は酒瓶が五〇本入る大きな籠から一部をちょうどよいサイズに切り出して、巨大な魚を載せるスノコをつくった。そのスノコの上に私は香りのよい香草やネギの類を敷き詰め、そこへ、よく洗ってから乾かして適当に塩をしたヒラメを横たわらせた。そして上からも、同様にネギや香草をたっぷり載せた。

ヒラメを載せたスノコを、半分ほど水を張った大鍋の上に載せ、その上から盥を被せて、盥とスノコの隙間を乾いた砂で埋めて蒸気が逃げにくいように工夫した。大鍋はほどなく沸騰をはじめ、蒸気はたちまち盥の中に充満した。三十分ほどしてから盥を外し、かまどの上からスノコを下ろすと、ヒラメはちょうどよい具合に蒸し上がったところで、真っ白な美しいその姿はいかにもおいしそうだった。

作戦が終了すると、私たちは急いで食卓についた。遅くなったので食欲はいやがうえにも増し、しかもたっぷり仕事をしてそれがうまくいったという高揚した気分も手伝って、あの、ホメロスが描いたところの、いろいろなものをいっぱい食べて空腹が癒されたときの幸福な気分に到達するまで、私たちは長い時間をかけて食事を楽しんだ。

その翌日、件のヒラメが食卓にのぼると、お招きした会食者は一同に感嘆の意を表された。そこで、この家の主人がひとくさり、いかにヒラメが思わぬ方法で調理されたかを説明し、私はその機転の利いた発明のアイデアを賞賛されただけでなく、出来栄えについてもお褒めの言葉をいただいた。味にうるさい方々の賞味の結果、そうやって調理したヒラメは、ふつうの魚用鍋で煮たものとは較べものにならないほどおいしいと、全員一致で認められたのである。

この結果には誰も驚かなかった。ヒラメはまったく熱湯を潜らなかったので、本来もっている旨みを失うことのないまま、調味に加えた香草のアロマを全部吸い込んだのだから。

満場の賞賛を一身に受けて私はすっかりよい気分だったが、耳が満足しているあいだも目のほうは働かせて、口には出さないが正直な批評を顔にあらわしている人がいないかどうか、探していた。ラバッセ将軍は、一口召し上がるごとに口元に笑みを浮かべて満足のご様子だし、司祭は首を伸ばし、じっと天井をにらんで恍惚の表情である。会食者の中にはグルマンであると同時に見識も高いふたりのアカデミー会員がいたが、そのうちのひとりであるオージェ氏は自分の著書が拍手喝采を受けたときのように目を輝かせ頰を紅潮させているし、もうひとりのヴィルマン氏にいたっては、小首を傾げアゴを斜めに突き出し、なにかに真剣に聴き入るような表情を見せていた。

私はそれを見て、わが意を得たりとひそかに頷いた。

以上の話は、覚えておいてよいことである。どんな田舎の別荘だって、私がこのとき使った程度の道具ならたいてい何か見つかるはずで、突然の到来物があったり、それがまたふつうの大きさでなかったりした場合でも、こんなふうにすれば簡単においいしい料理ができることを知ってもらいたい。

しかしながら、私が読者にこんな冒険譚を語ったのも、この方法がもっと一般に普及して、広く役立ってほしいと思ったからである。

実際、蒸気の性質と効果を知っている方は先刻ご承知のことと思うが、蒸気とその蒸気を生み出す母体の熱湯とは温度に変わりがなく、むしろ密度が高い蒸気は熱湯より熱いくらいだ。しかも、密閉して出口をなくせばさらに集積して圧力を増す。

ということは、まったく同じ要領で、食材を覆う容器を大きくしさえすれば、つまり、私の場合はたまたま盥だったが、たとえば大きな空の樽を盥の代わりに使えば、山のようなジャガイモでもニンジンでもその他の野菜でも、スノコの上に重ねて樽の中に収まるものは、人間用であれ家畜用であれ、なんでも迅速かつ安価に調理することができるのである。しかもそれが、容量一〇〇リットルの大釜の水を煮立たせるのと較べて、六分の一の時間と薪の量でできるのである。このような調理道具は、簡単なものではあるけれども、都会でも田舎でもちょっとした設備さえあればどこでも利用できるので、かなりの価値があるのではないかと思う。そう考えたからこそ、誰もがそのやりかたを理解し応用することができるよう、自慢話を書かせていただいた。

本節のタイトルは"turbot"（チュルボ）となっているが、この語を仏和辞典で引くと「カレイ」と出ている。フランスでは一般にヒラメとカレイを区別せず、どちらも「チュルボ」と呼びならわす。生物学上も同一の「カレイ目」に属し、食性により歯のかたちが違うくらいでその他は区別がつきにくい。「左ヒラメに右カレイ」（腹を手前にして置いたとき左に目があるのがヒラメ、右に目があるのがカレイ）という見分けかたも、日本近海以外では役に立たないという。フランス料理でよく食べるシタビラメ（舌平目）は、ヒラメ（カレイ）とは別種の魚で、フランス語では「ソール sole」と呼ぶ。この「ソール」と言う言葉は靴底などの「底」という意味で、日本では「クツゾコ」と呼ぶ地方もある。

ソールはふつうサイズの皿に載る大きさだが、チュルボは大きい。とくに、大きいものは巨大である。こういうものは本当は「大鰈」とでも呼ぶべきところだが、日本人のカレイのイメージとは少し違うところがありそうなので、あえて本節のタイトルは、関根秀雄先生の訳にならって「ヒラメ」とした。

蒸気を使って蒸すという調理法は、いまでこそ使われるようになっているが、フランス料理では長いあいだ知られていなかった。先端的なレストランでこの調理法を使うようになったのは、「ヌーベル・キュイジーヌ」（新しいフランス料理。重く濃厚だった従来のフランス料理を、現代の嗜好に合わせて軽く健康的にしようという運動）が提唱されはじめた一九七〇年代からで、外国料理の調理法に関心が高まるなか、中国料理の蒸しものに着目してフランス料理に導入したシェフがいたのがはじまりである。

ブリア＝サヴァランのこの画期的な発明は、本人の希望にもかかわらず、なぜ継承されなかったのだろうか。

カレームとエスコフィエといえば、フランス料理の歴史を語るときに欠かせない偉大な料理人の双璧である。アントナン・カレーム（一七八四〜一八三三）を「フランス料理の創始者」、オーギュスト・エスコフィエ（一八四六〜一九三五）を「フランス料理の改革者」と呼ぶ人もいるくらいで、ともに料理法からレストランのシステムまで、後世に多大な影響を与えた。

カレームはブリア＝サヴァランの同時代人だが、ふたりはたがいに知らぬふりをしていたといわれている。カレームは陰で、「あんな男に味がわかるわけがない」といって、サヴァランを軽蔑していたらしい。

エスコフィエも、サヴァランはあまり評価していなかったようで、この「ヒラメの蒸しもの」も、冷めたらおいしくなるのではないか、と批判した。

本書のテクストでは、どう読んでもヒラメは翌日に食べたことになっている。おそらく、フランス式の第一サービスの一皿として、冷製料理に仕上げられたのだろう。どんなソースを添えたのかわからないが、蒸したあと香草もいっしょにそのまま冷ませば、きっとおいしく食べられたに違いない。

カレームがサヴァランを無視していたのも、またエスコフィエがサヴァランに対して批判的だったのも、料理人でもない素人がなにを言うかと、端から馬鹿にするところがあったのではないだろうか。そう考えると、同時代に生きたカレームがサヴァランを認めていたら、当然『味覚の生理学』を読んで中身も知っていただろうから、正統的なフランス料理の一分野として「蒸気蒸し(ア・ラ・ヴァプール)」の項目をつけ加えた可能性は十分にあると思う。また、カレームの死後に生まれてフランス料理の改革者となったエスコフィエが、半世紀後に「忘られた料理の復活」としてサヴァランのヒラメを取り上げ、現代でも料理人たちの教科書となっている彼の本にそのレシピを載せていたとしたら、蒸しものは早くからクラシックなフランス料理の定番になっていたかもしれない。

現代のフランス料理には蒸しものが取り入れられているといったが、それはレストランのレベルでの話で、一般の家庭で蒸気を使って料理している人は、いたとしてもごく一部だろう。日本ではどの家の台所にも蒸し器はあるし、最近は新型の製品もたくさん出ている。蒸気で蒸すというアイデアが出るのは、やはりふだんから湿気の多い、蒸し蒸しした気候で暮らしているからだろうか。乾いたヨーロッパでは、自然には出てこない発想なのかもしれない。

そうすると、なぜブリア＝サヴァランは思いついたか、という疑問になるわけだが、彼が生きたのは産業革命の恩恵を受けて文明が大きく変わろうとしていた時代である。ひょっとして、産業革命の先駆けとなった蒸気機関の発明が、サヴァランに蒸気の力を思い知らせた……と、そこまで考えるのは穿ち過ぎか。

ブレスの肥鶏

一八二五年の正月のある日のこと、新婚のド・ヴェルシー夫妻は、ふたりして豪勢な牡蠣の朝食に招かれた。それも「鞍も手綱もついた」牡蠣の朝食である。どういう意味かはお分かりになると思うが（牡蠣だけではなく他にもさまざまなご馳走が出る朝食会のことか）。

こういう食事は本当に素敵だ。料理はどれもおいしいし、みんな明るく陽気な気分で盛り上がるから。でも、朝からはしゃいでしまうと、あとの一日が狂ってくることもある。

その晩、若いふたりに起こった出来事もそうだった。お昼のディナーの時間になっても、朝たくさん食べたものだから食欲がない。テーブルについたことはついたが、マダムはポタージュをちょっぴり、旦那はワインを水で割って一杯だけ。そこへ友だちが遊びに来たので、みんなでホイストゲームに興じ、そのまま夜になって、ふたりはひとつのベッドに入った。

午前二時頃だろうか、ド・ヴェルシー氏は目を覚ました。ボーッとして、大きなあくびをした。寝つかれないので何度も寝返りを打つと、細君が心配して病気ではないのかと声をかけた。

「いや、平気だよ可愛い子ちゃん。ぼく、なんだかおなかが空いたみたいなんだ。昼食のときに出てきたブレスの肥鶏が、頭を離れないんだよ。あの、色の白い、可愛らしい姿が。せっかく出てきたのに、食べてやらなかったもんね、ぼくたち」

「私もネ、ホントのことを言うと、ねえアナタ、私もアナタと同じくらいの食欲があるの。ね、そんなにあの鶏のことを考えているんだったら、持ってこさせて食べましょうよ」

「なにを言ってるんだよ。もう家の者はみんな寝ちゃったじゃないか。そんなことをしたら、明日友だちに冷やかされるぜ」

「みんな寝てるなら、みんな起こしちゃうわ。誰も冷やかしたりしないわよ。だって、人に知られるわけないんだから。だいいち、ねえアナタ、明日の朝までに私たちのうちどちらかが餓死したらどうするのよ。私死ぬのは御免だわ。さあ、ジュスティーヌを呼ぼうっと」

そういうが早いか、すぐに夫人は呼び鈴を鳴らして、可哀想な侍女を叩き起こした。侍女のジュスティーヌは、夕食を済ませて寝たものだからぐっすり眠っていた。まだ恋愛に悩まされない十九歳という年頃では、女の子もそんなふうに寝穢（いぎたな）く眠るものなのだ。

彼女はしどけない格好であらわれた。眠い目をこすりこすり、大きなあくびをして、両手をだらんと下げたまま椅子に座った。そこまではまだよかったのだ。問題は料理女のほうで、こっちはちょっと厄介だった。この女はちょっとした腕利きなのだが、それだけに気難しいことこの上なく、ぶうぶうひいひい、ぶうぶうひいひい喚き散らし鼻を鳴らし、それでもとうとう起き出して、ようやくその大木の幹のような物体が動き出した。

この間にド・ヴェルシー夫人は化粧着を羽織り、旦那のほうもそれなりに身なりをつくろった。ジュスティーヌはベッドの上にテーブルクロスを広げて、あれこれ必要なものを取り揃え、思いがけない宴会の体裁をなんとかととのえた。

こうして準備ができたところへ件の肥鶏があらわれると、哀れ一瞬のうちに解体され、情けも容赦もなくあっというまにふたりの胃袋に呑み込まれてしまった。

さて一仕事が終わると、若夫婦な大きなサンジェルマンの梨をふたりで分けあい、オレンジのジャムも少し食べた。

そんな食事の合間に、ふたりはボルドーのグラーヴを一本、底の底まで舐め尽くしたのだった。そして何度も何度も言葉を尽くして、こんなおいしい食事をしたのは生まれて初めてだと言い合った。

こうして、食事は終わった。この世では、何事にも終わりがあるのだ。ジュスティーヌは即席の食卓を片付け、証拠物件を処分すると、自分の寝床に戻った。かくして閨の帳は再び下り、その陰に会食者たちの姿を隠したのだった。

翌朝、マダム・ド・ヴェルシーは友人のド・フランヴァル夫人のもとへ駆けつけて、夜の出来事の一部始終を語った。その内緒話を世間一同が知ることになったのは、ド・フランヴァル夫人がうっかりしゃべったのが原因である。

夫人はこの噂話を伝えるとき、かならず、ド・ヴェルシー夫人は話を終えると二度も咳払いをし、はっきりと顔を赤らめた、と強調するのを忘れなかった。

ブレスの鶏は、フランス中東部ブレス地方で飼育される最高級の鶏で、飼料や生育環境に厳しい基準が設けられている。若鶏（プーレ）は四ヵ月飼育（ふつうの鶏の倍以上）の雌鳥で約一・二キロ、肥鶏（プーラルド）は同じく五ヵ月以上で一・八キロ前後。この上にさらに八～九ヵ月かけて三～四キロまで肥育した去勢雄鶏（シャポン）もあるが、ふたりならプーラルド一羽で十分だろう。

亡命者の食べもの商売

「フランス女なら、誰でも多少は料理の心得があるらしい」
モンシニー／ファヴァール『美しきアルセーヌ』第3幕より

フランスが一八一五年の苦境をグルマンディーズの力で乗り切った、という話を、以前したと思う。この広く行き渡った国民的な性向は、亡命者にも役立った。彼らの中で多少とも料理の才があった者は、そのため大いに助かったのである。

ボストンを通ったとき、私は料理店主のジュリアン*に、チーズ入りスクランブルドエッグのつくり方を教えてやった。まだアメリカ人には知られていなかったこの料理は、たいそうな人気を博した。ジュリアンは御礼のしるしにと、ニューヨークにいる私に、冬のカナダで獲れた仔鹿のランプ肉を送ってきた。私がその肉を賞味するための食事会を催したところ、たいへん素晴らしい味であるとのお墨付きをいただいた。

＊（原註）ジュリアンの店は、一七九四年には大繁盛していた。彼はなかなか抜け目のない男で、ボルドー司教の料理人だったと自称していたが、長生きをしていれば相当な財産を築いたに違いない。

コレ大尉も、一七九四年から一七九五年にかけて、ニューヨークで大儲けをした。この大商業都市の住民たちを相手に、アイスクリームとシャーベットを売ったのである。

ニューヨークの女性たちは、この新しい流行を飽きずに楽しんだ。彼女たちが一口食べては冷たいといって口をすぼめる、そのようすがなんとも面白かった。なにより も彼女たちは、摂氏三二度を超える暑さの中でどうしてこんなに冷たいままでいられるのか、それが不思議でたまらなかったのだ。

ケルンに行ったときは、ブルターニュの貴族で、仕出し屋になって大成功している人物に出会った。こんな例は、挙げていけば切りがない。が、ここでは、そのなかでもとくに変わった例として、サラダをつくるのが上手でロンドンで金持ちになった、あるフランス人の話をご紹介しよう。

この男はリモージュの生まれで、私の記憶が正しければ、ドービニャックとかダルビニャックとかいう名前だった。

彼は懐具合が淋しかったのでふだんはロクなものを食べていなかったが、それでも一度くらいはロンドンの一流店で食べなければ気が済まなかった。彼は、たった一皿の晩餐でもその料理が本当においしければそれだけで満足する、というタイプの男だった。

彼がそうやっておいしいローストビーフの一皿を平らげようとしていたとき、隣のテーブルでは上流階級の御曹司らしい数人の若者（いわゆる「ダンディー」と呼ばれる連中だ）が食事をしていた。するとそのうちのひとりが立ち上がり、近づいてきて、丁寧な口調でこう言った。「フランスの御方とお見受けしますが、お国の方はサラダをつくるのが上手と伺っています。ひとつ、私たちにその腕前を見せてはいただけませんか」

ダルビニャックは、少しためらったが、引き受けることにして、期待されているサラダの傑作をつくるために必要と思われるすべてのものを持ってこさせ、気合を入れて仕事をし、さいわい上手に出来上がった。

彼はドレッシングの味加減を見ながら、若者に訊かれるまま、現在の境遇を率直に語った。自分は亡命者で、いまは英国政府の庇護を受ける身の上であることを告白したときは、いささか恥じ入ってやや顔を赤らめた。すると若者のひとりがそっと彼の手に五ポンド紙幣を握らせたが、彼は弱々しい抵抗を示しながらも拒むことはなかった。

そのとき彼は自分のアドレスを渡しておいたので、しばらくして一通の手紙を受け取ったときもそれほど驚かなかった。手紙には、至極丁重な言葉遣いで、家へ来てサラダをつくってくれないか、という願いの旨が記してあった。その家というのは、グロヴナー広場にある、ロンドンでも一、二を争う立派な邸宅だった。

ダルビニャックは、その先になにかが開けそうな予感がしたので、ためらうことなく申し出を受け、より完成度の高い作品をつくるために必要と思われる新しい薬味や調味料をいくつか仕込んで、時間通りに先方に到着した。

こんどは事前に必要なことを考えておく時間があったので、前のときよりもっと上手くいって、大成功をおさめた。そして前回とは較べものにならない、お断りすることなどとてもできないほどの謝礼をいただいた。

最初にサラダを注文した若者たちは、予想通り彼の出張サラダのおいしさをややオーバーに吹聴してくれ、次に頼んだ別のグループはさらに輪をかけて宣伝してくれたので、たちまちのうちにダルビニャックの評判は広まり、「ファッショナブル・サラダメーカー（流行サラダ作家）」と呼ばれて人気になった。なんでも新しいものに飢えているこの国の、連合王国の首府ロンドンにふさわしいファッションを求める女性たちの熱狂は、フランス紳士がつくるサラダを食べなければ「もう死にそうI die for it」という言葉が流行るほどの勢いだった。

修道女の欲望は燃えさかる呪い
でも英国女の欲望は、その百倍もたちが悪い

ダルビニャックは賢い男だったから、この人気をうまく利用した。どこへでも呼ばれた場所にすぐ行けるようにと馬車を買い入れ、マホガニーでつくった専用の箱にドレッシングの材料を入れて従者に持たせた。箱の中には、さまざまな香りをつけた酢、フルーツ風味の、またはプレーンの各種オイル、醤油、キャビア、トリュフ、アンチョビ、ケチャップ、さらには肉汁からマヨネーズに欠かせない卵黄まで、彼の作品のレパートリーを増やすために必要なさまざまな薬味や調味料が入っていた。後に彼は、同じような調味料入れを作らせ、中身をすべて揃えたサラダキットを何百と売りさばいた。

そうして彼は自分が考えたやりかたを賢く几帳面に押し進めて、ついに八万フランを超える財産をつくり、もう少し時代がよくなると、それをもってフランスに帰国した。

祖国に帰ると、彼はパリの街では派手なことをいっさいせずに、老後のことを考えて、六万フランで国債を買った。当時の利回りは五〇パーセントもあったからだ。残りの二万フランでリモージュに小さな田舎屋敷を買い、おそらくいまでもそこに住んでいるだろう。彼は欲望を抑えることを知っている男だから、そんな老後に満足して、幸福に暮らしているに違いない。

この話は、ロンドンでダルビニャックのことを知っていた私の友人のひとりが、パリでまたひょっこり彼に会ったと言って、その消息を伝えてくれたものである。

ダルビニャックは最初、レストランで隣席の客に頼まれてサラダをつくった。高級店でそんなことができるのかと、疑問に思う人がいるかもしれないが、当時は客が自分でサラダを和えるのがふつうだった、と考えたほうがよいかもしれない。

いまでもイタリアの田舎の料理店に行けば、卓上に透明なオイルと赤色の酢が背中合わせにくっついたような瓶が置いてあるだろう。あれは自分でドレッシングを適当に調製するための道具である。フランスの（高級）レストランでは、最初から一皿の料理として盛りつけてある現代風の前菜サラダは別として、肉料理のあとに食べる伝統的なレタスだけのサラダは、サービス係が食卓の横の小テーブル（ゲリドン）にボウルを載せ、客の目の前でドレッシングと和えてくれる。火を使わないものだから厨房で調理する必要はなく、またドレッシングと混ぜたらすぐに食べないと水が出ておいしくなくなるから、「サラダは食卓でつくる」というのはむしろ当然の考えなのだ。

ダルビニャックが行った店は、原文では「タバーン tavern」（居酒屋と訳すべきか）となっているが、一流の有名店という設定だから、「大宴会もできるが一皿でも食べられる」当時流行のレストランのひとつと考えてよいだろう。まさかそんな店で料理人をさておいて客が調理するのは（しかもダルビニャックは常連でもないのだから）いくら昔でも考えにくい。それよりも、料理も大皿をみんなで取り回すようなスタイルの店で、ドレッシングの薬味が足らなければ厨房から持ってこさせるようなことがふつうにできる店だった、と想定しておこう。

ところで、料理自慢のブリア＝サヴァランに対して、プロの料理人たちが辛辣な目を向けていたことはすでに書いた。名店「グラン・ヴェフール」のシェフとして一世を風靡したレイモン・オリヴェは歴史研究者としても一流で、ブリア＝サヴァランの生涯について詳しいが、彼は著書『フランス食卓史』で以下のように記している。（角田鞠訳）

「彼が美味いものに困らない生活を守ろうとしたことを私は批難するつもりはない。ただ、彼の生き方はどう考えるべきなのか。故郷ベレーの壁に『市民よ、国民公会に忠実であれ』と呼びかける長文の声明書を貼り出した。その直後に自分の行為の招く結果が恐ろしくなり、その日のうちにセンチメンタルなある女性（ベレー市長の妻と伝えられる）の手を借りてスイスへと逃げる。その後、イギリスでは料理教室と称してサラダを混ぜながら暮す。アメリカに渡ってからは音楽家になりすまして下手なバイオリンをひいていたのだが、革命の中に生きた勇気ある一市民の生き方だったとはとうていいい難い。私はそういいたいのである」

『味覚の生理学』を匿名で出版したのも、自信はないが成功したら名を出そうというセコイ考えからだと切って捨てるレイモン・オリヴェは、どうやらダルビニヤックはブリア＝サヴァラン本人ではないかと疑っているようである。なお、フイッシャー女史によれば、サヴァランが文中に引いている「英国女……」の一句は、十八世紀中頃に流行った俗謡をもじったもの。もともと意地の悪い文句をさらに意地の悪い替え歌にしたと、彼女はここでもブリア＝サヴァランの英国人に対する偏見に辟易している。オリジナルは以下のようなものだったという。

乙女の欲望は燃えさかる呪い
でも修道女の欲望は、その百倍もたちが悪い

機織り——亡命時代の思い出（1）

一七九四年、ロスタン氏[*]と私はスイスにいた。ふたりとも逆境にあったが平然としており、私たちを迫害している祖国への愛情にも変わりはなかった。

私たちは、身寄りを頼ってモンドンまでやってきた。そして裁判官のトロリエ氏の一家に温かく迎えられた。そのときのありがたさはいまも忘れない。

トロリエ家はこの地方ではもっとも古い旧家のひとつだが、いまでは途絶えてしまっている。最後の代官を務めていた先代には娘がひとりしかなく、その娘にも男の子

ができなかったので、相続する者がなかったのである。

私はこの町で、あるフランス軍の士官が機織りをやっているという話を耳にした。彼がそうなった経緯は以下の通りである。

この若者は折り紙つきの良家の出身で、コンデ公（ルイ五世ジョゼフ・ド・ブルボン＝コンデ　一七三六〜一八一八）の傭兵部隊に志願するためにモンドンを通るとき、ある食堂で、重々しい顔つきだが陽気そうな、よく絵にあるウィリアム・テルの仲間そっくりの老人とテーブルで隣り合った。

デザートの時間に、二人は話をした。士官は自分の身分を隠さなかったので、老人も親身になって、若いのに好きなことや愛する人をあきらめて軍隊に入るなんて気の毒だと嘆き、ルソーが言うように、手に職をつければどんな逆境でも生きていけるというのは本当だよ、としみじみ語った。そういう彼は、自分は機織りで、妻に先立たれ子供はないが、いまの境遇には満足していると打ち明けた。

二人の会話はそれで終わった。士官は翌朝になると出発し、ほどなくしてコンデ軍の隊列に加わった。しかし、いざその場に身を置いてみると、軍隊に入ろうと入るまいと関係なく、こんなことをしていてはフランスに帰国する道は開けないことをすぐに悟った。それに、王室の大義だけを一途に考える者にとっては不愉快なことばかりだということがわかるまで時間はかからなかったし、えこ贔屓で昇進が左右されるなど、その手の不正がはびこっていることにも耐えられなかった。

そんなとき、機織りの老人に聞いた話が彼の脳裡によみがえった。そしてしばらく考えていたが、思い切って決心した。彼は軍隊を辞めてモンドンに戻り、機織り老人を訪ねて弟子にしてくれるよう頼み込んだのである。

「わかりました。これは私にとっても善行をおこなうよい機会ですな」そう言って老人は彼を迎え入れた。「私はたったひとつのことしか知りませんが、それを教えてあげましょう。食事は私といっしょにすればよいし、ベッドもひとつしかないが二人で使えばよい。ここで一年みっちり修業すれば、あとはひとりで働いて食べられるようになる。そうしたら、労働が尊ばれ奨励されるようなところなら、どこへ行っても幸福に暮らすことができるでしょう」

翌日から彼は熱心に仕事に取り組んだ。筋がよかったのか進歩が早く、六ヵ月後には早くも、もう教えることはないと師匠に言われた。老人は、頑張って教えた甲斐があった、苦労が報われた、といって、これからの稼ぎはみな自分のものとするがよい、と太鼓判を押したのだった。

私がモンドンでこの話を聞いたときは、彼はすでにひとかどの職人になっており、自分の稼ぎで新しい織機とベッドを買っていた。とにかく真面目で熱心に働くのが評判になり、町の裕福な家は代わる代わる彼を日曜日の晩餐に招ぼうとした。

その日だけは彼も士官の制服でびっしり決めて社交の世界に戻り、人当たりもよく教養もあったから、みんなに愛され祝福されるのだった。が、月曜日になると、彼はまたもとの機織り職人に戻るのだ。彼はこうしてふたつの世界を行き来しながら、そんな運命に満足していないわけでもなかったようだ。

＊（原註）ロスタン男爵は私の親戚でもあり友人でもあり、現在はリヨン駐在の軍主計官を務めている。彼はきわめて有能な第一級の管理官で、彼が抱えている書類には明解な軍事会計のシステムが記載されており、それは広く採用されるに値するものである。

飢えた大男――亡命時代の思い出（2）

勤勉が大切であるという点で、先の例とは正反対の話を次に紹介しよう。

私はローザンヌで、リヨンからの亡命者に会った。背の高い美男子だが、働きたくないので食うものに事欠き、週に二回しか食べないと言っていた。町の親切な商人がカネを出して日曜日と水曜日に彼がレストランで食事ができるように手配してくれなかったら、彼はみずからよろこんで飢え死にしていったことだろう。

　この亡命者は、決められた日になると店にやってきて、喉いっぱいになるまで詰め込み、そのうえ大きなパンのかけらを抱えて帰って行った。これも約束のうちに入っていたのである。

　このおまけのパンをできるだけ食い延ばし、パンがなくなって空腹で腹が痛くなると水を飲んだ。あとはベッドに入ってうつらうつらと夢想して過ごしたが、この時間は結構悪くなかった。こうしてなんとか、次の食事の日までの時間を稼いだ。

　こんなふうにして私が会ってから三ヵ月が過ぎたが、まだ病気になってはいなかった。だが全身に疲労と倦怠が感じられ、顔つきも間延びして、鼻から耳にかけて「ヒポクラテス顔貌」（全体に収縮して土気色になる「死相」＝古代ギリシャの医聖ヒポクラテスによる）があらわれており、痛々しくて見るに耐えなかった。

　私が驚いたのは、これほどまで苦しい目に遭いながら、彼がなお自分のからだを動かしてなにかをしようとは考えなかったことである。私は彼を旅籠屋に招いて食事をさせた。むしゃぶりついて食いまくるそのようすは見ていて気持ち悪くなるほどだったが、私は二度と彼に食事を奢らなかった。なぜなら、私は人が逆境に対しては強く立ち向かうことを望み、必要なときには「汝、働くべし」という人類に与えられた託宣に従うべきだと思うからである。

銀獅子亭――亡命時代の思い出（3）

その頃のローザンヌの「銀獅子亭」の晩餐は最高だった。

平均一五バッツ（二フラン二五）で、完全な三コースのご馳走を堪能できた。とくに近くの山で獲れるジビエと、ジュネーブ湖（レマン湖の英語名）の魚の素晴らしさは忘れられない。それに、恐水病患者でさえ手が伸びそうな、岩清水のように透明な白ワインをいくらでも好きなだけ飲めるのだ。

テーブルの上座にはパリのノートルダム寺院の大聖堂司祭が座っていて（いまも健在であることを祈る）、まるでわが家にいるかのように寛いでいたが、その前にはメニューの中から最上等の料理が選ばれてずらりと並んでいた。

彼は私を認めて敬意を示し、彼の住む地域の軍の副官として来てはどうかと誘ってくれたが、好意にすがって長居をするわけにもいかなかった。いろいろな事件が起こって、結局、私はアメリカへと出立し、そこで隠れ家と仕事と閑静を得たのである。

アメリカ滞在──亡命時代の思い出（4）

……………………………………………………………………………………

喧嘩──亡命時代の思い出（5）

亡命時代の話の最後に、この世ではなにが起こるかわからず、不幸な出来事は思いがけなくやってくる……ということの証左に、私自身の体験談をご紹介しようと思う。

それは私がアメリカでの三年の滞在を終えて、フランスへ帰ろうとしていたときの話である。私は合衆国にいるあいだたいそう安楽に過ごしたので、私が出発を前にした惜別の感慨の中で天に祈ったのは（その祈りは果たされたのだが）、旧世界に戻ってからも、どうぞ新世界にいたときより不幸な目に遭いませんように、という願いだけだった。

私が合衆国で幸福な日々を送ることができたのは、到着してすぐにアメリカ人の仲間に入り、彼らと同じように英語を話し、彼らと同じような服を着て、彼らより利口ぶることをせず、彼らのやることをいちいち感心して眺めていたからだと思う。[*]彼らがあれほど歓待して迎えてくれたのだから、こちらも寛大さをもって応えるのが礼儀であり、誰もが同じような状況ではそうすることをお奨めする。

＊（原註）私はある日ニューヨークに住んで二年になるクレオール（カリブ海諸島出身）の男と食事をともにする機会があったが、彼はまったく英語を話さず、パンひとつ注文することもできなかった。私がびっくりしていると、「まったく、こんな無愛想な連中の言葉をわざわざ覚えてやるほど私はお人好しじゃありませんぜ」と肩をすくめて言うのだった。

こうして私はアメリカで誰とも仲良くしながら平和に暮らし、静かにその国を出ようとしていた。そのときの私ほど、人類みな兄弟と信じている者は世の中にいなかったと思うのだが、まさにそのとき、私の意思とはまったく関わりのないところで、私を悲劇的な状況に突き落とす大事件が勃発した。

私はニューヨークからフィラデルフィアに向かう客船の中にいた。

この航路を安全かつ確実に航海するには、ちょうど引き潮がはじまるタイミングを選んで出航しなければならない。そのとき、海は凪いでいた。つまり、これから引き潮がはじまろうとする、まさにその瞬間だったのである。ところが、船はいっこうに動こうとしなかった。

船にはフランス人がおおぜい乗っていた。その中にゴーチエという男がいて、きっといまでもパリで生きていると思うが、彼は財務省の敷地の東南の角に「違法を承知で ultra vires」家を建てようとして破産した快男児である。

出航が遅れた理由はすぐにわかった。二人のアメリカ人の乗客が遅れていたので、その到着を待っていたのである。そのため船は潮が引いてから出航することになり、危険でもあったし、目的地に着くまで二時間も余計にかかることにもなったのだ。まったく、海は誰も待ちはしない。

みんながぶつぶつ文句を言い出した。不満はとくにフランス人に多かった。彼らは大西洋の反対側に住んでいる人たちと違ってすぐに怒り出す。

私はその仲間に入らなかったどころか、そんなことに気づいてさえいなかった。それよりも、これからフランスで私を待っている運命を思って心を悩ませていたのである。だからなにが起こったのかわからなかったが、騒ぎがはじまってしばらくしたとき、突然大きな音が聞こえてきた。それはゴーチエが、ひとりのアメリカ人の鼻っ面に、扉をも殴り殺すような強烈な平手打ちを喰らわせた音だった。

この一撃から大混乱になった。フランス人めが、とか、アメリカ野郎が、とかいう言葉が飛び交い、喧嘩は国民的な争いに発展した。結果、フランス人は全員海にぶち込んでしまえ、ということになったらしいが、これはそう簡単なことではなかった。一人のアメリカ人に対し、フランス人は八人もいたからだ。

私は、その外見から、フランス人の中ではいちばん「放り投げにくい」人間とみなされたようだった。私はがっしりした体格で、背も高く、まだ三十九歳と若かった。たぶんそうした理由からだろう、私の相手に選ばれたのは彼らの中でいちばん強そうな戦士で、そいつが敵意を剥きだしにして私に向かってきた。

その男は鐘楼のように背が高く、それに比例するように横幅も太っていた。しかし、私が骨の髄まで突き通すような鋭い目でよく見たら、実は無気力そうなリンパ質で、顔はむくんで、目が死んだ、頭の小さい、女のような脚をした男であることがわかった。敵は怖るるに足らず。私はそう思って、当たって砕けろ、なるようになる、と覚悟して、あたかもホメロスの英雄のように、次のように（英語で）啖呵を切ったのだった。*

Do you believe to bully me? you damned rogue. By god! it will not be so……
and y'll ower board you like a dead cat…… If I find you to heavy y'll climb to you
with hands, legs, teeth, nails, every thing, and if y can not better, we will sink
together to the bottom, my life is nothing to send such dog to hell. Now, just now……

「おい、この俺を脅す気か。そうは問屋がおろさねえぞ、このロクデナシ野郎が。こちとらはそんなにヤワじゃねえや。おまえなんぞ、猫の死体みたいに海に投げ込んでやるぜ。馬鹿デカイ大男が重過ぎりゃあ、手でも足でも歯でも爪でも何でも使って絡みついて、ええい、そうとなったらいっしょに海に飛び込んでやらぁ。貴様みたいなイヌ野郎を地獄に送るためなら命なんか惜しくねえ。わかったかベラボウめ、さあ、とっととかかってきやがれ！」

こう、声に出してみると、からだもそれにつられて逞しくなったか（私はヘラクレスのような力が出てきた感じがした）、気圧（けお）されて目の前の男は、急に三センチも背が縮んだようだった。手はだらりと下がり、頬もへこんでしまい、つまり、あきらかに私に恐怖心を抱いていた。どうやら仲間のひとりがそれに気づき、二人の間に割り込んできたが、たしかにそれは賢明な策だった。私はすでにブチ切れていて、哀れな新世界の住人はフュラン川で産湯をつかった男がいかに鋼のように気が強いか、いままさに思い知らされるところだったからだ。＊＊

しかしながら、平和をもたらす声が船の反対側から聞こえてきた。遅刻した乗客があらわれたため、問題は解決したのである。さっそく慌しく船は帆を上げて、出航の準備にとりかかった。私が拳を振り上げて喧嘩をしようと身構えているうちに、騒ぎは一瞬にして収まってしまったのだ。

事態はかえって以前よりよくなっていた。どうやら騒ぎが落ち着いたので、張本人のゴーチエの奴を取っちめてやろうかと探しに行ったら、なんと奴さん、さっき手ひどい平手打ちを喰らわせたそのアメリカ人と同じテーブルに隣り合わせに座って、うまそうなハムと腕の長さほどもあるでっかいビールのジョッキを前にして、ふたりとも上機嫌でいるのだった。

＊（原註）英語では、啖呵を切ることは通常はあり得ない。たとえば馬方は、馬を鞭で引っぱたきながらこう言うのだ。「さあ、お進みください、旦那、さあ、旦那といったら、どうぞ早く」

イギリスが支配する国ではどこでも、殴り合う前にたくさんの悪罵のやりとりがある。「口喧嘩は骨まで折らない」からで、喧嘩はしばしば言葉だけで終わる。どんな争いであれ、最初に手を上げた者が公衆の秩序を乱した者として罰金を科せられるからである。

＊＊（原註）フュラン川はロション川の上流に発する清流で、ベリーの町の近くを通り、ペイリユーの北でローヌ河に合流する。そこで獲れる鱒の肌は美しいピンク色で、ブロシェ（川カマス）の身は象牙のように白い。

ブリア＝サヴァランは、一七九四年から三年間アメリカに亡命した。故郷ベレーで昔馴染みの仲間や親族と優雅な日々を送っていた若き弁護士は、フランス革命の勃発とともに全国三部会（後に憲法制定国民議会となる）のビュジェ地方代表議員としてヴェルサイユに派遣されたが、議会解散とともに故郷に戻ると民事裁判所の裁判長に選ばれ、さらにベレー市長に推挙された。

しかし、急進的なジャコバン党の独裁が進む中、サヴァランは地方に基盤を置くジロンド党シンパの反革命分子と見なされ、革命政府から目をつけられるようになる。

危険を察知したサヴァランは、政府の地方監視員であるドール県駐在のプロ議員に、革命支持者の身分証明書と自由通行を保証する許可証の発行を求めに行く。このときの顛末を報告したのが、後出の「旅中の幸運」（三一三ページ）である。

運よく許可証を手にしたサヴァランは、革命裁判所からの出頭命令を逃れて、討手が来る前にいち早くスイスへ逃走する。

「亡命時代の思い出」のうち、「機織り」から「銀獅子亭」まではスイスに滞在していたときの話である。モンドンではフォンデュのつくりかたを教わり（三二五ページ）、ローザンヌでは「銀獅子亭」でレマン湖の幸に舌鼓を打ちながら、スイスからドイツに入ってライン河を下り、一七九四年七月十五日、ロッテルダムからニューヨークへ向けて出航した（九月二十九日ニューヨーク到着）。

ニューヨークではフランス語の教師をしたり、劇場に雇われてバイオリンを弾いたり、語学の能力と音楽の素養と持ち前の明るさで身を処した。

ブリア＝サヴァランは、押し出しもよく人当たりも柔らかく、現実を受け入れて的確に対処する能力にすぐれた人だった。故郷を逃れて異国に亡命することを余儀なくされるという運命にあっても、それを悲惨な境遇としていたずらに嘆くことなく、これもひとつの面白い経験だと、割り切って前向きに考えていたように受け取れる。

当時のアメリカ合衆国は、イギリスからの独立に際してフランスとは友好関係にあり、亡命先としては安全な国だった。新しい国だけに自由でのびのびとしていて、溶け込めば暮らしやすいところだった。が、「亡命時代の思い出」も、「銀獅子亭」の後はすぐに帰りの航路の話で、肝腎の「亡命時代」そのものについては点線であらわすのみである。

ニューヨークで黄熱病が流行って彼が所属していた楽団がボストンに避難したとき、途中のハートフォードという田舎で土地の農園主と狩りに興じたときに野生の七面鳥を射止めた自慢話は「七面鳥」の項に書いている（翻訳は省略した）。

が、これがほぼ唯一の例外で、ニューヨークで聞いた話や会った人や見たことについては随所で言及しているものの、フランス語を教えた話も、劇場でバイオリンを弾いた話も出てこない。当事者であるよりつねに観察者たらんと欲するのがサヴァランの変わらぬ流儀であるとすれば、「私はアメリカで誰とも仲良くしながら平和に暮らし」たとだけ言って自分自身の生活体験を語ろうとしないのはわかるけれども、わざわざ「亡命時代」というタイトルを掲げて、中身を点線（沈黙）で示しているのは、胸中を察してほしいということなのだろうか。

ところで、得意の語学の自慢話はここでも顔を出し、原著でもわざわざ英語で

「啖呵」の部分を書いている。英語を母国語とする翻訳者からはいささかの疑義が呈されるブリア＝サヴァランの英語だが、アメリカで暮らすのにさほど不自由をしなかったというのは本当のようである（掲げた英語の啖呵は原文のママ）。

聖ベルナール修道院の一日

午前一時に近い頃だった。それは美しい夏の夜のことで、私たちは騎馬で隊列を組んで進んでいた。ベレーの町を出発して、途中、かわいい女の子を見つけると派手にセレナーデを奏でてからかったりしながら、私たちは、周辺の山ではいちばん高い海抜一六〇〇メートルの山上にある、サン・シュルピスの聖ベルナール修道院へと向かっていた。たしか、一七八二年頃の話である。

その頃、私は素人楽団の指揮者をしていた。仲間はみんな、若さと健康ではち切れんばかりの愉快な連中だった。ある日、私たちといっしょに食事をしたサン・シュルピスの修道僧が、食後に、私に向かってこう言った。「よかったら聖ベルナルドの祭りの日に、お仲間といっしょに修道院に来て、ちょっとした演奏をしてくれませんか。そうすれば聖ベルナルド様もご満足なさるし、村の衆もよろこぶし、あなたがたも、山上の聖地に足を踏み入れた最初の楽団という箔がつこうというもので」

こんな結構なお誘いを、最後まで言わせないうちに私は首を縦に振った。満場は割れんばかりの拍手だった。

彼らがうなずくと、オリンポスの山がこぞって打ち震えた。（ウェルギリウス）

Annuit, et totum nuto tremefecit Olympum.

前もって周到な用意をして、朝早くから出発した。これから四里の旅をしなければならない。モンマルトルの丘を登ることなどものともしない猛者たちも、やや怯むほどの険しい山道である。

修道院は、西を高い頂に遮られ、東はやや低い丘に囲まれた、山の谷間に建てられていた。西側の山の頂はモミの木の森に覆われているが、あるとき暴風に襲われて三万七千本のモミの木がいっぺんに倒されたことがある。* 修道院のある谷間は広い野原になっていて、ところどころにブナの群生が点在しており、私たちの好きな小さな英国式庭園をいくつも集めた巨大なモデル庭園のようになっている。

＊（原註）営林署はその倒木の数を数え、売り払った。材木商も儲けたが、修道僧も丸儲け。大金が動いて、誰も暴風を恨まなかった。

私たちはちょうど夜が明ける頃に到着した。迎えてくれたのは僧たちの衣食住を世話する役目の賄い僧の主任で、真四角の顔にオベリスクのように尖がった鼻がついていた。

「ようこそお着きなさいました。院長もみなさまの無事のご到着を知ればさぞおよろこびになると思いますが、昨晩はたいそうお疲れになりまだ休んでおられますゆえ、私が代わってみなさまをご案内させていただきます。ご覧になれば、私たちがいかにみなさまのお出でをお待ち申していたかおわかりになるでしょう」

賄い主任僧はそう言って歩きはじめた。私たちはその後に従い、当然そうなるだろうと思った通り、足取りは食堂のほうへと向かった。

食堂には、私たちの五感を圧倒する素晴らしく魅惑的な朝食、本格的な、真の意味でクラシックな朝食が用意されていた。

大きなテーブルの真ん中には、教会のように巨大なパテが鎮座していた。その教会のまわりを、北は大きな仔牛肉の冷製が、南は特大のハムの塊が、東はバターの小山が、西は胡椒風味のアーティチョークの森が、それぞれ取り囲んでいた。

そのほかにも、さまざまな種類の果物や、お皿やナプキンやナイフその他の銀器が大小の籠に入って置かれており、テーブルの端には修道士と召使いが、驚くことにこんなに朝早くから、給仕をしようと待ち構えていた。

食堂の隅には一〇〇本以上の酒瓶が山と積まれ、天然の噴水が「おお、バッカスよ」と口ずさみながらその上から注いでいる。モカの香りが鼻腔をくすぐらなかったのは残念だったが、この当時はまだ朝からコーヒーを飲む習慣がなかったのである。

わが尊敬すべき賄い主任僧は、私たちが驚いているようすをしばらく満足そうに眺めていたが、おもむろに口を切って、次のような言葉を述べた。察するところ、事前に用意しておいた挨拶のようだ。

「みなさまがた、私めもご相伴に与りたいところでございますが、私どもはこれから朝の勤めがありますゆえ、また本日は大祭の日でもございますので、これにて失礼させていただきます。みなさまの若さ、旅の疲れ、そしてなによりもこの山の清らかな空気が、私どもがお勧めする代わりに、みなさまがたを歓待しておおいに食欲を盛り上げることと存じます。どうぞ何なりとご自由にお召し上がりくださいませ。それでは私はこれにて、朝の勤めに参りまする」

そう言って、引っ込んでしまった。

さあ、行動開始だ。賄い僧が言った通りの三つの条件が揃っているのだから、怖いものは何もない、さあ勢いをつけてガンガン食うぞ……と張り切って食べはじめたのだが、いかんせん、われら軟弱なアダムの息子たちは、あの無限の食欲を持つといわれるシリウス星人のために用意されたらしい朝食の前には無力だった。努力も空しく、もうこれ以上絶対食べられないというくらい食べたのに、私たちが残した痕跡はほとんど見る影もなかったのである。

こうしてしっかり腹ごしらえをした後、しばらくは自由行動にした。私は部屋に戻り、ふわふわのベッドでミサの時間が来るまでぐっすり眠った。戦闘が開始されるその寸前まで爆睡したというロクロワの兵士さながらに。

私が目を覚ましたのは、逞しい修道士が物凄い力で私の腕をつかんだときだった。もう少しで腕が千切れるかと思った。あわてて起き出して教会まで駆けつけると、もうみんなは持ち場についてスタンバイしていた。

私たちは聖餐奉献式のときは交響曲を演奏した。聖体奉挙式ではモテットを歌った。そして最後に吹奏楽器の四重奏をやった。世間では素人楽団を馬鹿にするかもしれないが、わが真理への敬意に誓って、私たちが立派に役目を果たしたことははっきりと言っておかなければならない。

私たちは晴れがましくも寛大な賞賛の声を浴びせられ、修道院長から謝辞をいただいた後、食堂へ招かれて席に着いた。

食事は十五世紀ふうのご馳走であった。アントルメだとか、よけいな添えものだとかはほとんどなく、吟味されて選ばれた上質な肉類、シンプルな煮込みなど、実質的な皿が上手に調理され、火の通しも完璧で、とくに野菜のおいしさは、そんじょそこらの畑でできるものとは較べものにならないくらいおいしかったので、ほかのものはあまり欲しいと思わなかったほどだ。

そのうえ、第二サービスでは一四種類ものローストが出た。それだけでも、この土地にいかに豊かな自然の恵みが溢れているか、想像できようというものだ。

デザートはさらに素晴らしかった。これほどの高地では生育することのできない、標高の低い暖かい土地から取り寄せた果物が大部分を占めていたからだ。すなわち、マシュラズの庭園、モルフラン河そのほかの、太陽が燦々と輝く土地からの贈りものである。

「太陽が燦々と輝く土地」といっても南国ではない。マシュラズはブリア゠サヴァランの実家にほど近い、アルプスの麓に位置する冷涼な土地である。ブリア家はここにブドウ園を持ち、サヴァランも小さい頃から仕事を手伝った。一七九〇年父の死によりこの土地を相続したがその後剝奪され、一七九七年に没収されていた財産が戻ってきたときは、ブドウ園はすでに売却されていた。標高の差だけでほぼ近隣の土地といってよいマシュラズを南国のように称揚するのは、サヴァランの郷土愛の発露であり、失われたものへの挽歌なのだろう。

修道院のある谷間を「英国式庭園」のようだと語っているが、十八世紀のフランスでは英国式庭園が流行した。シンメトリー（左右対称）を基本とする幾何学的なデザインのフランス式（ラテン式）庭園に対して、自然の風景を模していかにも手を入れないように見せる庭園を英国式という。

リキュール類にも不足はなかった。が、ここではコーヒーについて特筆しなければならない。それは透き通っていて、香り高く、申し分なく熱かった。とりわけ強調しなければならないのは、それがセーヌ河岸で恥ずかしげもなくコーヒーカップ tasse などと呼ばれるあの堕落した器ではなく、修道僧たちが分厚い唇を思いっ切り突っ込めるような、立派な深いボウルに注いで供されたことである。修道僧たちは、嵐が来る前の抹香鯨のうなり声もかくやと思われる、凄まじい音を立ててこの興奮飲料を吸い込むのだ。

正餐が終わると私たちは晩禱（ばんとう）に列席し、そこで詩編の朗読の合間に、この日のために特別に作曲した交唱聖歌を演奏した。それは当時よく作られたありふれた音楽なのだが、作曲家としては謙遜し過ぎても自慢し過ぎてもいけないから、出来栄えについては評しまい。

一日の公式行事はこれで終了し、集まっていた近隣の人びとは家路についた。残った者の中には、グループをつくってトランプやゲームをはじめる者もいた。

私はそれよりも散歩をしようと思い、何人かの友人と連れだって、サヴォンヌリー（王立絨毯織場。十七世紀に石鹼工場の跡地に建てられたので「石鹼工場（サヴォンヌリー）」の異名がある）の絨毯のように柔らかく敷きつめられた芝生を踏みながら、高地の清涼な空気を思い切り吸い込んだ。まさに魂が洗われるような心地で、思わずロマンチックな瞑想に誘われた。*

僧院に戻ったのは夜遅くなってからだった。僧院長がおやすみの挨拶を言いに私のところに来てこう言った。「これで私は自分の部屋に戻ります。みなさんはゆっくりと夜をお楽しみください。私がいると僧たちが寛げない、というわけではないのですが、たまにはたっぷり自由を満喫させてやりませんとな。毎日が聖ベルナールの祭日ではないのですから。明日から私たちはまた厳しい修行に戻ります。明日はまた我ら荒波に漕ぎださん……」

果たして院長が戻ると一座はまた一段と賑やかになった。おしゃべりはいっそう騒がしくなり、僧院に特有な罪のない冗談が飛び交って、みんなわけもなく笑い合いながら夜を過ごした。

＊（原註）私も同じような状況に置かれたときはいつもそう感じていたのだが、山の上では空気が軽いせいで脳の働きが活発になり、平地では空気の重さがそれを妨げるのだ、と考えるようになった。

九時頃、夜食が出た。料理は手をかけてつくられた絶妙な味わいで、もはや昼に食べた正餐から、何世紀も時間が経ったような気分だった。

みんな、新規巻き直しとばかりに食べはじめた。食べ、笑い、また酒の歌を歌った。

僧のひとりが自作の歌を披露したが、頭を丸めた人がつくったものにしてはまあまあの出来だった。

宴もたけなわになったとき、誰かが叫んだ。「賄い主任様、*あなたのお夜食はどこに？」その声に当人が答えた。「まことにその通りじゃ。これではなんのために賄い主任がおるのか分からんでな」

そう言っていったん引っ込むと、しばらくして彼は三人の従者をしたがえて現れた。最初のひとりはたっぷりバターを塗ったトーストを抱えて、あとの二人は、砂糖の入った強いブランデーの樽をテーブルに載せてかついできた。それはほとんど今日でいうパンチのようなものだが、当時はまだパンチは知られていなかった。

みんなは歓呼してこれを迎え、またわしわしとトーストを食らい、がぶがぶと燃えるような強い酒を飲んだ。

そして僧院の鐘が夜半を告げると、一同はそれぞれ自分の部屋に戻り、昼のお勤めのご褒美として、安らかな眠りを与えられた。

＊（原註）この話の中に出てくる賄い主任僧は、実在の人物である。彼がもっと歳を取ってからのことだが、新任の僧院長がパリから赴任してくると聞いて、みんなが今度の院長は厳しそう

だと噂する中、ひとりこう言って笑っていたという。「わしはちっとも心配しておらん。いくら厳しくするといっても、この老いぼれ僧から酒の竈と酒蔵の鍵を取り上げる勇気はないじゃろうて」

旅中の幸運

ある日、私は愛馬「よろこび」を駆ってジュラの美しい丘陵地帯を進んでいた。

それは革命時代のもっとも険悪な日々で、そのとき私は、ドールまで行って代議員のプロ氏に会い、通行許可証をもらおうとしていたのだった。それがないと私は牢獄にたたき込まれても、おそらくその先は断頭台にまで登らされたとしても、文句のいえない身分だった。

午前十一時頃、モン・スー・ヴォードレイという小さな町、というよりは村といったほうがよいかもしれないが、そこの旅籠に到着して、まず愛馬の手入れをした後、台所のほうに入って行くと、そこにはどんな旅びとも狂喜せずにはいられないような光景が待っていた。

赤々と燃える火の前に、見るからに素晴らしいウズラ、それもまさしくウズラの中の王とさえいえるほど見事なウズラと、しっかり脂の乗った青脚のクイナが、ずらりと焼き串に刺されてぐるりぐるりと回っているではないか。しかもそれらの選ばれたジビエたちは、いままさに、その下に敷き詰められたトーストの上に、最後の肉汁の一滴を滴らせようとしているところなのだ。トーストの切り口を見るとそれはいかにも猟師がナイフで切ったもののようで、それがまたいっそう興趣をそそるのだった。しかもそのすぐ横には、パリッ子などは見たこともないような丸々と太った野ウサギが、すっかり焼き上がって置かれており、教会の円天井をも満たさんばかりの馥郁と(ふくいく)した香りを立ち上らせていた。

「これは良い！」この光景を見て私は元気になり、思わずそうひとりごちた。天帝いまだ我を見捨てず、か。せっかくだから、行きがけにこの花を摘んで行くことにしよう。死ぬならいつでも死ねるのだから。

そこで、私があたりを眺めているあいだ、ずっと両手を後ろに組んで口笛を吹きながら台所を行ったり来たりしていた宿の亭主に、声をかけた。「ご主人、ところで私にはどんなおいしい食事をご馳走してもらえますかな」すると大きなからだをした宿の亭主はこう答えた。「何もかもみんなおいしいご馳走ですよ。ブイイもうまいし、ジャガイモのスープもうまいし、それに羊の肩肉とインゲン豆の、とっておきにうまいのがありますぜ」

予期していなかったこの答えに、私は思わずのけぞった。私がブイイを嫌いなことは読者なら先刻ご承知の通りである。あんな出しガラのようなものは真っ平だ。それにジャガイモとインゲン豆だなんて、太るものばっかりじゃないか。羊の肩肉だって、私はそんな固いものを嚙み切る鋼鉄の歯など持ち合わせていない。亭主の言うメニューは、まるで私を悲しませるためにわざと考えられたもののようだった。ああ、ここでもまた、私の身にもうひとつ新たな不幸が襲いかかったのである。

宿の亭主は陰険そうな目つきで私を見ていたが、おおよそ私の失望の原因には察しがついたらしかった。「それじゃあ、この素晴らしいジビエは誰のために取ってあるのかな……」私が不満たらたらそんなふうに矛先を向けると、「申し訳ないが、あいにくこれは差し上げるわけにはいかないので……」と亭主は同情したように言った。「これは、もう十日も前から逗留されている裁判所の旦那方がいらっしゃいまして、なんでも資産家の女性の財産調書をつくりに来られたとか。それがきのう終わったので、今日のお昼は祝宴ということになって……このあたりじゃあ、一発派手に打ち上げよう、って言うんですがね、そのためのご馳走なんですよ」

私は、しばらく考えてから、「それなら裁判所の旦那方に、ひとつお願いしてくれないか。ぜひご相伴させてほしいという旅の者を、お仲間に加えていただけないか、もちろん私の分はお支払いするし、もしお赦しいただければ深くご恩に着ますと言って……」と頼んだ。すると亭主は黙って出て行って、それきり戻って来なかった。

が、しばらくして、ひとりの小男がやってきた。ずんぐりと太っていて、てかてか丸い頬を光らせた、陽気そうな男だった。彼は台所を歩きまわり、台や椅子をちょっと動かしたり、鍋の蓋を取って中を覗き込んだりした後、そのまま姿を消した。「ははーん、やっこさん、首実検に来たのだな」私はすぐにピンと来た。それなら希望が持てようというものだ。さいわい、私は見た目には結構よい印象を与えるほうだから。

それでも私は胸がドキドキした。開票の結果がそろそろ分かるという候補者のように。と、そのとき宿の亭主があらわれて、「みなさんはもちろん大歓迎だそうですよ。あなたが食卓についたら、すぐに食事をはじめようとおっしゃっています」と私に告げたのだった。

私は小躍りしながら出かけて行った。私はみんなから愛想よく迎えられ、数分後には根が生えたように座り込んでいた。

なんという素晴らしい昼餐だろうか。こまかいメニューは申し上げないが、あの見事な若鶏のフリカッセにだけは、賛辞を呈さないわけにはいかないだろう。それはまさしく田舎でなくてはお目にかかれない代物で、思い切りトリュフが詰められて、かの老ティトーノスをも若返らせることができそうだった。

ジビエのローストはご覧の通り、その美味は見た目を裏切らなかった。しかもその焼き加減の素晴らしさといったら……さんざん苦労した末にありついたご馳走なだけに、いっそうおいしかったことは言うまでもない。

デザートはヴァニラ風味のクリームと、チーズ各種、それに見事な果物が山盛りだった。そして料理を食べながら飲んだお酒は、最初にザクロの色をした軽やかな赤ワイン、それからエルミタージュ、その後は同じように甘くてコクのあるヴァン・ド・パイユ……最後を締めたのは例の首実検にやってきた太っちょの小男が淹れたきわめて上質なコーヒーで、それには彼がわざわざ鍵を取り出して開けた小櫃の中に入っていたヴェルダンのリキュールが添えられた。

美男ティトーノスを愛した曙の女神アウローラは、ゼウスに頼んで彼を不死の存在としたが、若さを保つ願いをかけることを忘れたので、ティトーノスは年と

ともに老いさらばえ、それを見たアウローラは老醜を嫌って彼をセミの姿に変えてしまった。（えーッ？）

ヴァン・ド・パイユは摘んだブドウを藁（パイユ）の上で乾燥させ、糖度を高めてからつくる甘いワインで、ジュラ地方の名産品。エルミタージュは有名なコート・デュ・ローヌの銘醸（辛口）ワインだが、当時は甘口のものもつくられていたらしい。

昼餐は、おいしかっただけでなく、とても陽気で楽しいものだった。誰も時事問題に関する物言いは慎重だったが、たがいに気のおけない冗談をさんざん交わしたので、それぞれの身分や経歴はおおよその見当がついた。彼らはここに集まっている理由についてはほとんど語ろうとしなかったが、小咄を披露したり唄を歌ったりしたので、私も即興でこんな詩を披露してお決まりの喝采を受けたのだった。（「鍛冶屋の元帥」の節をつけて歌うこと）

旅びとにとってうれしいことは
愉快な飲み仲間を見つけたとき

それこそはまことこの世の極楽
こんなに楽しい友だちがいれば
憂き世の悩みなどすっかり忘れ
誓ってこのままここに居続ける
四日でも十日でもひと月でさえ
それどころか丸まる一年だって
わが稀な幸運をことほぎながら

わざわざ書いたのはこれが秀作だからというわけではない。私だってもっといい唄が作れるし、この唄をこの場で作り直してもよいくらいだが、即興らしい趣きをそのままお伝えすることにしたのである。革命委員会の連中に追われる身でありながら、こんなふうにバカな唄を歌っている私こそフランス男の意地と骨頂を示すものだ、と言いたいからだ。

さて、私たちはそうしてかれこれ四時間も食卓についていたが、そのうちに彼らはその晩の予定について相談をはじめた。まずは腹ごなしに長い散歩をしてから、帰ってきたら夕食の用意ができるまでオンブレ（ブリッジに似たトランプ遊び）をしよう。夕食のためには鱒が取ってあるし、昼餐の残りにもまだまだ食べたいものがある。

残念ながら、彼らの申し出はお断りしなければならなかった。私にはこの先の道中があり、日もそろそろ傾こうとする頃になったので、出発を急がなければならなかった。彼らは礼節を尽くして居残るよう誘ってくれたが、私が楽しみのために旅を続けているのではないことを知ると、あえて無理強いはしなかった。

私が自分の分の勘定のことを言い出すのを彼らが避けようとしていることは暗黙の了解で、彼らはそれ以上なにも聞こうとせず、早く馬に乗るようにと私に奨めるのだった。私たちは熱い思いを込めて抱擁を交わし、そのまま別れた。

あのとき、あれほど私を心から歓迎してくれた方々がいまもなおご存命ならば、そして私のこの本を手にすることがあったとしたら、あれから三十年を経たいま、この一文が心からの感謝の念をもって書かれたことを、ぜひ知っていただきたい。

幸福は、決してひとりだけではやって来ない。私のこのときの旅は、さらなる幸運に恵まれて、まさに期待していた以上の成功を収めたのだった。

実際、ドールまで行ってみると、代議員のプロ氏は私に対してひどい偏見を抱いているようだった。彼はいかにも胡散臭そうな目で私を眺めまわし、私はこのまま逮捕されるかと思ったほどだ。だが、その恐怖を感じたというだけで、私のいくらかの弁明に耳を貸した後は、彼の表情もいくらか和らいだように見受けられた。

私は恐怖に駆られたからといって残忍になる性質の人間ではないので、この男がそれほど悪い人間だとは思えなかった。きっと彼は能力が乏しくて、自分に与えられた怖ろしい権力をどう使ったらよいか、わからなかったのだ。彼はまるで、ヘラクレスの鉄棒で武装した子供のようであった。

プロ氏の夫人のほうは、挨拶に行くと、夫よりはもう少し愛想がよかった。私が置かれた境遇について多少は聞き知っていたようで、いささかの好奇心を抱いていたのかもしれなかった。

彼女が口を切った最初の言葉は、音楽が好きかどうかという質問だった。おお、なんという思いがけない幸運だろう。彼女は音楽がたいへん好きなようで、もちろん私は腕のよい音楽家と来ているから、この瞬間からふたりの心はふれあい、共鳴しあったのだった。

夕食がはじまるまで、私たちは熱心に語り合った。たちまちのうちに、すっかり打ち解けてしまった、と言っていい。彼女が作曲の技法について語れば私はそれをすべて知っていたし、彼女が最新流行のオペラを話題にすれば私はどの曲も諳んじることができたし、彼女が名前を挙げた有名な作曲家たちはほとんど私が会ったことのある人ばかりだった。彼女の話は尽きることがなかった。長いあいだ、こんな話のできる相手には会ったことがなかったのだ。彼女は素人のような話しぶりだったが、後で聞くと一時は歌の先生をしていたということだった。

夕食が済むと、彼女は楽譜を持ってこさせて、歌いはじめた。私も同じように歌った。ふたりは声を合わせて歌った。私はこのときほど熱心に、また愉快に歌ったことはない。プロ氏は再三そろそろ帰ろうと言ったが夫人は耳を貸さず、私たちはふたつのトランペットのように声を張り上げて、『偽りの魔法』の一節の二重唱をはじめた。

汝この祭りを思い出し給うや……

と、ここまで歌ったとき、とうとうプロ氏は帰るといって立ち上がった。

しかたがない、ここでオシマイだ。が、別れるときプロ夫人は私にこう言ったのだ。

「市民よ（革命のときは相手をこう呼んだ）、あなたのように学芸を究めたお方は、祖国を裏切ることはないでしょう。あなたが主人に何かをお頼みになっていることは、私も存じております。きっとお望みの通りになりますよ。私がここでお約束申し上げますわ」

夫人の慰めの言葉を聞き、私は心を込めて彼女の差し伸べた手に接吻した。事実その言葉の通り、立派な署名と堂々たる印璽の認められた許可証を、その翌日に私は受け取ったのだった。

かくして私の旅の目的は達せられ、私は胸を張って家に帰った。まったく、音楽という美しい天の娘のおかげで、私の昇天の予定は長いこと延期されたのである。

フォンデュについて

フォンデュはもともとスイスの料理で、要するにチーズ入りのスクランブルドエッグ以外の何物でもないのだが、その配合の割合は時間と経験によっておのずと決まってきたものである。それでは、その公式のレシピを紹介しよう。

フォンデュは健康的で、風味ゆたかな、食欲をそそる料理であり、しかも短い時間でできるから、不意の来客のときもすぐに用意できて重宝する。それに、私にとってはこの名前が、ベレーの古老たちのあいだでは未だに語り継がれるある昔の出来事を思い出させることもあって、ここでは個人的な想いを込めて書かせてもらう。

十七世紀の終わり頃、ムッシュウ・ド・マドというお方がベレーの司教となり、着任することになった。

新しい司教がお住まいになる館を調える役目の者たちは、猊下の着任を祝う晴れの日にふさわしい宴席を設けるべく、当時の料理術のあらん限りを渉猟してメニューを考えた。

アントルメの中に、黄金色に輝く大きなフォンデュがあった。司教さまはそれをたっぷりお召し上がりになった。ところが、なんと驚いたことに、見た目に惑わされてクリームと勘違いしたか、司教はフォークではなくスプーンをお使いになったのだ。

フォンデュはフォークで食べるものと昔から決まっているというのに。

会食者はみなこの珍事にびっくりして、たがいに目と目で合図をし、気づかれないように微笑んだ。しかしながら、崇敬の念が舌の動くのを押しとどめた。

パリからおいでになった司教さまが、しかも着任した最初の日になさることが、正しい行いでないわけがない……。

しかし、騒ぎはそれだけでは収まらなかった。早速その翌日から、会えば誰もがこの話で持ちきりだった。

「今度の新しい司教さまが、昨日どうやってフォンデュを召し上がったか知ってるかい？」

「ああ、もちろんだとも。スプーンで食べたんだって？　俺はその場にいて直に見たやつから聞いたんだ……」などなど。噂はたちまち都会から田舎へと広がり、三ヵ月もすると、教区の中でそのことを知らぬ者はいなくなった。

しかし特筆すべきことは、この事件が古老たちの信心を揺るがしそうになったことだ。

新しいもの好きの中には、スプーン派の肩をもつ者もいたのだった。が、それもやがて忘れられ、結局最後はフォーク派の勝利に終わったのである。あれから百年以上も経っても、大叔父のひとりなどは、いまだにムッシュウ・ド・マドがどうやってフォンデュをスプーンで食べたか、笑いながら真似をして私に語り聞かせ、そのたびにまた面白がって笑い転げるのだ。

フォンデュのつくりかた

――スイス・ベルヌ県モンドンの裁判官トロリエ氏のレシピによる。

人数分に必要な数のタマゴを用意し、合計の目方を量る。
上質なチーズ（グリュイエール）をタマゴの重量の三分の一、バターの塊をタマゴの重量の六分の一、用意する。

鍋にタマゴを割り入れ、おろしたチーズまたは薄く切ったチーズを加えて、よくかき混ぜる。

十分に火を熾したかまどに鍋をかけ、ヘラでかき混ぜながら、全体に粘り気が出てほどのよい固さになるまで加熱する。塩はチーズが古いか新しいかによって加えるか加えないかを判断し、胡椒はしっかり加えるのがこの古風な料理のポイントである。

あらかじめわずかに温めた皿に盛り、最上のワインをもってこさせてぐいっと飲めば、これ以上の口福はないだろう。

フォンデュといえば、いわゆる「チーズフォンデュ」を思い浮かべるのがふつうだろう。カクロンと呼ばれる専用の鍋に白ワインを入れて煮立たせ、エメンタールやグリュイエールなどのチーズを溶かし込んで、それを長い柄のついた細いピック（フォーク）の先に刺したパンにからめて食べる。これが、スイスのフランス語圏地域に共通する名物料理として一般に知られているフォンデュである。

が、ここでブリア＝サヴァランがいうフォンデュは、彼がボストンで『ジュリアン』のシェフに教えてやったものと同じ「チーズ入りスクランブルドエッグ」であり、本人も「要するにチーズ入りのスクランブルドエッグ以外の何物でもない」といっている。

彼の故郷はスイス国境に近く、生地ベレーは十七世紀のはじめまでスイス公国サヴォワ家の領地だったところだから、きっと「チーズ入りスクランブルドエッグ」も「もともとスイスの料理」で、「フォンデュ」と呼ばれていたのだと思う。むしろ、食卓の中央に火を持ち出して鍋を囲むという習慣は（壁際の暖炉で暖をとり料理をする建物の構造から）もともとヨーロッパにはないものであることを考えると、サヴァラン式のフォンデュのほうが歴史は古いのかもしれない。

そう思って探してみたら、一九二五年に初版が出た『アリバブの実用美味学』(Ali-Bab “Gastronomie Pratique”, Henri Babinski 1855～1931）というレシピ本に、「チーズフォンデュ Fondue au Fromage」という料理が出ていた。

タマゴは黄身と白身に分けて、泡立てた白身を黄身の溶液に入れ、同量のチーズ（おろしたグリュイエール）とバター、それにバターで炒めたトリュフのスライスをその溶液に加えて、陶器の深皿で七面鳥のローストから出た肉汁を沸騰させたところにそれを注ぎ、全体を慎重な加熱によりクリーム状にまとめる……という料理である。郷土の家庭料理というより高級レストランの料理で、どちらのフォンデュが先かの例証にはならないが、フォンデュ fondue は「溶けた」という意味のフランス語（「溶ける fondre」という動詞の過去分詞）だから、ワインに溶かそうとタマゴに溶かそうと肉汁と混ぜようとフォンデュはフォンデュである。

ついでにここで書いておくが、本書では料理の話の中にパンを食べるシーンがまったく出て来ない。トーストは登場するがこれは別として、食事のときには料理とともにフランスパン（田舎パンやバゲットなど）を当然食べているはずであるが、ムッシュウ・リメのパンがおいしいとは書いているが、他の箇所では言及がない。食事のときにパンを食べるのはあまりにもあたりまえのことだから、わざわざ書かなかったのだろうか。ことにサヴァランのフォンデュは、フォークで食べようとスプーンで食べようと、かならず片方の手にはパンを持って、フォークの上のやわらかいタマゴをそれで支えながら食べるか、あるいはトロトロのタマゴをパンに載せて食べていたはずである。実はそこから今日のいわゆる「チーズフォンデュ」のアイデアが生まれた……とまで想像するのは飛躍かもしれないが、パンがあってこそ、ワインとチーズ入りスクランブルドエッグの分かち難いマリアージュ（結びつき）が生まれるのだ。

ブリア＝サヴァラン家の長い朝食

食卓の快楽は、私がすでに述べたようなかたちで追求すると、かなり長時間にわたるものになる可能性がある。私はその例証として、私自身がこれまでの人生で経験したもっとも長い食事について、事実を詳細に報告しようと思う。これは、ここまで私の書物を楽しみながら読んでくださった読者のみなさまに差し上げる、飴玉のような贈り物である。

さて、話というのは、ある年、私が自分の家に人を招いて朝食を振舞ったときの顛末である。

リュー・ド・バックの通りの突き当たりに、私の親戚の家があった。当時そこに住んでいたのは私の従兄弟たちで、七十八歳になる医師デュボワ博士と、七十六歳になる大尉と、ふたりの妹に当たる七十四歳のジャンネットという三人の年寄りだった。私はときどきそこへ遊びに行ったが、行くたびに優しく歓迎してくれた。

ある日デュボワ博士は、私に会うといきなり、「おい、まったく……」と言って、爪先立って伸び上がり、私の肩を上から勢いよく叩いた。

「……まったくおまえという奴は、ずいぶん前にフォンデュとやらの自慢話をしおって、あれから、おまえの顔を見るたびに口の中に唾が溜まってならん。そろそろ始末をつけてもらわんとな。こんど、大尉とふたりで、おまえの家に朝めしをご馳走になりに行くよ。フォンデュがどんなものか、この目と舌でたしかめないと気が済まん」

彼が私にこんなことを言ったのは、たしか一八〇一年頃のことだったと思う。私はそのとき、こう答えたことを覚えている。

「いいですとも、大歓迎ですよ。素晴らしいやつをご馳走します。なんたって、この私がみずからつくるのですからね。いや、まったくもって光栄の至り。それでは早速、明日の朝、十時にいらしてください。いいですね、十時きっかり。軍隊式に時間厳守で[*]」

＊（原註）こんなふうに食事の時間を約束したときは、かならず時間通りにはじめなければならない。遅れたものは、脱走兵とみなされる。

翌朝、定刻どおりにふたりの会食者はあらわれた。さっぱりと髭を剃り、髪はていねいに撫でつけ、きちんとした身だしなみだ。ふたりの小さな老人は、まだ若々しく元気いっぱいだ。

彼らは用意がととのった食卓を見ると、うれしそうに微笑んだ。真っ白なテーブルクロスの上に、三人分の食器とカトラリー。そしてそれぞれの席に、二ダースの牡蠣。添えられたレモンが黄金色に輝いている。

テーブルの両端には、ソーテルヌの瓶が一本ずつ、きれいに拭って置いてある。ただコルクだけは古く汚れていて、このワインがつくられてから長い年月が経ったことを物語っていた。

まったく悲しいことだが、こういう牡蠣の朝食は、最近ではとんと見かけなくなってしまった。昔はこんなことがしょっちゅうあって、陽気にはしゃぎながら何百という牡蠣を食べたものだ。このような習慣も、牡蠣となると最低一グロス（一二ダース）は食べなければ気が済まないアベや、食べても食べてもきりがないシュヴァリエの没落とともに、消え去ったのである。まことに残念なことだが、まあ哲学的に考えれば、時は政府さえ変えるのだから、単なる習慣が消えてなくなるのは仕方がない。

牡蠣を新鮮でうまいうまいと言って食べ終わると、次に出たのは腎臓の串焼きと、大きな型に詰められたトリュフ入りのフォワグラと、そして最後がフォンデュだった。あらかじめ必要な材料をすべて仕込んだ鍋が、アルコールランプとともに食卓に運ばれた。私はふたりの目の前で手際よく調理し、彼らは私の一挙手一投足をしかと目撃した。

彼らは声を上げて、そのやり方が面白いといって感心し、ぜひレシピを教えてくれというので、その前にちょっと……と言って、ムッシュウ・ド・マドの逸話を語って聞かせたのだった。

フォンデュの後は、季節の果物とジャム。そして、食後のコーヒーは、当時流行しはじめたデュベロワ方式で淹れた本物のモカ。最後にリキュールを二種類、最初に口の中をさっぱりさせるための一杯と、次にその刺戟をやわらげて口の中を穏やかにするための一杯。これで私たちの朝食が終わった。


生牡蠣は殻を開けて、半身を銀盆の上に並べ、ひとつずつ手で取ってはチュッとレモンを垂らしながら食べる。いまでもレストランやブラッスリーに行けば同じようにして出してくるが、基本の単位は一ダースだ。最近はお代わりをする人は少ないようだが、昔はそれこそ何百、何千と食べたと自慢する武勇伝が残っている。

　いまなら、牡蠣を食べるときに飲むのはだいたいシャンパン（シャンパーニュ）だろう。白ワインを頼むときもあるが、もちろん辛口の白である。甘いソーテルヌで食べる人はまずいない。ソーテルヌは超甘口の、当時から超高級ワインとされていたものである。いまではフォワグラを食べるときに飲む習慣は残っているが、あとはデザートワインとしてで、肉や魚の料理に合わせることはめったにない。この日の朝食では、他のワインについては言及されていないが、フォワグラのためにだけ用意したのではないだろう。特別の機会だからとっておきのワインを出したわけで、フォンデュのときも含めて最初から最後まで、甘いワインを三人で二本開けたことになる。昔は、こういうことが珍しくなかったようである。

　牡蠣、腎臓の串焼き、フォワグラ、フォンデュ。デザートに果物とジャム。ソーテルヌ二本とリキュール二種。これがブリア＝サヴァランが用意した朝食のメニューだが、朝食が済んだだけで「私自身がこれまでの人生で経験したもっとも長い食事」が終わったわけではない。朝食はこのまま昼餐につながり、食事はまだまだ続くのである。

朝食がつつがなく終わったので、私はふたりに少し運動をしようと持ちかけた。

そのためには、部屋の中を案内するのがいちばんよいだろう。私が住んでいるアパルトマンはそれほどエレガントだとはいえないにしても、広いし、住みやすいし、ルイ十五世の時代につくられた天井と金飾はなかなか素敵だと友人たちが褒めてくれる。私は、私の美しい従姉妹であるレカミエ夫人をモデルにした、シナールの手になる胸像のオリジナル彫塑と、オーギュスタンが描いたミニアチュールの肖像画を見せてやった。ふたりはすっかり感動して、博士のほうはその分厚い唇で肖像画にキスするし、大尉ときたら胸像の夫人によからぬ振舞いをしようとするので、私は怒ってぶん殴ってやった。

まったく、いくら粘土の像が美しいからといって、みんなが同じようにその胸に接吻したら、ふくよかなレカミエ夫人のおっぱいがローマの聖ピエトロ像の足の指みたいになってしまうではないか。巡礼者がみんな接吻するものだから、ピエトロ聖人の足の指はずいぶんと短くなってしまった。

それから私は、古代の優れた彫刻家たちの塑像や、そこそこ値打ちのある絵画とか、私の持っている猟銃や楽器、フランスや外国の美しい印刷の古書なども見せてやった。

こうしてアパルトマンのあちこちを訪ねる旅の途中、彼らは台所をチェックすることを忘れなかった。

私が、省エネ式ポトフ鍋だとか、ロースト用密閉容器だとか、振り子つき回転焼き串だとか、蒸し器だとかいった発明品の数々を見せてやると、彼らはそのひとつひとつを微に入り細にわたって検分し、自分たちがあいかわらず摂政時代の道具しか使っていないことにいまさらながら驚いていた。

　この逸話では、大の男が三人、飲食とおしゃべりで清遊するありさまを望ましい社交のありかたとして紹介すると同時に、いつもの「新しいもの自慢」をするのが目的のひとつだったようである。フォンデュを筆頭に、トースト、パンチといったサヴァラン定番のコースにパルメザンチーズとドライ・マデイラが加わり、さらに新奇な料理道具の名前が上がっている。

　省エネ式ポトフ鍋（圧力鍋？）や振り子つき回転焼き串は、なんとなく想像はつくが詳しい説明はない。やっぱり蒸し器は持っていたようだが、自分だけの発明品か、それとも一般にある程度広がっていたのか。ロースト用密閉容器というのは、かまどの中に入れる耐熱の蓋つき容器のことだろう。蓋の上に薪の火を載せれば、いわゆるダッチオーブンになる。暖炉のような形式の昔のかまどでは、下からの加熱しかできない。そのため蓋のついた容器に肉を入れて四方から熱が受けられるようにした道具はローマ時代から考えられていた（第27章の原註「詰めものをしたオオヤマネ」一二一ページを参照）。現在の形式のオーブンは近代のもので、いわば焚き火を四方から鉄板で覆ったもの。産業革命時代以降の発明品で、一般に普及するのは十九世紀中頃以降といわれている。


ひとまわりして私たちがもとのサロンに戻ったとき、時計が鳴って二時を告げた。

「ったく！　もうディナーの時間じゃないか。妹のジャンネットがお待ちかねだ。すぐに帰らないと……まだそれほど腹が減っているわけじゃないが、ポタージュだけは食べないとな。これは昔からの習慣なので、昼のポタージュを食べないで一日を過ごすと、ティトゥスみたいに、われ一日を失えりDiem Perdidiと叫ばにゃならんのだ」

「ドクター、それなら……」と私が口を挟んだ。

「いまここにあるものを、なんでそんなに遠くまで探しに行かなければならないのですか。叔母さんのところへは誰かを使いに遣りますから、自分はここに残って昼を済ませるからと伝えればよいでしょう。もちろん急なことなので十分な用意はできませんが、そこはお赦し願うとして、おふたりと昼餐をともにできるとはうれしい限りです」

ふたりの兄弟はしばし目を見合わせて考えていたが、やがてはっきりと同意した。そこで私はすぐにフォブール・サンジェルマンへ「ヴォランテ volante（伝令）」を飛ばして私の司厨長に命を下した。すると意外に短い時間ですべての用意がととのい、一部はいま手許にあるありあわせの材料を使った料理、一部は近所のレストランから調達した料理で、司厨長は適当に端折り（はしょ）ながらも実にうまそうな軽い昼餐のメニューをつくりあげた。

ふたりのよき友がどっしりと構えて席につき、ナプキンを膝の上に広げて、いまや遅しと料理がやってくるのを待っているようすを見て、私は大きな満足を覚えていた。

昼餐では、私は思いもしなかったのだが、ふたつの出来事が彼らを驚かせたようだ。ひとつは私がポタージュといっしょにパルメザンチーズを出したことで、もうひとつはその後に辛口のマデイラ酒を勧めたことだ。パルメザンチーズも辛口のマデイラも、わが国の外交官のトップであるタレーラン公爵がつい先ごろ持ち帰った土産品だったからである。タレーラン公爵は、繊細で機知に富んだ、深い含蓄のある数々の言葉を吐き、その権勢の頂点にあるときも、また隠退をしたあとも、つねに世間の注目を集めた人だった。

昼餐は、メインとなる料理もその他のもろもろも、すべてうまくいったよい食事だった。わが招待客も満足して、おおいに楽しんだようだった。

食事の後、私はピケをして遊ぼうと言ったのだが断られた。大尉が自分たちはイタリア式の「ファルニエンテ far niente（なにもしない）」のほうがよいと言ったので、私たちは黙って暖炉のまわりに集まって座った。

たしかに、ファルニエンテには情緒があるが、私はいつもなにかをやっているときのほうが、それに没頭してしまわない限りは会話が弾むと思っているので、そろそろお茶にしよう、と提案した。

その頃、お茶というのは古風なフランス人にとってはあまり馴染みのないものだったが、私が目の前でお茶を淹れると興味を示し、何杯も飲んだ。これまでは煎じ薬くらいにしか考えていなかったのに、おいしいといってお代わりしたのだから大した変わりようだ。

私の長い経験から言えることは、おもてなしというものは、ひとつやるとまたもうひとつやりたくなるもので、やり出すと切りのないものなのである。だから私が、最後はパンチで締めましょう、といったときは、ほとんど命令口調に近かった。

「おまえは俺を殺す気か」博士はそう言った。「酔い潰れてしまうぞ」大尉もそう言った。私はそれに答える代わりに、大きな声でレモンと砂糖とラム酒を持ってこさせた。

それで私はパンチをつくりはじめ、その間に厨房では、ごく薄く切ったパンを焼いてちょうどよい具合にバターを塗り適当に塩味をきかせた、おいしそうなトーストが用意された。

それを見て、ふたりから抵抗が示された。もうこれ以上は食べられないから、トーストには手をつけないと。だが私はこのシンプルだからこそおいしいこの食べものの魅力をよく知っているので、ただ、これで足りるといいんですけどね、とだけ言ってすましていた。すると案の定、あっというまに大尉が最後の一切れをたいらげてしまい、もうこれで終わりか、もう一枚ないのか、という顔をしているので、私は直ちにトーストの追加を命じたのだった。

そうこうしているうちに時は経ち、時計の針は午後八時をまわっていた。「さあ、退却だ」とふたりは言った。

「そろそろ家に帰って、一日中待ちぼうけだったかわいそうな妹につきあって、サラダの菜っ葉の一枚くらい食べてやらんとな」

さすがに今度は、私も引きとめはしなかった。そしてふたりの愛すべき老人への歓待の気持ちを最後まで忠実にあらわすために、馬車のところまでついていって、姿が見えなくなるまで見送った。

そんなに長いあいだいっしょにいて、退屈することはなかったのかと、疑問に思う人もいるかもしれない。が、私は否と答えよう。ふたりの客にとっては、フォンデュの調製、アパルトマンの探訪、昼餐のときに出たいくつかの新しい料理、それから紅茶……と次々に面白いものが出てきて、退屈する暇はなかったはずだ。なかでもパンチは、彼らがこれまで一度も口にしたことのなかったものだから、大いに興味をそそられたようだった。

それに、博士はパリじゅうの何世代にもわたる系図とさまざまな逸話に詳しかったし、大尉はこれまで軍人として、またパルマの宮廷への使者として、人生の一部をイタリアで暮らした経験をもっている。そのうえ私も世界のあちこちを旅行しているから、それぞれ気取りもなしに面白い話を披露し、たがいに楽しく聞いたのである。そんなことをしていれば、ほかにはなにもしなくても、時間はあっという間に過ぎていく。

翌朝、博士から一通の手紙が届けられた。それは前日の食事のお礼で、こんなふうに書いてあった。

「昨夜はちょっとばかり飲み過ぎたが、具合はどこも悪くない。それどころか、気持ちよく、ぐっすり眠ったおかげで、目覚めはまことに気分爽快、もう一度同じことをやり直してもいいくらいだ」

小咄

裁判長さま、と、テーブルの端にいたフォブール・サンジェルマンに住む老侯爵夫人が声をかけた。ブルゴーニュとボルドーと、どちらがお好きですか。こう問われた裁判長、いとも厳かな声でいわく、それは調書を読むのが面白くてやめられない事件と同じですな。判決を下すまで、何週間も結論を先延ばしするしかありません。

ショセ・ダンタンのある会食で、見るからに逞しい、大きなアルルのソーセージが食卓に運ばれた。主人が隣席のご婦人を振り返って、どうぞ奥様、一切れ召し上がれ。これこそ家内繁盛のおまじないになりますよ。と言うと奥様は、横目でじろりと眺めつつ、いたずらっぽくこうおっしゃった。おや、これはまた本当にご立派だこと。でも、わたくし、こんなかたちのものは存じ上げませんの。

美食を愛するのは機知ある人である。鑑賞して、評価するという手続きが、分からない人には分からない。ジャンリス伯爵夫人はその回想録の中で、自分をいつも歓待してくれるあるドイツ人のマダムに、なんとか七皿まではおいしい料理のつくりかたを教え込むことに成功した、といって自慢している。

ラ・プラス伯爵はきわめて高尚なイチゴの食べかたを発見した。それは〝ヘスペリデスの林檎〟と呼ばれる甘いオレンジの果汁に浸して食べることだった。

もうひとりの学者はさらに凝って、角砂糖でオレンジの皮を削ってそれに加えた。そして学者らしくその謂れをひとくさり。かつてギリシャの神々が集うイダ山の饗宴では、イチゴはこのようにして食べられた。炎上したアレキサンドリアの文庫から奇跡的に発見された断簡にはそう記されていると。

この男がたいした奴だとは思えないね、とM伯爵は、近頃出世して偉くなったある候補者を評して言った。なにしろ、リシュリュー風ブーダンもスービーズ風カツレツも食べたことがないというんだからね。

ある酒飲みが食事をしていた。デザートにブドウを勧められると、その皿を手で押しやってこう言った。あいにく、ワインを丸薬にして飲む習慣は持っておりませんで。

ある美食家がペリグー税務局の長官に任じられたので、トリュフありヤマウズラあり七面鳥ありの美食の国へご赴任とはまことにめでたきこと、と祝いの言葉を述べると、当の食通氏は悲しげな風情でこう嘆息した。……潮の差してこない山の中で、はたして暮らせるものかねえ。

詩篇より――死に際の言葉（生理学的ロマンス）

これは本来第26章「死について」の項に載せるべき、教授自身の作品である。本当は曲をつけたいのだが、自分でやるとうまくいかないので。誰かほかの、もっと頭のはっきりした人に作曲してもらいたい。ハーモニーは強い調子で、とくに後半の節は、病人が息を引き取っていくところをはっきりとわかるように。

すべての感覚が弱まり、いま生命の火は消えんとす。
目はかすんでよく見えず、からだは冷たい。
ルイーズが泣いている。この心優しき女ともだちは、
小刻みに震えるその手を私の胸にそっと当てる。
見舞いの客たちはみな今生の別れを告げ、
もはやそれぞれ家路についた。
医者が去って、神父があらわれる。
そう、私はこれから死んでいくのだ。

祈ろうとするが、頭が働かない。
話をしたいが、言葉が出ない。
かすかな物音が私を不安にし、心を惑わす。
誰か見知らぬ者が私の前で舞っている。
もう、なにも見えない。胸は押しふさがれ、
搾り出そうとした最後の息は、
凍りついた唇の上に漂っている。
そう、私はもう死んでいくのだ。

アンリオン・ド・パンセー氏に捧ぐ

私は自分こそ、少なくとも現代においては、美味学者のアカデミーというものを考えついた最初の者であると確信していた。しかし、世の中にはよくあることだが、どうやらこの道にも先輩がいるらしい。そのことは、もうそろそろ十五年が経とうとする、次なる事実によって判定することができる。

高等法院長アンリオン・ド・パンセー氏は、寄る年波をまったく感じさせない若々

しく陽気な人柄で、一八一二年、当時もっとも人気を博していた三人の学者（ラプラス、シャプタル、ベルトレの三教授）をつかまえてこう言った。「私は、新しい料理の発見は、われわれの食欲を刺戟して快楽を長く持続させるという意味で、新しい星の発見よりはるかに興味深い出来事であると思いますな。星などはもう十分見つかっていますよ」

高等法院長はこうも言った。「私は、料理人が学士院で筆頭の地位を占めるようになるまでは、学問が正当に評価されているとも、学士院が正しく各分野を代表しているとも思いません」

この懐かしい法院長は、私の研究の主題について語るときはいつも楽しそうだった。彼は私のためにエピグラフ（献辞）を考えてくれようとしたり、モンテスキューは『法の精神』が認められてアカデミー入りを果たしたのではない、とか、法学者のベルナール・サンプリ教授が実は小説を書いていて、その中に「亡命者の飲食商売」の話が出てくるとか、いつも面白いことを教えてくれた。このような恩義に報いるため、私は次のような四行詩を捧げることにした。その中に私は先生の業績と人柄への称賛を込めたつもりである。

アンリオン・ド・パンセー氏の肖像のもとに記されるための詩

学問の研鑽では疲れることを知らずに
偉大なる職責を堂々と果たしたり
深く広く豊かな学識の学者であり
しかも楽しいお茶目な気分を忘れずに

法院長アンリオン・ド・パンセー氏は一八一四年に法務大臣となったが、法務省の役人たちは、初登庁のときに彼らが述べた歓迎の辞に対する彼のウィットに富んだ返礼の言葉を決して忘れないだろう。「諸君……」と彼はその長身と高齢にふさわしい慈父のような調子で切り出し、次のように続けた。「おそらく私は、諸君とともに過ごす時間はそう長くないと思います。したがって、諸君のために良いことはあまりできないかもしれないが、そのかわり悪いこともできないので、安心してください」

乏しきを哀れむ歌（歴史的挽歌）

グルマンで名高い人類最初の親たちよ、
たった一個のリンゴで身を滅ぼすとは情けなや、
せめてそれが、トリュフ詰め七面鳥であったなら。
でも貴方がたの地上の楽園には、シェフもパティシエもいなかった。
おお、なんと哀れな人たちよ。

トロイアの栄華を打ち砕いた歴戦の王たちよ、
貴公たちの武勲は末代まで語り継がれよう。
でも食卓は貧しくて、牛の股と豚の背の肉ばかり、
おいしい魚のマトロットも若鶏のフリカッセも知らなかった。
おお、なんと哀れな人たちよ。

歴史を彩る伝説の美女たちよ、

その姿は古代ギリシャの匠たちの手で永遠に刻まれ、
今日の美人たちなど足もとにも及ばない。
でも貴女たちの魅惑的な唇は
バラやバニラが香るメレンゲも、パンデピスだって知らなかった。
おお、なんと哀れな人たちよ。

火の神ヴェスタに仕える誇り高き巫女たちよ、
純潔の誓いを破れば生き埋めの罰を受けるという定めの中、
せめていまどきの女子がよろこぶような、
おいしい甘いものがあれば心が慰められたはずなのに、
爽やかなシロップも、果物の季節を閉じ込めたジャムも、
素敵な香りのクリームも、君たちはなにも味わうことができなかった。
おお、なんと哀れな人たちよ。

ローマ帝国の極めつきの金持ちたちよ、
諸君らは知り得る限りの世界から富を奪ったが、

なにをしなくても口の中で溶けるゼリーの美味や、
灼熱の中でも溶けないアイスクリームの冷たさは、
どんな豪勢な宮廷の宴会でも味わうことはできなかった。
おお、なんと哀れな人たちよ。

汝ら無敵の中世の騎士たちよ、
吟遊詩人が高らかに歌い上げたその通り、
魔物の巨人を打ち倒し、貴婦人たちを救い出し、敵の軍隊を殲滅し、
能わざることなき貴君らだが、おお、かわいそうに、
泡立ち輝くシャンパンも、マデイラ島の甘やかな美酒も、
そして偉大な世紀が生み出した素晴らしいリキュールの数々も、
黒い目の女奴隷は君たちの杯に注いではくれなかった。
飲むものといえばどろどろのビールか青臭い安ワイン。
おお、なんと哀れな人たちよ。

天の御心を伝える司教の杖と冠を授けられた僧たちよ、

異教徒サラセンを成敗する武器をまとうテンプル騎士団よ、
おのおの方はからだを癒すショコラの甘さも、
思索を深めるアラビアの豆も知らなかった。
おお、なんと哀れな人たちよ。

中世の壮麗な城主の奥方さまよ、
貴女たちは十字軍に遠征した亭主の留守中に、
僧やお小姓の位を引き上げて閨の淋しさを慰めた。
でも残念なことに、ビスキュイやマカロンなどのおいしさを
彼らとともに楽しむことはできなかった。
おお、なんと哀れな人たちよ。

そして最後に、現代一八二五年の美食家たちよ、
貴殿らは豊かな飽食の世の懐に抱かれて、新たな調理法の出現を夢見ている。
しかし諸君は一九〇〇年に発見されるであろう科学の恩恵を享受することはできない。
たとえば鉱物から生み出される美味を、

一〇〇種類の蒸気を圧搾してつくりだすリキュールを、
あるいはまだこの世に生まれていない旅行者たちが、
いまだ発見もされず開拓もされていない地球の残り半分から、
いつか持ち帰るであろう珍味佳肴を、
味わうことはできないのだ。
おお、なんと哀れな人たちよ。

両世界の美味学者に贈る言葉

私がここに献じる作品は、諸君によって支えられまた飾られている、美味学というものの原理を万人の目に明らかにすることを目的としています。

私はまた、若き女神ガストロノミーに最初の香を焚く者であります。星を鏤めた冠を戴いたばかりの彼女は、すでに他の女神たちよりも高く聳え立ち、そのありさまは、周囲を取り巻くニンフの群れより遥か一頭抜きん出た海の女神カリュプソの如きであります。

世界の首都パリを飾る美味学の宮殿は、いずれその巨大な柱廊を空高く築くことでしょう。諸君の声を力にして、諸君の寄進で富を積み、やがて託宣が約束するアカデミーが、必要と快楽の不動の基礎の上に樹立された暁には、明敏なグルマンである諸君、愛すべき会食者たる諸君は、かならずやアカデミーの会員ないしは通信会員になっていただきたい。

その日が来るまで、諸君の晴れやかな顔を天に向け、力強く堂々と前進されんことを。美味の宝庫である宇宙のすべては、諸君の前に開かれてあり。

努めよや、閣下諸君。美味学の発展のために語りたまえ。諸君自身のために消化したまえ。その努力の過程で、なにか重要な発見をすることがあったら、諸君のもっとも卑しき僕である私めにどうかお知らせを。

美味学の瞑想の著者　敬白

著者ブリア＝サヴァランによる跋

ここに大方の好意に甘えて本書を公刊するにあたり、私はとくにたいへんな努力をしたわけではありません。ただ長いあいだに集めた材料を順序よく並べ換えただけで、楽しい仕事だから老後の楽しみのために取っておいたのです。

食卓の快楽というものをあらゆる角度から考察してみると、健康にも幸福にも、またビジネスにさえ直接的に影響を与えるその本質的かつ永続的な機能について、単なる料理書以上の有用な書物が書けるのではないかと、私は早くから考えていました。

この基本的な考えがまとまると、あとのアイデアは泉のように流れてきたのです。私は自分のまわりを見渡し、メモを取り、どんなに堅苦しい会食の席でさえ、周囲を観察する楽しさで陪食者の退屈を紛らわせることができました。

私が定めた目標を達成するためには、物理学者や化学者や生理学者である必要がなかったとも、ちょっとした物知りである必要さえなかったとも、言っているわけではありません。

私があれこれ勉強したのは、本の著者になろうという野心があったからではなく、ただ好奇心の赴くまま、また時代に取り残されまいとする心配から、そして、私がその仲間に加わりたいと思う学者たちと、せめて気後れせずに話をしたいという願いからなのです。

なによりも私は素人医者です。私にとっては、道楽といってもいい。私がいまでも人生でもっとも晴れがましい瞬間のひとつに数えているのは、クロケ博士の論文審査の日、審査員の教授たちと専用の入口から会場に入っていくと、大きな階段教室のあちこちから、好奇に満ちた学生たちのささやきが聞こえてきたときでした。

誰だ、誰だあの知らない先生は。よほど著名な有力教授が、審査討論会に花を添えにやってきたに違いない……と。

そういえばもうひとつ、私にとって懐かしくもうれしい思い出があります。それは、全国産業振興会の発明奨励展に、自分で発明した「噴香器」を出品した日のことです。それは部屋じゅうに香水の香りをまき散らすための道具で、香水が圧縮されて詰まっている、いわば香水の爆弾みたいなものでした。

私はその器具を香水で満タンにして、ポケットに入れて審査室に持ち込みました。そして居並ぶ審査員の先生方の前で取り出すと、器具についている蛇口をひとひねり。

するとシューッという音を立てて香水が凄い勢いで噴き出し、一気に天井まで上がったかと思うと、跳ね返って水滴となり、先生方や書類の上に降り注いだのです。

パリでいちばん偉い先生たちが私の噴香器の前に頭を垂れるようすを見るのはなんとも愉快な気分でしたが、いちばん濡れた先生がいちばん幸せそうな顔をしているのを見て本当にホッとしました。

私はときどき、自分の扱う主題があまりにも広汎にわたるので、ときに無用なわき道にそれるのではないかと思って、読者を退屈させるのではないかとひどく心配しました。私自身、他人の著作を読んでいてよくそういうことがあるからです。

私はこの謗(そし)りを受けないように、できるだけのことをしたつもりです。

退屈になりそうなテーマは軽く触れるだけにとどめ、逸話をつくってあちこちに散りばめました。その逸話のいくつかは私自身の個人的な体験です。

まともな評者なら相手にしないような超常現象や不可思議な出来事は遠ざけ、学者が公開しないようなある種の知見を誰にでもわかりやすく解説して、広く注意を喚起するよう努めました。もし、このような努力にもかかわらず、私が読者のみなさまに科学的な知識を咀嚼して伝えることができなかったとしても、多くの方々には私のよき意図に免じてお赦しいただけるものと、枕を高くして安心しております。

とにかく、私は個人的な満足のために多くのことをしました。私は友人の多くを登場させましたが、いずれも彼らは与り知らぬことで、自分の名前が出るなど思ってもみなかったことでしょう。私は微笑ましい思い出を書き記し、忘れ去られようとしていた記憶を呼び起こしました。そうして、私はいま「ひとりコーヒーを飲みながら」悦に入っているのです。

きっとひとりくらいは機嫌の悪い種族の人間がいて、こんなふうに叫ぶかもしれません。

「本当はこんなことが知りたいんだ……、いったいなにを考えているんだ……、そんなことを言ったって……」などなど。しかし私は、他のみんなが指を口に当てて黙るように制止し、大多数の読者は私の真情の吐露を善意をもって迎えてくださるものと信じております。

私の文体についても言及しなければなりますまい。ビュッフォン先生が仰る通り、まこと「文は人なり」ですから。

私の文章は、名文であるべきでした。なぜなら私は、ヴォルテール、ジャン＝ジャック・ルソー、フェヌロン、ビュッフォン、その後はコシャンやダゲッソーに至るまで、多くの文学者に私淑して、彼らの文章を諳んじることができるほど傾倒してきたのですから。

ところが、神々には別の思し召しがあったようです。もしそうだとすれば、それは次のような理由によるものでしょう。

私は少なくとも生きた言語を五つは知っています。だから膨大な数の単語をレパートリーとして持っているのです。

私がひとつの表現を必要とするとき、フランス語の棚にそれが見つからなければ、隣の棚から借りてくるのです。ですから、読者は翻訳するか推量するかしないといけない。申し訳ないことだと思っています。

もちろんそうしないこともできたのですが、私は自分の原理にあくまでも忠実で、他人の言うことを聞かない質なので仕方ありません。

私は、自分が使っているこのフランス語という言語が、他の言語と比較すると、語彙が貧弱だと思うのです。だから仕方なく外国語から借りたり盗んだりするのです。私は両方ともやりました。言葉は借りても返す必要がないし、盗んでも罪に問われることはありませんから。

私がこの点でいかに大胆であるかは、使い走りを頼む者をヴォランテ（スペイン語）と呼んでいることからも明らかでしょう。私が英語の「**sip**（シップ＝ちびちび啜る）」

という動詞をフランス語化して新しい語をつくろうと考えなければ、古いフランス語に似たような意味をもつ「siroter（シロテ＝ちびちび舐める）」という語があることを発見することもなかったはずです。

だから私はネオローグ（新語愛用者）の仲間です。ロマン主義者の仲間、といってもいい。後者は隠れた財宝を発見し、前者は遠い国まで必要な食べものを探しに行く航海者なのです。

私は昔、学士院で、新語使用の危険を説き、古き良き時代の文学者たちが定めた古来の言語を守るべきだという、すこぶる優雅な演説を拝聴したことがありました。しかしその演説を、化学者のように蒸留器にかけてみたら、残ったものは次のような言葉でした。

「私たちの祖先は立派なことをした。もうこれ以上のものをつくることも、他のやりかたをすることも、私たちにはできません」

それに私はもう相当長生きしましたから、どの世代の人も同じことを言うものだと知っています。そして新しい世代の人はかならず古い人のことを馬鹿にするものだということも。

そもそも、風俗だって思想だって時代とともに変わるものを、言葉だけが変わらないことがありましょうか。私たちは昔と同じことをやっているようなつもりでも、そのやりかたは違っているのです。どんなフランス語の書物を取ってみても、もうギリシャ語にもラテン語にも訳せないページがたくさんあるのです。

どんな言語も、誕生の時代があり、最盛期があり、衰退の時期があるのです。古代エジプトのセソストリス王の昔から、わがフィリップ・オーギュストの時代まで、かつて輝いた言語は数多くあったものの、いまではどれも古い書物にその痕跡を止めているだけではないですか。

フランス語だって、同じ運命をたどるはずです。二八二五年にもなれば、私のこの本だってきっと辞書の助けを借りなければ読めなくなるでしょう。もっとも、その時代になってもこの本を読んでくれる人がいればの話ですが……。

美味学の永遠の基礎となる
教授のアフォリズム（箴言）

①　宇宙は生命がなければ存在せず、生命ある者はみなものを食べる。

②　動物は腹を満たし、人間は食べる。知性ある人間だけがその食べかたを知る。

③　国民の盛衰はその食べかたのいかんによる。

④　君が何を食べているか言ってみたまえ。君が何者か言い当ててみせよう。

⑤　神は人に生きるために食うことを課し、食欲をもって誘い、快楽によって贖（あがな）う。

⑥　グルマンディーズは私たちの判断から生まれるもので、それによって味覚に心地よいものを、それだけの価値を持たないものの中から選び取るのである。

⑦ 食卓の快楽は年齢も身分も国籍も問わず、毎日享受することができ、他の快楽とともに味わうこともできるし、それらのすべてがなくなっても最後まで残る。

⑧ 食卓こそは人がその最初から決して退屈しない唯一の場所である。

⑨ 新しい料理の発見は人類の幸福にとって天体の発見以上のものである。

⑩ 胸につかえるほど食べたり酔っ払うほど飲んだりする者は、食べかたも飲みかたも知らない者である。

⑪ 食べものの順序は、実質的なものから軽いものへ。

⑫ 飲みものの順序は、飲みやすい軽いものから強く香り高いものへ。

⑬ ワインを途中で変えてはいけないと主張するのは異端の説である。舌はじきに慣れるもの。三杯目からはどんな美酒もそれほどの良さを感じない。

⑭　チーズのないデザートは片目の美女である。

⑮　料理人にはなれるが、焼き肉師は生まれつきである。

⑯　料理人に欠かせない最大の資質は時間に正確なことである。会食者にも同じことが言える。

⑰　遅れてくる会食者を必要以上に待つのは他の会食者にとって失礼である。

⑱　友人を招きながらその食事にみずから気を遣わない者は友人を持つ資格がない。

⑲　主婦はつねにコーヒーがおいしいかどうかに気を配り、主人はよい酒が揃っているかどうかに気を遣うべし。

⑳　だれかを食事に招くということは、その人が自分の家にいる間じゅう、その幸福を引き受けるということである。

読者に告ぐ

まだ誰も聞いたことがない逸話や、
耳に入れたい素晴らしいレシピがあれば、
教授はありがたく頂戴する。
ぜひ気兼ねなく、
フィーユ・サン・トマ通り二三番地
司厨長ラプランシュ氏宛てにお知らせを。
氏名の公表をお望みの方は、
次の版にて掲載させていただきます。

ジャン＝アンテルム・ブリア＝サヴァラン年譜

一七五五年
四月二日、スイス国境に近いフランス、ビュジェ地方の首府ベレーに、八人兄弟（三男五女）の長男として生まれる。代々法官の家系で、父マルク＝アンテルム・ブリアは検察官、母クローディーヌ＝オーロール・レカミエは弁護士の娘。

一七六〇～一七七三年
家庭教師と寄宿学校で、文学を学び、バイオリンを習うなど、当時の典型的なブルジョワ教育を受けて育つ。休みには近郊のヴィユーにあった別荘で過ごし、所有していたマシュラズのブドウ園で仕事を手伝うこともあった。

一七七一年
大叔母クリスティーヌ・ブリアが九十三歳で没。彼の差し出す上等な古いワインをおいしそうに飲んで死んだ。彼の家系には長命な健啖家が多く、三人目の妹のピエレットは、九十九歳と十一ヵ月で亡くなるとき、ベッドの上で出された料理をぺろりと平らげた後、「早くデザートをもっておいで、もうすぐ死にそうな気がするから」と叫んだことで知られている。

一七七四年
ディジョンの大学で法律を学ぶ。法律のほか、化学と医学も勉強した。学生時代にルイーズとの恋、そして死別を体験（一七七六年）。この出来事が彼を生涯独身で過ごさせることになった、という説がある。

一七七八年
リヨンで司法資格を取得し、故郷ベレーに戻り弁護士となる。以後、田舎で狩猟や釣りを愉しみ、学生時代に結成したバンド活動を再開するなど、穏やかで充実した日々を送る。食材の豊富な田園での美食生活も満喫した。

一七九〇年
フランス革命の勃発とともに、全国三部会（憲法制定会議）の代議士に選ばれ、ヴェルサイユ（パリ）に派遣された。議員時代のおもな活動としては、陪審員制度への反対と、死刑制度存続への訴えが挙げられる。同年、父の死によりヴィユーの土地と別荘を相続。

一七九二年
議会解散とともにベレーに戻ると、民事裁判所の裁判長に選ばれ、人民の信任の篤かったサヴァランはベレー市長に推挙された。が、過激な思想とつねに一線を画する彼の信条から守旧的な王党派と見なされ、ジャコバン党上層部からにらまれるようになる。

一七九三年
パリの革命裁判所に出頭するよう命じられるがこれを拒否。訴追の手が伸びるのを察知していち早くスイスへ逃走する。翌年アメリカ行きを決意し、ドイツからロッテルダム経由でニューヨークへ。ニューヨークではフランス語の教師をし、劇場に雇われてバイオリンを弾くなどして生計を立てる。

一七九五年
テルミドールのクーデターでジャコバン派が倒され総裁政府が発足。これを機にフランス帰国を画策し、翌年、フランス領事に借金をしてフィラデルフィアからパリへと船で渡り、故郷に戻る。没収されていた財産も返還されたが、マシュラズのブドウ園だけは人手に渡っており、取り戻すことができなかった。現在このブドウ園（シャトー・マシュラズ）は、上質なシャルドネを生産することで知られている。

一七九七年
ナポレオンの復権とともにドイツ駐留軍の参謀部付秘書官として食糧調達係を務めた後、破毀院（下級審の判決を審査する最高裁判所）判事として定職を得、以後、終生奉職する。パリに住み、週に三日だけ裁判所に勤務し、余暇はレストラン巡りなどグルマンディーズに勤しむ。毎年秋には二ヵ月間バカンスを取って故郷に帰り、友人や妹たちが住むヴィユーの周辺で狩りなどを楽しんだ。この習慣は晩年まで続いた。

一八一四年
サヴァランの著作には『決闘についての歴史的考察』（一八〇三年初版）のほか法律等に関する小著が数冊あるが、この年、数編の小咄から成る艶笑譚を刊行した。が、その内容がポルノ紛いであるという理由から後年発禁となり、現在はわずかな断章が残るのみという。

一八二〇年
この頃から『味覚の生理学』の執筆にとりかかったといわれている。

一八二五年
刊行を渋る出版社に印刷代を支払い、初版発行に漕ぎつける。初版の発行年については一八二五年説と一八二六年説があるが、実際に発売されたのは一八二五年十二月十二日で、初版本に一八二六年と記されているのは、当時は年末の出版物は翌年を発行年とする習慣があったためだという。価格は二四フラン。発売されるやたちまち好評を博して版を重ねた。

一八二六年

一月二十一日、破毀院裁判長の要請により、サン・ドニ聖堂で催されたルイ十六世の追悼ミサに風邪を押して出席するも、寒さのため症状が悪化して肺炎が進行し、二月二日にリシュリュー通り六六番地の自宅で死去。七十歳だった。同郷の名医レカミエ博士に看取られながら、サヴァランは辞世の歌を詠んでから眠りについた。

私はいま旅立とうとしている　はるかなる遠いところへ　そして再び戻ることはない
その世では　どんなことがなされ　どんなことが言われているか
なんの便りもないので　それを知る者は誰もいない
しかし私はこの世でいささか善きことをしたので　安らかに死ぬことができる

ブリア＝サヴァランの遺産を相続した弟のフレデリックと甥のシピオンは、『味覚の生理学』の版権を初版の版元である出版社ソートレーに一五〇〇フランで、彼が愛用していたバイオリン（ストラディバリウス！）を友人アンリ・ルーに三〇〇〇フランで売却した。

ブリア＝サヴァランという姓は、ブリア家が姻戚関係のあるサヴァラン家（一六七三年にジャン・ブリアとクローディーヌ・サヴァランが結婚）から一七三三年に遺産を相続する際、その条件としてブリア家の長男は代々サヴァラン家の名を連ねて名乗ることが決められ、そのために二つの姓を併記した苗字になった。だからどちらかを省略するときはサヴァランを省略して本来の姓であるブリアと呼ぶのが正しいとされ、欧米の書物も大半はそれにしたがっているが、日本では（お菓子の名前でも馴染みがあり）サヴァランのほうが通りがよいので、本書ではサヴァランまたはブリア＝サヴァランという呼びかたで統一することにした。

また、生誕の地であるBelleyの発音については、現地では「ブレ」と呼ぶという説もあるが、本書ではフランス語の一般的な発音規則にしたがって「ベレー」という表記を採用した。

編訳者あとがき

ブリア＝サヴァランは本書一冊で名を残した。執筆には数年かかったと見られるが、脱稿したのは一八二五年で、その年のうちに刊行された。発売されるとすぐに好評を博しよく売れたといわれるが、本人がどこまでそれを認識していたかは不明である。パリの書店に本書が並んだのはクリスマスの直前で、著者はそれから約一ヵ月後に病いに倒れてほどなく逝去した。

岩波文庫版の『美味礼讃』を、私がいつ最初に読んだかは記憶にない。大学に入ってフランス語を習いはじめたときか、フランス留学から帰って料理に興味を覚えてからか、どちらにせよそれから五十年前後は経っている。

エッセイストとして料理や食文化に関する原稿を書くようになってからは、文庫版『美味礼讃』はつねに座右の書であった。といっても、『旧約聖書・創世記』や『ギリシャ神話』、『エピキュロス』などとともに、原稿を書くときに必要な引用ができるよう、机のわきに辞書や事典と並べて置いてあっただけで、通読するためではなかったし、愛読してもいなかった。

だから、その面白さに本当に目覚めたのは、翻訳をすることが決まり、原書を取り寄せて読みはじめてからのことである。それも、最初は隔月刊の雑誌に連載をするために、締め切りごとに三〇枚ほどの原稿にして編集部に渡していたのだが、そのうちに締め切りまで待つことができなくなり、勝手にどんどん翻訳をすすめて、最後は寸暇を惜しんで作業に没頭した。こんなに夢中になった仕事はひさしぶりだ。

原著が読みにくいひとつの理由は、本文がはじまるまでに長々と出版の釈明や関係者の伝記などが記されていることにある。冒頭にあるアフォリズム（箴言）も、本編を読んでからのほうが内容が理解でき、しかも本編を読んでみると、取り上げられた成句が本編以上に特別の意味をもっているものではないことがすぐにわかる。そう気がついて、大胆な省略と入れ替えなど、編集の手を加えたことはすでにお断りした通りである。

もうひとつ、原著にはラテン語の成句をはじめギリシャ神話やヨーロッパの歴史などに関して、読者の知識を前提とした記述があり、現代の日本人には理解の及ばないことが多い。岩波文庫版にはわずかな訳註があるが、これだけでは、日本語はわかってもその文章がなにを言っているのかわからない箇所がかなりある。それに、料理と食文化に関しては、日本人とフランス人の感覚や習慣の違いも解説しておいたほうがよいと思い、本文のあいだに適宜解説の文章を挿入する方式を思いついた。その結果、ときどき翻訳の矩を超えて、私的な感想が多くなってしまったことについてはどうかお赦しいただきたい。

料理用語については、解説は必要最小限に止めた。とくに料理や食材の名前はいちいち説明すると煩雑になるし、インターネットで検索すればたいがいのことはわかるから、極力省くことにした。インターネットといえば、たとえばラテン語の成句はそのまま打ち込んで検索すればフランス語や英語の翻訳が何種類も出てくるし、初版本の版面をPDFファイルで覗くこともでき、また、パリの古書店を何軒探しまわっても見つかりそうにない貴重な古書が、クリックひとつでネット上の古書店から買えたりもする。ブリア゠サヴァランは、死期が近づきつつある中でこの本を書いたためか、しばしば死後の未来世界を想像する予言めいた言葉を残しているが、まさかこんな時代が来るとは思わなかっただろう。

ブリア゠サヴァランが生きた時代、とりわけ彼が本書の構想に取りかかった人生の後半は、勃興する市民階級が飽食を謳歌した時代である。

十字軍の遠征によって東洋との交流が深まり、大航海時代の到来とともにもうひとつの大陸と繋がったヨーロッパ旧世界は、十八世紀から十九世紀にかけて、その食をめぐる環境を一気に拡大した。サヴァランは庶民を飢饉から救ったジャガイモを貧乏人が食うものと軽蔑していたし、トマトが料理を豊かにしトウモロコシが家畜を育てるのはもう少し後のことだが、砂糖とショコラとコーヒーが揃い踏みをしながらデザートシーンに登場することで、フランス料理の現代的なフルコースはこの時代にようやく完成するのである。サヴァランにとって悔やまれるのは、トリュフとフォワグラの双璧にロシアからのキャビアが加わる、その直前に逝ってしまったことだろうか。

フランス革命が口火を切った旧体制の崩壊は、食品業界を支配していた中世的なギルドを解体し、宮廷の地下の調理場にいた腕のいい料理人たちを街に放った。パリにレストラン文化が花開いたのは、そうした条件が革命家たちの流入などで増大する都市人口の外食需要に合致したからである（都市建設のために集まった職人たちの外食需要からスシやソバや天ぷらが生まれた、江戸の料理文化を想起させる）。

豊富な食材が流通し、新しい料理が開発され、富を得た人びとの関心は食に集中する。ブリア＝サヴァランもそのひとりであったわけだが、同時代にレストラン批評を創始して時代の寵児となったのがグリモ・ド・ラ・レニエールである。

アレクサンドル・バルタザール・ローラン・グリモ・ド・ラ・レニエール（ローラ

ンまでがファーストネームでグリモ以下が姓。以下グリモと略す）は、ブリア＝サヴァランより三歳年下で、徴税請負人の父が築いた莫大な財産を蕩尽しながら幼少の頃より美食に親しみ、弁護士資格は取るものの、無頼な交遊の中から演劇の世界に魅せられ、死の儀式を模した奇妙な夜会を企画して一躍世間の耳目を集めるなど、エキセントリックな振る舞いで知られた伝説の奇才である。

グリモは劇評の方法論を応用して料理評論という分野を切り拓くことを思いつき、一八〇二年に『食通年鑑』を発行する。食材の評価と料理法の指南、レストランや食品店の紹介、それにパリ市内の食べ歩きガイドブックを合わせたようなもので、発売とともに大反響を呼んだ。

この成功にグリモは、読者からの情報をもとに業者に料理や食材を提供させてその味を審査する「食味鑑定委員会」なるものを組織し、合格したレストランや食品店を認定して『食通年鑑』に掲載するという、いわば今日のミシュランのような格付けをはじめたのだった。グリモのジャーナリスティックな感性は、美食を追求する者はなによりも情報を求めるということにいち早く気づいたのである。

グリモの華々しい活躍には、当然サヴァランも刮目していたはずである。が、サヴァランはグリモについて一言も触れていない。グリモをめぐる美食家たちのサロンは

「美味学者のアカデミー」の先駆といってもよく、また『味覚の生理学』の刊行後は、その内容の一部はグリモの説を受け売りしたものだとか、剽窃だと指摘する者さえいた。執筆をはじめる前にグリモの文章を読んでいたことは明らかであるのに、なにも語らないのは、彼をライバル視していたからか、あるいは本当に疚しいことがあったのか。それとも、きわめて近いところにいながら棲む世界が交わることのない、まったくスタンスの違う者は相手にしないという矜持のあらわれだろうか。

田舎出のお堅い裁判官であるサヴァランと、生粋のパリっ子で遊び人のグリモとではそもそも肌が合うはずもないのだが、美食を文学として語ろうとする意図は同じでも、そのアプローチの方法はまったく違っていた。

グリモは料理そのものの味にこだわった。食卓は真剣勝負の舞台であり、レストランは劇場だった。純粋に食味を味わうためには、気を散らす女性たちは不要だとして排除した。「食味鑑定委員会」では厳格な試験をおこなって審査員を選抜し、グリモ自身も毎週の鑑定会では五時間以上ぶっ続けで試食をおこなったという。グリモは料理や食材の評論をするだけでなく、客を招待するときの主人役の心得を書いた本も出しているが、牛一頭からツグミ一羽にいたるあらゆる肉類の切り分けかたの詳細や、メニューの構成やサービスの方法など、あくまでも技術的な側面に重きを置いている。

一方、サヴァランが強調したのは、社交の手段としての食事である。もちろんそこには女性の存在が欠かせないし、もてなしの心得も必須だが、なによりもそれは気心の知れた仲間との穏やかな時間の流れを楽しむものでなくてはならない。なにを食べるかより、誰と、どんなふうに食べるかのほうが大切なのだ。

その差からでもあろうか、グリモがときに気取ったレトリックで意表を突く表現を好むのに対し、サヴァランは平易な言葉で、ときどき脇道にそれながら、ゆるやかな調子で自説を展開する。本人自身が「ネオローグ（新語愛用者）」であると断っているように、随所に独自の造語がちりばめられてはいるが、全体としてはきわめてわかりやすいフランス語で書かれているのがサヴァランの作品の特徴である。

料理の味については、「単一の味の中にも無限の諧調があるし、それがまたどのくらいの数や量で組み合わさるかもわからないのだから」正確に表現するのはそもそも無理であるとして、「結局のところは〈うまい〉か〈まずい〉かのどちらかになってしまうのだが、それでもこの二つの言葉さえあれば、私たちがものを口に入れたときの味がどんなものであるか、おおまかなところは表現できるし、なんとか人にわかってもらうこともできるのである」とあきらめたり（第2章）、「味わいは議論の外」というスペインの諺を引用して「誰もがそれぞれに異なる好みを持っているし、そもそも移ろいやすい味わいの感覚は、共通の言葉ではっきりとわかるように説明することはできない」と居直ったり（第6章）、サヴァランが味覚の論争に踏み込むことを避けようとしているのは明らかである。

ブリア＝サヴァランの関心は、食卓を囲むひとときを楽しみながら、食べるという個人的な行為の内部へと向かっていく。化学と医学を学んで学者を志し、哲学者ないしは哲学的な観察者と自称し、なによりも文学者であろうとした、しかし実際にはそのいずれでもなく、教授と名乗りながら教授でもない一介の趣味人が、興味のおもむくままに、見て、考えて、書いた、最晩年の一冊が、本人が希望はしたかもしれないがおそらく予想はしなかった、永遠の古典となる運命を手にしたのである。

時代の先端を走った才気溢れるグリモは、料理評論を文芸の一ジャンルとして確立し今日に伝えたが、その時代に添い寝をする姿勢はナポレオン退陣後の状況の変化とともに読者に飽きられ、サヴァランの著書が出たときにはすでに表舞台を退いてパリ郊外に蟄居していた。著書がそれほど売れると思わなかったサヴァランの遺産相続人たちは二束三文で版権を売り飛ばしたが、グリモの晩年には『味覚の生理学』はすでに名著として誰もが認める存在となっており、グリモはサヴァランに素直な讃辞を捧げている。

二百年前のフランスの「グルメブーム」は、革命とそれに続く混乱の時代に農民や庶民が飢餓と戦争に苛まれる中、富裕な市民たちが先を見通せない不安を振り払おうと刹那的な快楽を求めて美食に熱中した……という側面がある。私はこの本を訳しながら、今日の日本も似たようなものだ、と思うことが多かった。未来への確たる展望もないまま飽食の日常を過ごし、食の豊饒と格差を示す「グルメブーム」があいかわらず続く中で、公私のメディアが食の情報を無際限に拡散する……。

もし似ているとするなら、グリモ的なレストラン情報に踊らされることなく、ブリア＝サヴァラン流の「社交としての会食の楽しみ」を学ぶことのほうが、私たちにとって大切ではないだろうか。すなわち、自分の周囲のゆるやかな交友関係の中から食卓のよろこびをともにすることのできる仲間を選び、美味は求めるが度を超えて追求することはせず、味わいの表現を工夫するより素直においしいと感嘆し、機知に富んだ、あるいは心を和ませる、時宜を得た会話を交わしながら、食卓のまわりに流れる豊かで穏やかな時間を心ゆくまで楽しむという……。

本書は、二〇一七年四月に刊行された新潮社版の単行本『美味礼讃』を、大幅に増補して上下二巻の文庫にしたものである。単行本が原著全体の約三分の二を収録した